달 달 읽고 **곰 곰** 생각하는

달곰한
문해력

초등 독해

달콤한 문해력 초등 독해
교과 연계 필독 도서를 수록했어요

📖 1단계

도서	출판사	교과 연계
안데르센 동화집 2	시공주니어	과학 3-1 동물의 한살이
책이 사라진 날	한솔수북	국어 1-2 소중한 책을 소개해요
또박또박 반갑게 인사해요	상상스쿨	국어 1-1 다정하게 인사해요
내가 하는 말이 왜 나빠?	리틀씨앤톡	국어 1-1 고운 말을 해요
말놀이 동시집	비룡소	국어 1-2 재미있게 ㄱㄴㄷ
광개토 대왕	비룡소	국어 2-2 인물의 마음을 짐작해요
허난설헌	비룡소	사회 3-2 시대마다 다른 삶의 모습

📖 2단계

도서	출판사	교과 연계
춘향전	보리	국어 3-1 내 마음을 편지에 담아
멋지다! 안별 가족	노루궁뎅이	사회 3-2 가족의 구성과 역할 변화
빨간 머리 앤	시공주니어	도덕 3 친구는 왜 소중할까요
아홉 살 마음 사전	창비	국어 2-1 마음을 나타내는 말
큰 기와집의 오래된 소원	키위북스	사회 3-2 시대마다 다른 삶의 모습
선덕 여왕	비룡소	국어 2-2 인물의 마음을 짐작해요
이순신	비룡소	국어 2-2 인물의 마음을 짐작해요
내일도 발레	별숲	체육 3 건강 활동

📖 3단계 Ⓐ, Ⓑ

도서	출판사	교과 연계
간서치 형제의 책 읽는 집	개암나무	국어 4-2 독서 감상문을 써요
엉뚱이 소피의 못 말리는 패션	비룡소	도덕 4 아름다운 사람이 되는 길
어린이를 위한 슬기로운 미디어 생활	우리학교	국어 5-2 여러 가지 매체
꼴찌 없는 운동회	내인생의책	도덕 4-2 힘과 마음을 모아서
우리 동네 별별 가족	아르볼	사회 4-2 사회 변화와 문화의 다양성
날씬해지고 말 거야!	팜파스	도덕 4-1 아름다운 사람이 되는 길
세상을 바꾼 착한 부자들	상상의집	국어 2-2 자세하게 소개해요
옛날 관청과 공공시설	주니어중앙	사회 5-2 옛사람들의 삶과 문화
단추 마녀의 수상한 식당	키다리	체육 4 건강 활동
생각하는 올림픽 교과서	천개의바람	체육 4 경쟁
내 용돈, 다 어디 갔어?	팜파스	사회 4-2 필요한 것의 생산과 교환
거인 부벨라와 지렁이 친구	주니어RHK	도덕 3 나와 너, 우리 함께
이중섭	시공주니어	미술 3 미술가와 작품 이야기
행복한 왕자	비룡소	국어 3-1 문학의 향기
모차르트	비룡소	음악 5 음악으로 만드는 어울림
따끔따끔 우리가 전기에 중독되었다고?	영수책방	과학 3-1 물질의 성질
김홍도	수니어RHK	미술 4 다양한 미술과의 만남
존댓말을 잡아라	파란정원	국어 3-1 알맞은 높임 표현
퓰리처 선생님네 방송반	주니어김영사	국어 3-1 어떤 내용일까
알면 보물 모르면 고물, 지도	아르볼	사회 4-1 지역의 위치와 특성
지역 이기주의 님비 현상	뭉치	사회 4-1 지역의 공공기관과 주민 참여
다른 게 틀린 건 아니잖아?	양철북	사회 4-2 사회 변화와 문화의 다양성
조선 선비 유길준의 세계 여행	비룡소	사회 4-2 사회 변화와 문화의 다양성
자석 총각, 끌리스	해와나무	과학 3-1 자석의 이용
그해 유월은	스푼북	사회 5-2 사회의 새로운 변화와 오늘날의 우리
경국대전을 펼쳐라	책과함께어린이	사회 5-2 옛사람들의 삶과 문화

📖 4단계 Ⓐ, Ⓑ

도서	출판사	교과 연계
애덤 스미스 아저씨네 경제 문구점	주니어김영사	사회 4-2 필요한 것의 생산과 교환
코피 아난 아저씨네 푸드 트럭	주니어김영사	사회 5-2 사회의 새로운 변화와 오늘날의 우리
과학관으로 온 엉뚱한 질문들	정은문고	과학 5-2 생물과 환경
어린이를 위한 슬기로운 미디어 생활	우리학교	도덕 5 밝고 건전한 사이버 생활
은하마을 수비대의 꿈꾸는 도시 연구소	주니어김영사	사회 4-2 촌락과 도시의 생활 모습
똥 묻은 세계사	다림	사회 5-2 함께 살아가는 지구촌
조선의 여걸 박씨부인	한겨레아이들	사회 5-2 옛사람들의 삶과 문화
뺑이오, 뺑	문학동네	도덕 5 갈등을 해결하는 지혜
사자와 마녀와 옷장	시공주니어	국어 4-2 이야기 속 세상
모모	비룡소	도덕 4 아껴 쓰는 우리
악플 바이러스	좋은꿈	도덕 5 밝고 건전한 사이버 생활
후설	한국고전번역원 승정원일기번역팀	사회 5-2 옛사람들의 삶과 문화

📖 4단계 Ⓐ, Ⓑ

도서	출판사	교과 연계
칠 대 독자 동넷개	창비	국어 5-2 함께 연극을 즐겨요
오즈의 마법사	비룡소	과학 6-2 우리 몸의 구조와 기능
이모와 함께 도란도란 음악 여행	토토북	음악 4 음악, 모락모락 사랑
로봇 박사 데니스 홍의 꿈 설계도	샘터	과학 5-2 생물과 환경
좋은 돈, 나쁜 돈, 이상한 돈	창비	사회 4-2 필요한 것의 생산과 교환
팔만대장경과 불타는 사자	리틀씨앤톡	사회 5-2 옛사람들의 삶과 문화
프린들 주세요	사계절	국어 4-1 사전은 내 친구
한국사편지 1	책과함께어린이	사회 5-2 옛사람들의 삶과 문화
안네의 일기	효리원	도덕 5 갈등을 해결하는 지혜

📖 5단계 Ⓐ, Ⓑ

도서	출판사	교과 연계
모로 박사의 섬	-	도덕 3 생명을 존중하는 우리
몬스터 차일드	사계절	도덕 5 인권을 존중하며 함께 사는 우리
담배 피우는 엄마	시공주니어	국어활동 4 수록 도서
맛의 과학	처음북스	과학 6-2 연소와 소화
우리 문화 박물지	디자인하우스	미술 5 아름다운 전통 미술
잘못 뽑은 반장	주니어김영사	사회 6-1 우리나라의 정치 발전
내가 사랑한 서양 고전	연암서가	국어 5-1 작품을 감상해요
허생전	-	사회 6-1 우리나라의 경제 발전
레 미제라블	비룡소	국어 5-1 작품을 감상해요
너의 운명은	푸른숲주니어	사회 5-2 사회의 새로운 변화와 오늘날의 우리
청소년을 위한 삼국유사	서해문집	사회 5-2 옛사람들의 삶과 문화
내가 사랑한 동양 고전	연암서가	국어 5-1 작품을 감상해요
내 이름을 들려줄게	단비어린이	사회 5-1 인권 존중과 정의로운 사회
과학관으로 온 엉뚱한 질문들	정은문고	도덕 5 긍정적인 생활
인형의 집	비룡소	국어 5-1 작품을 감상해요
우리 학교가 사라진대요!	마음이음	사회 5-2 사회의 새로운 변화와 오늘날의 우리
외로우니까 사람이다	창비	국어 5-1 작품을 감상해요
파브르 곤충기	현암사	과학 5-1 다양한 생물과 우리 생활
우리말 모으기 대작전 말모이	푸른숲주니어	국어 5-2 우리말 지킴이
왕자와 거지	시공주니어	국어 5-1 작품을 감상해요
톰 아저씨의 오두막집	효리원	도덕 5 인권을 존중하며 함께 사는 우리
101가지 세계사 질문사전 2	북멘토	사회 5-1 인권 존중과 정의로운 사회
사피엔스	김영사	과학 5-2 생물과 환경
변신	푸른숲주니어	국어 5-1 주인공이 되어
유토피아	-	사회 6-2 세계 여러 나라의 자연과 문화
베니스의 상인	-	도덕 5 갈등을 해결하는 지혜
그리스 로마 신화	-	국어 5-1 작품을 감상해요

📖 6단계 Ⓐ, Ⓑ

도서	출판사	교과 연계
돈키호테	비룡소	사회 5-2 옛사람들의 삶과 문화
사피엔스	김영사	도덕 5 내 안의 소중한 친구
아이, 로봇	우리교육	실과 6 발명과 로봇
가자에 띄운 편지	바람의아이들	사회 6-2 통일 한국의 미래와 지구촌의 평화
동물 농장	비룡소	사회 6-1 우리나라의 정치 발전
위대한 철학 고전 30권을 1권으로 읽는 책	빅피시	사회 6-1 우리나라의 정치 발전
101가지 세계사 질문사전 2	북멘토	사회 6-2 통일 한국의 미래와 지구촌의 평화
이기적 유전자	을유문화사	과학 5-1 다양한 생물과 우리 생활
내가 사랑한 동양 고전	연암서가	국어 6-1 비유하는 표현
5번 레인	문학동네	도덕 5 갈등을 해결하는 지혜
모럴 컴뱃	스타비즈	도덕 5 밝고 건전한 사이버 생활
너의 운명은	푸른숲주니어	사회 5-2 사회의 새로운 변화와 오늘날의 우리
담을 넘은 아이	비룡소	사회 5-2 옛사람들의 삶과 문화
셰익스피어 이야기	비룡소	국어 6-2 함께 연극을 즐겨요
왕자와 거지	시공주니어	사회 5-1 인권 존중과 정의로운 사회
참을 수 없는 존재의 MBTI	디페랑스	도덕 4 함께 꿈꾸는 무지개 세상
체르노빌의 아이들	프로메테우스	사회 6-2 통일 한국의 미래와 지구촌의 평화
체리새우: 비밀글입니다	문학동네	도덕 5 내 안의 소중한 친구
우리 문화 박물지	디자인하우스	사회 5-2 옛사람들의 삶과 문화
프랑켄슈타인	-	도덕 5-1 인권 존중과 정의로운 사회
진달래꽃	-	국어 6-1 비유하는 표현
내가 사랑한 서양 고전	연암서가	국어 6-1 인물의 삶을 찾아서

책을 많이 읽으면 문해력이 저절로 높아질까요?

독해 교재를 여러 권 풀어 보면 해결될까요?

'달곰한 문해력'이 방법을 알려 줄게요.

흥미로운 생각주제로 연결된 두 개의 글을 읽어 보세요.

재미난 문학 글을 먼저 읽고~ 비문학 글을 읽으며 정리해 보세요.

우리에게 필요한 생각과 지식이 차곡차곡 쌓입니다.

달달 읽고 곰곰 생각하는 힘!

이제 '달곰한 문해력'으로 길러 볼까요?

이 책의
구성 과 특장

❶ 생각주제

질문형으로 주제를 제시하여 읽을 글에 대한 호기심을 가질 수 있어요.

❷ 주제 연결 독해

하나의 주제로 연결된 2개의 글 읽기로 생각 하는 힘이 자라요.

❸ 생각글 1

생각주제에 관한 문학, 고전, 사회 현상 등의 다양한 글을 읽어요.

❹ 생각글 2

생각주제와 관련된 꼭 알아야 할 개념을 읽고 생각을 넓혀요.

❺ 내용 요약

생각글의 중심 내용을 정리하고 핵심 어휘를 익혀요.

❻ 독해 문제 학습

내용 이해, 글의 구조 파악, 적용, 추론 등 독해 활동 문제를 풀어요.

❼ 주제 문해력 학습

2개의 생각글을 바탕으로 생각주제를 정리 하고, 문제를 풀며 문해력을 키워요.

❽ 주제 어휘 학습

생각글에 나온 주제 어휘만 모아서 뜻을 익히고 활용해 보아요.

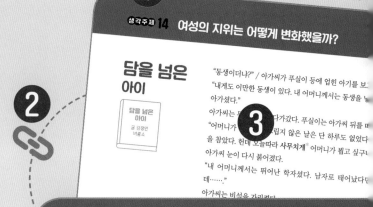

2

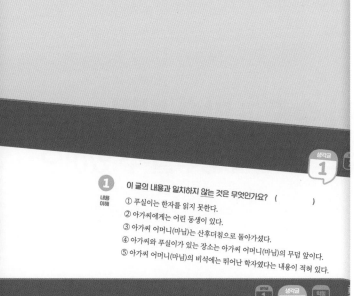

1 이 글의 내용과 일치하지 않는 것은 무엇인가요? (   )
내용
이해
① 푸실이는 한자를 읽지 못한다.
② 아가씨에게는 어린 동생이 있다.
③ 아가씨 어머니(마님)는 산후더침으로 돌아가셨다.
④ 아가씨와 푸실이가 있는 장소는 아가씨 어머니(마님)의 무덤 앞이다.
⑤ 아가씨 어머니(마님)의 비석에는 뛰어난 학자였다는 내용이 적혀 있다.

1 이 글의 내용과 일치하는 것은 무엇인가요? (   )
내용
이해
① 최초의 근대 여성 학교는 광복 후에 세워졌다.
② 고려 시대에는 여성이 한집안의 주인이 될 수 있었다.
③ 조선 전기부터 불교 규범이 확대되면서 여성의 지위가 낮아졌다.
④ 서양 문물이 들어오면서 여성이 글을 배우는 것이 더 어려워졌다.
⑤ 고려 시대에는 여성이 관직에 진출하여 활발한 사회 활동을 펼쳤다.

2 이 글을 바탕으로 보기를 알맞게 이해하지 못한 것은 무엇인가요? (   )
적용
하기

┌─ 보기 ─────────────────────────────────┐
│ 조선 중기에 태어난 허난설헌은 어려서부터 글재주가 뛰어났다. 허난설헌의 아버지는 │
│ 딸의 재능을 알아보고 유명한 시인에게 글을 배울 수 있는 기회를 마련해 주었다. 결혼 │
│ 후 그녀의 삶은 불행했으며 그로 인한 슬픔을 책과 한시 짓기에 달랬다. 그녀는 자신의 │
│ 작품을 모두 불에 태워 없애라는 유언을 남겼으나, 남동생 허균은 누이의 글을 모아 『난 │
│ 설헌집』을 펴냈다. 『난설헌집』은 중국과 일본에서 큰 인기를 끌었다. │
└──┘

① 허균은 재능을 마음껏 펼치지 못한 누이를 안타까워했다.
② 딸의 재능을 키워 준 허난설헌의 아버지는 시대를 앞서간 사람이다.
③ 허난설헌의 결혼이 불행했던 이유는 조선 시대 여성의 지위와 관계 있다.
④ 허난설헌은 여성을 차별하는 시대 상황 때문에 예술 창작을 하지 못했다.
⑤ 허난설헌은 조선 시대에 태어났으나 남동생 덕분에 시집을 남길 수 있었다.

3 이 글을 바탕으로

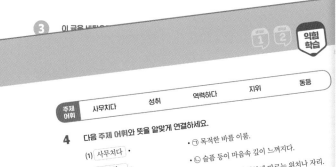

| 주제
어휘 | 사무치다 | 성취 | 역력하다 | 지위 | 동등 |

4 다음 주제 어휘와 뜻을 알맞게 연결하세요.
(1) 사무치다 ·   · ㉠ 목적한 바를 이룸.
(2) 성취 ·   · ㉡ 슬픔 등이 마음속 깊이 느껴지다.
(3) 지위 ·   · ㉢ 개인의 사회적 신분에 따르는 위치나 자리.
(4) 동등 ·   · ㉣ 등급이나 정도가 같음. 또는 그런 등급이나 정

5 다음 빈칸에 들어갈 낱말을 주제 어휘에서 찾아 쓰세요.
(1) 학생들을 (   )하게 대하는 선생님이 인기가 많다.
(2) 모두가 소원 (   )하는 한 해를 만들어 가자는 다짐을 하였다.
(3) 조선 시대에는 가정에서 남성과 여성의 (   )가 불평등하였다.
(4) 인상을 쓰고 꽁하게 앉아 있는 모습에 불만스러움이

하나의 주제로 연결된 2개의 글 읽기로 진짜 문해력을 키워 보세요~!

Q '주제 연결 독해'란 무엇인가요?

초등학교 교과 과정의 주요 주제를 바탕으로 연결된 2개의 글을 읽고 문제를 푸는 독해 학습 방법이에요.

Q '주제 연결 독해'의 학습 효과는 무엇인가요?

주제 연결 독해를 반복하면 생각하는 힘이 길러지고, 이를 통해 진정한 문해력을 키울 수 있답니다.

Q 왜 문학과 비문학을 함께 수록했나요?

초등 과정에서는 문학, 현상, 개념 등의 다양한 글을 읽음으로써 지식을 쌓는 연습이 필요해요.

Q '생각주제'가 질문형인 이유는 무엇인가요?

질문형 주제를 보면 주제에 대한 흥미가 생기고, 주제에 대한 답을 찾는다는 목적을 가지고 글을 읽으면 집중도가 높아집니다.

Q 짧은 글 읽기로도 문해력이 길러지나요?

주제별 2개의 글을 읽고 익힘 학습으로 두 글을 정리하면 생각하고 표현하는 힘, 즉 '문해력'이 길러집니다.

이 책의 **활용법**

독해 **성취 수준**과 **학습 방법**에 따라
자신만의 **학습 계획**을 세워 공부할 수 있어요.

생각주제 **6쪽**

생각글 **1**

생각글 **2**

익힘 학습

차근차근 **60**일 완성

하루 2쪽
생각글 1을 꼼꼼히 읽고 문제를 풀어요.

하루 2쪽
생각글 2를 읽고 생각주제의 개념지식을 쌓아요.

하루 2쪽
앞의 두 생각글을 다시 읽고 문해력, 어휘력을 키워요.

탄탄하게 **40**일 완성

하루 4쪽
생각글 1과 **생각글 2**를 읽고 생각주제에 대한 내 생각을 정리해 봐요.

하루 2쪽
앞의 두 생각글을 다시 읽고 문해력, 어휘력을 키워요.

빠르게 **20**일 완성

하루 6쪽
생각글 1과 **생각글 2**를 읽고 생각주제에 대한 내 생각을 정리해 봐요.
익힘학습을 할 때는 생각글의 내용을 떠올리며 문제를 풀어 봐요.

초등 국어 **교과서 기획위원**과
현직 초등교사가 만들었어요.

기획진

● **방은수 교수님** 서울교육대학교 국어교육과 교수 | 초등 국어 교과서 기획위원
● **김차명 선생님** 광명서초등학교 교사 | 참쌤스쿨 대표 | 경기실천교육교사모임 회장 | (전) 경기도교육청 장학사
● **김택수 교수님** 경희사이버대학교 한국어문화학부 교수 | 경인교육대학교 유아교육과 강사 | 전국교사교육마술연구회 스텝매직 대표
　　　　　　　　　　| (전) 초등학교 교사
● **정미선 선생님** 서울시교육청 자문관 (독서토론 분야) | (전) 중학교 국어 교사
● **최고봉 선생님** 인제남초등학교 교사 | 독서교육 전문가 | Yes24 한 학기 한 권 읽기 선정위원

집필진

● **강서희 선생님** 서울신흥초등학교 교사 | 한국교원대학교 국어교육 학사, 석사, 박사 | 2015, 2022 개정교육과정 국어 교과서 집필
● **공은혜 선생님** 서울보라매초등학교 교사 | 서울교육대학교 국어교육 학사, 서울교육대학교 초등국어교육 석사 | 2009 개정교육과정 국어 교과서 집필
● **김경애 선생님** 서울목동초등학교 교사 | 서울교육대학교 국어교육 학사, 서울교육대학교 초등국어교육 석사 | 2015 개정교육과정 국어 교과서 집필
● **김나영 선생님** 대전반석초등학교 교사 | 목원대학교 음악교육 학사, 한국교원대학교 음악교육 석사, 서울교육대학교 초등음악교육 박사 과정
● **김성은 선생님** 서울역촌초등학교 교사 | 서울교육대학교 국어교육 학사, 서울교육대학교 초등국어교육 석사
● **김일두 선생님** 용인백암초수정분교장 교사 | 한국교원대학교 초등교육 학사, 한국교원대학교 초등사회과교육 석사
● **박다빈 선생님** 서울연은초등학교 교사 | 서울교육대학교 초등교육 학사, 서울교육대학교 인공지능교육 석사
● **신다솔 선생님** 숙명여자대학교 국어국문학 학사, 서울대학교 국어교육 석사, 박사 과정
● **양수영 선생님** 서울계남초등학교 교사 | 서울교육대학교 국어교육 학사, 서울교육대학교 초등국어교육 석사 | KERIS 초등국어교육 영상콘텐츠 제작
● **윤주경 선생님** 서울역촌초등학교 교사 | 경인교육대학교 영어교육 학사, 서울교육대학교 초등사회과교육 석사
● **윤혜원 선생님** 서울대명초등학교 교사 | 서울교육대학교 초등교육 학사 | 2019~2022년 전국 기초학력평가 국어과 문항 검토위원 팀장
● **이지윤 선생님** 대구새론초등학교 교사 | 한국교원대학교 초등교육 학사, 한국교원대학교 문학교육 석사 | 2022 개정교육과정 국어 교과서 집필
● **이지현 선생님** 서울석관초등학교 교사 | 서울교육대학교 초등교육 학사, 서울교육대학교 초등국어교육 석사
　　　　　　　　　　| 2015, 2022 개정교육과정 국어 교과서 집필
● **이혜경 선생님** 군산초등학교 교사 | 서울교육대학교 과학교육 학사
● **이희송 선생님** 서울명원초등학교 교사 | 서울교육대학교 초등교육 학사, 서울교육대학교 초등교육행정 석사
● **정혜린 선생님** 서울구룡초등학교 교사 | 서울교육대학교 국어교육 학사, 서울교육대학교 초등국어교육 석사
　　　　　　　　　　| 2015 개정교육과정 부록 '순화어 지도 자료' 집필, 2022 개정교육과정 국어 교과서 집필
● **진　솔 선생님** 청주금천초등학교 교사 | 한국교원대학교 국어교육 학사, 한국교원대학교 초등국어교육 석사, 박사
　　　　　　　　　　| 2022 개정교육과정 국어 교과서 집필

이 책의 차례

1장

2개의 글을 연결해
재미있게 읽어요~

먹방에 열광하는 사람들

우리는 '먹방(먹는 방송)'의 시대에 살고 있다. 여러 방송에서 먹거리를 소재로 프로그램을 만들고, 음식을 맛있게 먹는 장면과 소리로 사람들의 눈길을 끌고 있다. 사람들은 다른 누군가가 맛있게 먹거나 많이 먹는 것을 보고 즐긴다. 이와 같은 먹방의 인기에 힘입어 수백만 명의 구독자를 가진 먹방 유튜버들이 활발하게 활동하고 있다.

먹방 유튜버들은 사람들의 관심을 끌기 위해 다양한 노력을 한다. 사람들은 아주 많은 음식 먹기, 요즘 유행하는 음식 먹기, 먹기 괴로운 음식 먹기, 희귀한 음식 먹기 등 자극*적인 콘텐츠를 소비하며 쾌락을 느낀다. 그리고 '바삭', '후루룩', '쩝쩝' 등 음식을 먹는 소리를 강조하고, 그것은 ASMR(자율 감각 쾌락 반응)*이 되어 사람들에게 안정감을 준다.

그렇다면 사람들이 먹방에 **열광***하는 까닭은 무엇일까? 문화 심리학자 이장주는 『퇴근길 인문학 수업』에서 "먹방의 인기는 현대인의 정서적 **허기***, 즉 외로움 때문이라고 할 수 있다."라고 말한다. 1인 가구가 늘어나면서 혼밥이 많아진 요즘, 사람들은 먹방을 시청하며 외로움을 달랜다. 누군가와 만나 함께 밥을 먹지 않아도, 방송을 보면서 다른 사람과 함께 먹는 느낌을 받는 것이다.

사람들이 먹방에 열광하는 또 다른 이유로 **대리 만족***을 들 수 있다. 사람들에게 먹는다는 것은 즐거움이자 스트레스를 푸는 방법이다. 하지만 여러 가지 이유로 먹고 싶은 음식을 마음껏 먹지 못하는 경우가 많다. 이럴 때 사람들은 먹방 유튜버가 음식을 먹는 모습을 보기만 해도 자신이 먹는 것처럼 기분이 좋아지고, 맛있게 양껏 먹는 모습을 보며 스트레스가 풀리게 된다.

이처럼 사람들은 먹방을 통해 외로움을 해소하고, 대리 만족을 느낀다. 이제 사람들에게 먹는다는 것은 더 이상 생존을 위한 것만도, 단순히 맛을 느끼기 위한 것만도 아니다. 먹방의 인기를 통해 알 수 있듯이 먹는 것을 보고 듣는 것이 하나의 즐거움이 되었고, 새로운 자극이 되었다. 그래서 사람들은 지금도 먹방에 열광하고 있다.

어휘사전
* **자극**(刺 찌를 자, 戟 창 극) 어떤 강한 반응을 일으키는 것.
* **ASMR** (Autonomous Sensory Meridian Response) 오감을 자극하여 쾌감과 정서적 안정감을 주는 것.
* **열광**(熱 더울 열, 狂 미칠 광) 아주 기쁘거나 좋아서 마구 날뛰는 것.
* **허기**(虛 빌 허, 飢 주릴 기) 몹시 굶어서 배고픈 느낌.
* **대리 만족**(代 대신할 대, 理 다스릴 리, 滿 찰 만, 足 발 족) 다른 사람의 성공으로부터 얻는 만족감.

내용요약

글의 중심 내용을 생각하며 빈칸의 낱말을 써 보세요.

사람들이 ☐ ☐ 에 열광하는 까닭은 먹방 유튜버들이 먹는 모습을 보며 외로움을 해소하고, 대리 만족을 느끼기 때문이다.

1

내용
이해

이 글의 내용과 일치하는 것을 두 가지 고르세요. (   )

① 사람들은 먹방을 보며 스트레스를 받는다.

② 사람들에게 먹는다는 것은 생존만을 위한 것이다.

③ 사람들이 먹방에 열광하는 이유 중 하나는 외로움 때문이다.

④ '정서적 허기'는 유행하는 음식을 직접 만들어 먹으며 달랠 수 있다.

⑤ 먹방에 나오는 음식 먹는 소리는 ASMR이 되어 사람들에게 안정감을 준다.

2

추론
하기

이 글을 읽고 짐작할 수 있는 내용이 <u>아닌</u> 것은 무엇인가요? (   )

① 먹방 유튜버의 인기는 반짝했다가 사라질 것 같아.

② 현대인들은 정서적으로 외로움을 많이 느끼는 것 같아.

③ 혼자 먹방을 보며 밥 먹는 것이 당연해지는 날이 오지 않을까?

④ 음식을 맛보는 것만큼, 눈으로 보고 귀로 듣는 것도 즐거운 일이야.

⑤ 1인 가구가 점점 많아진다고 하니 먹방의 유행도 당분간 계속될 거야.

3

적용
하기

다음은 어느 먹방 유튜버의 영상에 달린 댓글입니다. '사람들이 먹방을 보는 이유'가 잘 드러나는 댓글을 쓴 친구 두 명의 이름을 쓰세요.

소민	저도 먹는 건 자신 있는데, 저보다 잘 못 먹는 듯~!
해솔	영상을 보며 밥을 먹으니 왠지 외롭지 않고 힘이 나네요. 감사합니다. ^^
지아	어쩜 이렇게 잘 먹어요? 이번에 먹은 음식들 어디서 사 온 것인지 궁금해요.
동현	먹방을 왜 보는지 모르겠지만 친구들이 보라고 해서 들어왔어요. 재밌는 내용이 더 많으면 좋겠어요.
연수	지금 장염에 걸려서 아무것도 못 먹고 있는데ㅜㅜ 제가 못 먹는 음식 맛있게 먹는 모습을 보니 행복해요!

(   )

초정상 자극

▲ 재갈매기

오늘날 우리는 현실에서는 일어나기 힘든 억지스러운 상황과 자극적인 소재의 방송 프로그램을 자주 접한다. 그리고 SNS에는 실물보다 훨씬 예쁘게 꾸며서 올린 사진이 넘쳐 난다. 현대 사회는 이처럼 **과장**[*]되고 자극적인 것들이 인기를 얻으며 소비되고 있다. 이런 현상은 '초정상 자극'과 관련이 있다. '초정상'이라는 말은 '정상 범위를 넘어선.'이라는 뜻이다.

초정상 자극이란 동물 행동학자 니콜라스 틴베르헌이 발견한 개념이다. 그는 동물들을 관찰하여 '실제보다 인위적이고 과장된 **모조품**[*]에 더 강하게 반응하는 현상'을 알아냈다. 동물들은 진품과 인간이 만든 모조품을 함께 보여 주었을 때 모조품에 더 애착을 보였다. 예를 들어 갈매기 새끼는 배가 고플 때 원래는 어미 부리의 붉은 점을 쪼는데, 막대기에 그려진 크고 붉은 점을 더 열심히 쪼아 댔다. 은줄표범나비 수컷은 암컷 나비의 색보다 더 화려한 모형 나비에게 더 적극적인 **구애**[*] 행동을 보였다.

동물의 행동에서 발견한 초정상 자극은 우리 주변의 여러 사회 현상도 설명해 준다. 디어드리 배릿의 책 『인간은 왜 위험한 자극에 끌리는가』는 우리 주변에서 볼 수 있는 흥미로운 사례를 소개하고 있다. '실제로 만나는 인간관계보다 영상으로 보는 것들이 더 재미있다.', '과일보다 과일 모양 사탕이 더 달콤하다.' 등과 같이, 진짜보다 더 강력한 매력을 지닌 **인공물**[*]에 대한 **중독**[*]과 집착을 흥미롭게 설명하고 있다.

초정상 자극은 최근 유행하는 먹방에서도 살펴볼 수 있다. 먹방 유튜버는 아주 많은 양을 먹거나, 실제보다 훨씬 과장된 표정과 반응을 하며 먹는다. 여기에 음식 먹는 소리까지 더해져 우리 뇌는 강렬한 자극을 받는다. 이러한 먹방의 유행은, 인공적인 자극을 좋아하는 동물들처럼 사람도 과장된 자극에 쉽게 빠진다는 것을 보여 준다.

이처럼 인공적이고 과장된 자극은 다소 위험할 수 있으므로 주의해야 한다. 강렬한 자극은 인간의 뇌를 빠르고 강하게 흥분시키고, 사람들로 하여금 그것에 푹 빠지도록 만든다. ㉠초정상 자극이 지속적으로 반복되면 정상적인 자극에는 무감각해지고, 점점 더 큰 자극을 찾는 것에 매달리다가 결국은 중독에 이르게 된다.

어휘사전

* **과장**(誇 자랑할 과, 張 베풀 장) 사실보다 훨씬 부풀려서 나타냄.

* **모조품**(模 법 모, 造 지을 조, 品 물건 품) 어떤 물건을 그대로 본떠서 만든 가짜 물건.

* **구애**(求 구할 구, 愛 사랑 애) 이성에게 사랑을 구하는 것.

* **인공물**(人 사람 인, 工 장인 공, 物 만물 물) 사람의 힘으로 만든 물체.

* **중독**(中 가운데 중, 毒 독 독) 어떤 일에 빠져서 그것 없이는 견디지 못하는 상태.

내용요약

글의 중심 내용을 생각하며 빈칸의 낱말을 써 보세요.

ㅊ ㅈ ㅅ ㅈ ㄱ 은 동물들이 '실제보다 인위적이고 과장된 모조품에 더 강하게 반응하는 현상'을 관찰하여 알아낸 개념이다. 사람도 강한 자극에 쉽게 빠질 수 있으며, 이를 통해 먹방 유행과 같은 우리 주변의 사회 현상도 설명할 수 있다.

1 내용 이해

'초정상 자극'에 대한 설명으로 알맞지 <u>않은</u> 것은 무엇인가요? (   )

① 동물 행동학자 니콜라스 틴베르헌이 발견한 개념이다.

② 일상 속에서 편하게 느낄 수 있는 자연스러운 자극이다.

③ 동물이 과장된 모조품에 반응하는 것을 관찰해 알아냈다.

④ 과장되고 자극적인 것들이 인기를 얻고 소비되는 현상을 설명한다.

⑤ 실제보다 인위적이고 과장된 모조품에 더 강하게 반응하는 현상이다.

2 중심 내용

이 글의 결론 부분에서 말하고자 하는 것으로 알맞은 것에 ○표 하세요.

(1) 먹방은 가장 인기 있는 방송 콘텐츠이다. (   )

(2) 먹방은 초정상 자극을 보여 주는 한 사례이다. (   )

(3) 초정상 자극에 중독되지 않도록 주의해야 한다. (   )

(4) 초정상 자극은 일상생활에서 쉽게 찾아볼 수 있다. (   )

3 적용 하기

다음 중 '초정상 자극'의 예로 알맞은 것은 무엇인가요? (   )

① 가장 최근의 정보를 더 정확하게 기억하는 것

② 소금을 약간 넣으면 단맛이 오히려 강하게 느껴지는 것

③ 유행에 너무 앞서가지도 뒤처지지도 않고 싶다고 생각하는 것

④ 현실에서 일어나기 힘든 자극적인 내용의 TV 드라마에 빠지는 것

⑤ 알을 깨고 나온 새끼 오리가 처음 본 대상을 어미라고 생각하는 것

4 어휘 이해

㉠과 같은 상황에 처한 사람에게 말해 주기에 알맞은 사자성어를 보기에서 찾아 번호를 쓰세요.

┤ 보기 ├

(1) 대동소이(大同小異): 큰 차이가 없이 거의 같음.

(2) 일거양득(一擧兩得): 한 가지 일을 하여 두 가지 이익을 얻음.

(3) 고진감래(苦盡甘來): 쓴 것이 다하면 단 것이 온다는 뜻. 고생 끝에 행복이 옴.

(4) 과유불급(過猶不及): 과한 것은 모자란 것과 같다는 뜻. 한쪽으로 치우치지 않는 것이 중요함.

(   )

주제 정리 1 생각주제와 관련된 앞의 두 글을 읽고 내용을 정리해 보세요.

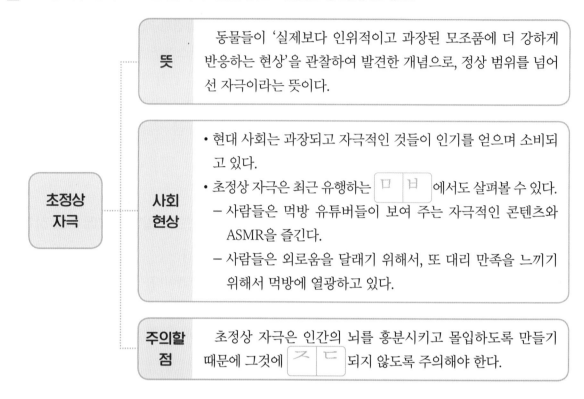

초정상 자극

뜻
동물들이 '실제보다 인위적이고 과장된 모조품에 더 강하게 반응하는 현상'을 관찰하여 발견한 개념으로, 정상 범위를 넘어선 자극이라는 뜻이다.

사회 현상
- 현대 사회는 과장되고 자극적인 것들이 인기를 얻으며 소비되고 있다.
- 초정상 자극은 최근 유행하는 ☐☐ 에서도 살펴볼 수 있다.
  - 사람들은 먹방 유튜버들이 보여 주는 자극적인 콘텐츠와 ASMR을 즐긴다.
  - 사람들은 외로움을 달래기 위해서, 또 대리 만족을 느끼기 위해서 먹방에 열광하고 있다.

주의할 점
초정상 자극은 인간의 뇌를 흥분시키고 몰입하도록 만들기 때문에 그것에 ☐☐ 되지 않도록 주의해야 한다.

2 초정상 자극에 너무 빠져들면 위험한 까닭으로 알맞은 것을 두 가지 찾아 ○표 하세요.

(1) 지속적으로 반복되면 점점 더 큰 자극을 찾다가 결국은 중독에 이르게 된다.

(2) 우리의 뇌가 화면 속 이야기를 자신의 이야기로 착각하게 만들어 실제 내가 겪은 것과 같은 느낌을 준다.

(3) 사소한 것에도 행복을 느끼고, 인공적인 것보다 자연을 즐기게 된다.

(4) 현실에서는 자극적이고 재미있는 일이 없다고 생각하게 된다.

3 먹방을 본 경험을 떠올려 보고, 그때 어떤 생각이나 느낌이 들었는지 써 보세요.

✎ _____

_____

_____

생각글 1 생각글 2

익힘 학습

주제 어휘	자극	열광	만족	과장	중독

4 다음 주제 어휘와 뜻을 알맞게 연결하세요.

(1) 자극 •

(2) 열광 •

(3) 만족 •

(4) 과장 •

• ㉠ 어떤 강한 반응을 일으키는 것.

• ㉡ 사실보다 훨씬 부풀려서 나타냄.

• ㉢ 마음에 들어서 흐뭇하고 좋은 것.

• ㉣ 아주 기쁘거나 좋아서 마구 날뛰는 것.

5 다음 빈칸에 들어갈 낱말을 주제 어휘에서 찾아 쓰세요.

(1) 광고를 볼 때에는 그 내용이 (   )되지 않았는지 주의 깊게 살펴야 한다.

(2) 스마트폰이 없으면 불안감을 느끼는 것은 스마트폰 (   ) 현상 중 하나다.

(3) 지우는 열심히 운동하는 친구를 보고 (   )을 받아 내일부터 같이 하기로 했다.

(4) 사람들이 붉은 티셔츠를 입고 (   )적으로 거리 응원을 하는 모습을 텔레비전에서 보았다.

6 다음 문장의 밑줄 친 내용과 바꿔 쓸 수 있는 낱말에 ○표 하세요.

(1) <u>사실보다 지나치게 부풀려진</u> 소문이 학교 전체에 퍼졌다. → 과장된 / 수정된

(2) 운동장에 좋아하는 노래가 울려 퍼지자 아이들은 <u>마구 날뛰며</u> 따라 불렀다.

→ 동요하며 / 열광하며

인공 지능이 차지한 일자리

어떤 사람이 카페에 가서 **키오스크**[*]를 통해 커피를 주문한다. 계산을 마치자 바리스타 로봇이 팔을 움직여 컵에 얼음을 담고 커피를 따른다. 곧 완성된 커피가 나온다. 가게에 직원이 없는 무인 매장의 모습이다. 이는 과거에 인류가 꿈꾸던 더 풍요롭고 편리한 미래의 모습과 닮아 있다.

▲ 바리스타 로봇

제조업 분야에서는 이미 로봇과 자동화 시스템이 많은 일자리를 차지하고 있다. 회사의 고객 센터는 전화 상담원 대신 **챗봇**[*]과 온라인 메신저를 통해 고객을 응대한다. 또 은행을 직접 방문하지 않고도 스마트폰으로 **비대면**[*] 거래를 할 수 있게 되었다. 이렇듯 인공 지능과 첨단 기술의 발달로 인해 기계가 인간을 대신하여 여러 가지 일을 수행하고 있다. 옛날에는 상상도 못 했던 일들이 오늘날 현실이 된 것이다.

이러한 첨단 기술의 활용은 기업 입장에서는 인건비를 절감할 수 있어서 유용하다. 무인 카페나 무인 상점의 특징은 **상주**[*]하는 직원이 없다는 것이다. 식당에서는 키오스크로 주문을 받으면 처음에 기계값은 들지만, 아르바이트 인력을 채용하는 비용은 아낄 수 있다. 또 은행의 업무가 비대면으로 가능해지면서, 은행들은 비용이 많이 드는 지점과 직원 수를 점차 줄여 나가고 있다.

최근 컴퓨터 제조 회사 아이비엠(IBM)은 인공 지능으로 **대체**[*]할 수 있는 업무에는 사람을 뽑지 않겠다고 선언했다. 아이비엠의 대표는 "우리 회사에서 고객과 직접 대면하지 않는 업무에 종사하는 사람은 약 2만여 명에 이른다. 이 가운데 30퍼센트는 앞으로 5년에 걸쳐 인공 지능과 자동화 시스템으로 대체될 것"이라고 말했다.

이러한 사례는 세계 경제 포럼(WEF)의 보고서에서 이미 전망한 바 있다. 그에 따르면 2022년까지 약 7,500만여 개의 일자리가 사라지고, 2025년에는 인공 지능이 전체 일자리의 52퍼센트 이상을 대체하게 될 것이라고 한다. 기계와 로봇이 인간의 일자리를 위협하고 있는 것은 아닌지 생각해 볼 문제이다.

어휘사전
* **키오스크**(kiosk) 역, 식당, 은행, 상점에 설치되어 화면에 손을 대면 명령이 실행되는 기계.
* **챗봇**(chatbot) 'Chat(대화하다)+Robot(로봇)'이 합쳐진 말로, 문자나 음성으로 대화를 나눌 수 있는 컴퓨터 프로그램.
* **비대면**(非 아닐 비, 對 대할 대, 面 낯 면) 서로 얼굴을 마주 보고 대하지 않음.
* **상주**(常 항상 상, 住 살 주) 늘 있음.
* **대체**(代 대신할 대, 替 바꿀 체) 비슷한 다른 것으로 바꾸는 것.

내용요약

글의 중심 내용을 생각하며 빈칸의 낱말을 써 보세요.

| ㅇ | ㄱ | ㅈ | ㄴ | 과 첨단 기술의 발달로 기계가 인간을 대신하여 여러 가지 일을 수행하게 되었다. 기계와 로봇이 인간의 일자리를 위협하고 있는 것은 아닌지 생각해 볼 문제이다.

1

내용 이해

이 글의 내용과 일치하지 <u>않는</u> 것은 무엇인가요? (   )

① 첨단 기술의 활용으로 기업은 인건비를 절감할 수 있다.

② 제조업 분야에서는 이미 로봇과 자동화 시스템이 많은 일을 하고 있다.

③ 세계 경제 포럼은 보고서를 통해 많은 일자리가 사라질 것이라고 전망했다.

④ 은행을 직접 방문하지 않고 비대면 거래를 할 수 있는 곳이 점점 줄고 있다.

⑤ 아이비엠은 인공 지능으로 대체할 수 있는 업무에 사람을 뽑지 않기로 했다.

2

중심 내용

이 글에서 제기하려는 문제를 알맞게 파악하여 말한 친구의 이름에 ○표 하세요.

인류가 풍요롭고 편리한 미래를 꿈꾸는 것은 옳지 않아.

기계와 로봇이 인간의 일자리를 위협하고 있어.

기계나 로봇이 모든 일에서 인간보다 나은 것은 아니야.

민기   지수   하율

3

추론 하기

이 글을 읽고 미래에 일어날 수 있는 일을 알맞게 짐작한 것은 무엇인가요?

(   )

① 무인 상점도 결국은 상주하는 직원을 두게 될 것이다.

② 첨단 기술이 발달할수록 기업의 인건비는 점점 높아질 것이다.

③ 전화 상담원이라는 직업은 챗봇이 발달할수록 인기를 끌 것이다.

④ 기계가 인간을 대신하면서 여러 가지 사고가 끊이지 않을 것이다.

⑤ 인공 지능이 대체할 수 있는 업무에 종사하는 사람들이 직업을 잃을 것이다.

4

적용 하기

다음 괄호 안에 들어갈 알맞은 낱말에 각각 ○표 하세요.

인공 지능과 첨단 기술의 발달로 우리 생활에서 기계와 로봇이 활용되는 사례가 (1)(감소 , 증가)하고 있다. 이 글의 내용에 따르면 미래에 인간의 일자리는 점차 (2)(감소 , 증가)할 것이다.

노동의 종말이 아닌, 미래의 노동

우리가 언뜻 생각할 때 기계나 인공 지능이 사람의 일을 대신하게 되면, 여가 시간이 늘어나서 더 풍족한 삶을 누리게 될 것 같다. 하지만 그 이면에는 노동자의 일자리를 빼앗는 등 사회적으로 부정적인 측면이 있다. 세계적으로 유명한 경제학자 제러미 리프킨은 1995년 『노동*의 종말』이라는 책에서 이를 경고했다. 그는 첨단* 기술과 정보화 사회, 인공 지능 발전 등이 인간의 삶을 풍족하게 만드는 한편, 일자리를 사라지게 만든다고 주장했다.

역사적 사실을 몇 가지 살펴보자. 20세기 초 미국 남부 지역은 목화 생산으로 유명했다. 그런데 목화 따는 기계가 농부의 일을 대신하게 되면서, 사람들이 일자리를 잃게 되었다. 이들은 새로운 일자리를 찾아 공장으로 몰려갔다. 그리고 얼마 후 공장에 컨베이어 벨트*가 도입되어 생산 자동화*가 이루어졌다. 사람들은 또다시 기계에게 일자리를 내줄 수밖에 없었다.

과거를 더 거슬러 올라가서 19세기 영국에서도 이와 비슷한 일이 있었다. 18세기에 시작된 '산업 혁명'으로 인해 직물* 공장에 기계가 들어오면서 대량 생산이 가능해졌다. 이때도 많은 노동자가 일자리를 잃고 실업자가 되었다. 1811년~1817년, 빈곤에 시달리던 노동자들은 결국 공장에 몰려가 기계를 부수는 사건을 일으켰다. 이를 '러다이트 운동'이라고 한다.

이러한 러다이트 운동이 오늘날에도 일어날 가능성이 커지고 있다. 인공 지능과 로봇, 자동화 시스템 등 첨단 기술의 발달로 인해 인간의 일자리를 기계가 대체하고 있다. 일자리가 감소하면서 노동자들의 경제적 불안감은 커지고 있으며, 기계에 대한 증오감을 표출하기도 한다.

이를 막기 위해서는 첨단 기술의 발달이 꼭 인간의 일자리를 위협하는 것은 아니라는 관점이 필요하다. 과거 마차가 다니던 시절, 자동차가 개발되면서 마부와 인력거꾼들이 일자리를 잃었다. 하지만 자동차 디자이너, 부품 생산자, 기술자, 판매원 등 오히려 자동차와 관련된 수많은 직업이 새롭게 생겨났다. 이처럼 인간은 새롭게 등장하는 첨단 기술의 한계를 보완하는 또 다른 직업을 만들어 낸다. 일자리가 줄어드는 것이 아니라, 일자리가 변화하는 것이다.

어휘사전
* 노동(勞 수고로울 노, 動 움직일 동) 사람이 생활에 필요한 물건이나 돈을 얻기 위하여 육체나 정신의 힘을 들여 생산하는 일.
* 첨단(尖 뾰족할 첨, 端 바를 단) 가장 앞서 나가는 것.
* 컨베이어 벨트(conveyor belt) 띠 모양의 받침이 계속 돌아가면서 물건을 운반하는 장치.
* 자동화(自 스스로 자, 動 움직일 동, 化 될 화) 사람의 힘 없이도 기계, 장치 등이 저절로 움직이는 것.
* 직물(織 짤 직, 物 만물 물) 실로 짠 천.

내용요약
글의 중심 내용을 생각하며 빈칸의 낱말을 써 보세요.

19세기 영국에서 기계가 노동자의 일자리를 빼앗는다면서 기계 파괴 운동이 일어났다. 이러한 ㄹㄷㅇㅌ 운동이 오늘날에도 일어날 가능성이 커지고 있다. 첨단 기술의 발달로 일자리가 줄어드는 것이 아니라 변화하는 것이라는 관점의 전환이 필요하다.

1 다음 괄호 안에 들어갈 말로 알맞은 것에 ○표 하세요.

내용
이해

> 제러미 리프킨은 『노동의 종말』이라는 책에서 첨단 기술의 발전이 인간의 일자리를 사라지게 만든다고 보고, 미래 인류의 노동 현실을 (긍정적 , 부정적)으로 보았다.

2 '러다이트 운동'에 대한 설명으로 알맞은 것에 ○표 하세요.

내용
이해

(1) 기계를 움직일 수 있는 기술자가 부족하여 시작되었다. (　　　　)

(2) 일자리를 빼앗긴 노동자들이 일으킨 기계 파괴 운동이다. (　　　　)

(3) 공장 주인과 노동자가 힘을 합쳐 기계를 몰아내려 하였다. (　　　　)

3 이 글을 읽고 알 수 있는 내용을 알맞게 정리한 것은 무엇인가요? (　　　　)

추론
하기

① 기계를 이용한 대량 생산으로 노동자들은 부자가 되었다.

② 기계와 인간이 싸우면 인간이 질 수밖에 없다는 교훈을 얻을 수 있다.

③ 공장 주인들은 러다이트 운동을 통해 자신의 권리를 주장하기 시작했다.

④ 인간은 기술의 발달로 일에서 완전히 해방되어 풍족한 삶을 누리게 될 것이다.

⑤ 첨단 기술의 발달로 사라지는 일자리도 있지만, 새롭게 생겨나는 일자리도 있다.

4 오늘날 일어날 수 있는 '러다이트 운동'에 대한 예로 알맞은 것을 보기에서 두 가지 골라 번호를 쓰세요.

적용
하기

┤ 보기 ├

(1) 미국 작가 조합은 인공 지능이 많은 책을 불법 복제하여, 작가들의 생계를 위협하고 있다며 크게 항의하였다.

(2) 변호사 사무실에서는 신입 변호사 대신 챗봇을 이용하면서 저렴한 비용으로 빠른 업무 처리가 가능하게 되었다.

(3) 창작 사이트 '아트스테이션(ArtStation)' 이용자들은 인공 지능이 만든 작품의 등록 금지를 요구하는 온라인 시위를 벌였다.

(4) 인구가 적은 섬 지역에서 택배를 받기 위해서는 직접 육지까지 배를 타고 나와야 했는데 드론 택배 서비스가 시작되면서 불편함이 사라졌다.

(　　　　)

주제 정리

1 생각주제와 관련된 앞의 두 글을 읽고 내용을 정리해 보세요.

인공 지능이 차지한 일자리	노동의 종말이 아닌, 미래의 노동
1 무인 매장의 모습은 인류가 꿈꾸던 미래의 모습이다.	**1** 제러미 리프킨은 책에서 미래에 인간의 ㅇ ㅈ ㄹ 가 점점 사라질 것이라고 전망했다.
2 첨단 기술의 발달로 ㄱ ㄱ 가 인간을 대신하여 여러 가지 일을 수행하게 되었다.	**2** 20세기 초 미국에서는 사람들이 기계 때문에 일자리를 잃었다.
3 첨단 기술의 활용으로 기업은 인건비를 절감할 수 있다.	**3** 19세기 영국에서도 기계를 파괴하는 러다이트 운동이 일어났다.
4 아이비엠은 인공 지능으로 대체할 수 있는 업무에는 사람을 뽑지 않겠다고 선언했다.	**4** 첨단 기술의 발달로 러다이트 운동이 오늘날에도 일어날 가능성이 커지고 있다.
5 기계와 로봇이 인간의 일자리를 위협하고 있다.	**5** 첨단 기술의 발달이 꼭 인간의 일자리를 위협하는 것은 아니라는 관점이 필요하다.

2 첨단 기술과 노동의 관계에 대해 <u>다른</u> 의견을 말한 친구의 이름에 ○표 하세요.

첨단 기술이 발달할수록 인간은 기계에 의존하게 될 거야. 일은 기계가 하고 인간은 노동에서 해방될 거야.

민기

인간의 일자리를 기계가 모두 대체할 수는 없어. 인간은 노동을 해야 생계를 유지할 수 있기 때문이야.

예슬

첨단 기술을 발달시키는 것도 인간이기 때문에 그것과 관련된 새로운 일자리가 계속 생겨날 거야.

동현

3 첨단 기술이 더욱 발달한 미래에는 일하지 않고 살 수 있을지 자신의 생각을 써 보세요.

✎

주제 어휘	비대면	대체	노동	첨단	자동화

4 다음 뜻에 알맞은 **주제 어휘**에 ○표 하세요.

(1) 가장 앞서 나가는 것.

첨단	인공

(2) 비슷한 다른 것으로 바꾸는 것.

대비	대체

(3) 사람의 힘 없이도 기계, 장치 등이 저절로 움직이는 것.

산업화	자동화

(4) 사람이 생활에 필요한 물건이나 돈을 얻기 위하여 육체나 정신의 힘을 들여 생산하는 일.

노동	임금

5 다음 빈칸에 공통으로 들어갈 낱말을 **주제 어휘**에서 찾아 쓰세요.

(1)
• ＿＿＿＿＿＿＿ 수업의 가장 큰 단점은 선생님 말씀에 집중하기 힘들다는 것이다.
• 인터넷에서는 ＿＿＿＿＿＿＿으로 대화가 이루어지기 때문에 언어 예절을 더 잘 지켜야 한다.

→ ☐☐☐

(2)
• 명절이 일요일과 겹치면 그다음 날인 월요일을 ＿＿＿＿＿ 공휴일로 정한다.
• 체육 수업을 수학 수업으로 ＿＿＿＿＿한다는 소식에 학생들은 아우성을 쳤다.

→ ☐☐

6 다음 밑줄 친 말과 바꿔 쓸 수 있는 낱말을 **주제 어휘**에서 찾아 쓰세요.

사과는 우리나라에서 가장 많이 재배되는 과일 중 하나이다. 하지만 재배부터 수확까지 모두 사람의 손이 가야 해서 생각보다 경쟁력이 높지 않다. 일손이 부족하고 투자해야 하는 시간도 엄청나 그동안 사과 농가에서는 큰 어려움을 겪었다. 하지만 최근에는 일부 작업에서 <u>기계화</u>가 가능해지면서 생산성이 크게 높아질 것으로 기대하고 있다.

(　　　　　　　)

불을 이기는 사람들

화재 현장의 뜨거운 불길은 누가 봐도 무시무시하다. 뉴스에서 뜨거운 불길 속으로 뛰어들어 사람을 구조하는 소방관들을 보면 절로 감탄이 나온다. 그런데 소방관들은 어떻게 400도가 넘는 뜨거운 불 속에서도 무사할까? 그 비밀은 바로 온몸을 감싸고 있는 소방복에 있다. 소방복은 불과 열뿐 아니라 물에도 강해야 한다. 그래서 겉옷뿐 아니라 모자, 신발까지 모두 특수한 소재로 제작된다.

소방복은 '불을 막아 주는 옷'이라는 뜻의 '**방화복**[*]'이라고도 불린다. 이렇게 뜨거운 열을 견뎌야 하는 방화복은 어떤 소재로 만들어질까? 우선 잘 찢어지지 않게 질기고, 고온에도 녹거나 타지 않는 소재여야 한다. 그래서 강철보다 다섯 배 더 단단하고 400도 이상의 고열에도 강한 '아라미드'라는 섬유가 주로 사용된다. 또 그보다 더 높은 온도를 견딜 수 있는 'PBI'라는 소재는 장갑 부분에 많이 사용된다.

이처럼 고온을 견딜 수 있는 특수한 소재도 뜨거운 열기가 몸에 전달되는 것까지는 막지 못한다. 소방관의 몸에 화재 현장의 고열이 그대로 전달된다면 아주 위험할 것이다. 이를 막기 위해, 열의 이동을 막는 ㉠'**단열**[*]'이라는 과학 원리가

방화복에 활용된다. 그래서 방화복은 크게 세 겹으로 만든다. 가장 바깥 부분은 앞서 살펴본 것과 같이 열에 잘 견디는 소재로 만들어 1차로 몸을 보호한다. 가운데 부분에는 바깥의 뜨거운 증기를 막으면서, 몸의 수분은 배출해 주는 수증기 **차단막**[*]이 있다. 맨 안쪽에는 **펠트**[*] 소재의 ㉡단열재가 있어 뜨거운 열기가 몸에 전달되지 않도록 막아 준다.

그런데 방화복에도 몇 가지 단점이 있다. 특수 소재를 겹쳐서 만든 만큼 무게가 4kg 정도로 아주 무겁다. 또한 마냥 오랜 시간 동안 열기를 견딜 수 없고, 특정 시간만큼만 견딜 수 있다. 그래서 더 가볍고 더 오래 유지되는 방화복에 대한 연구가 계속해서 이루어지고 있다.

어휘사전

[*] **방화복**(防 막을 방, 火 불 화, 服 옷 복) 불길에 의한 피해를 막기 위하여 입는 옷.

[*] **단열**(斷 끊을 단, 熱 더울 열) 열의 이동을 막음.

[*] **차단막**(遮 막을 차, 斷 끊을 단, 幕 막 막) 무엇을 가로막거나 끊어서 통하지 못하게 하는 막.

[*] **펠트**(felt) 짐승의 털에 습기, 열, 압력을 가하여 만든 천.

내용요약

글의 중심 내용을 생각하며 빈칸의 낱말을 써 보세요.

소방관이 입는 방화복은 ⬚ 을 잘 견디는 특수한 소재로 만들어진다. 또한 단열의 원리가 적용되어 소방관들을 화재 현장의 위험으로부터 지켜 준다.

1 방화복에 대한 설명으로 알맞지 <u>않은</u> 것은 무엇인가요? (　　　　)

내용이해

① 방화복에는 '단열'이라는 과학 원리가 사용된다.

② 방화복은 가벼워서 소방관들이 활동하기 편하다.

③ 방화복은 열을 잘 견딜 수 있는 특수한 소재로 만든다.

④ 방화복은 불길에 의한 피해를 막기 위하여 입는 옷이다.

⑤ 방화복을 입는다고 해서 불 속에서 마냥 견딜 수 있는 것은 아니다.

2 방화복은 크게 세 겹으로 만들어집니다. 각 부분의 역할을 알맞게 연결하세요.

내용이해

(1) 바깥 부분 •

(2) 가운데 부분 •

(3) 안쪽 부분 •

• ① 열에 잘 견디는 소재로 만들어 1차로 몸을 보호한다.

• ② 펠트 소재의 단열재가 있어 뜨거운 열기가 몸에 전달되지 않도록 막아 준다.

• ③ 바깥의 뜨거운 증기를 막으면서, 몸의 수분은 배출해 주는 수증기 차단막이 있다.

3 ㉠에 해당하는 사례를 보기에서 두 가지 찾아 번호를 쓰세요.

적용하기

┤ 보기 ├

(1) 뜨거운 물에 얼음을 넣었더니 얼음이 바로 녹았다.

(2) 보온병에 뜨거운 물을 넣었더니 오랫동안 따뜻했다.

(3) 냉장고에 미지근한 물을 넣어 두었더니 점점 시원해졌다.

(4) 추운 날씨에 솜털로 된 외투를 입었더니 추위가 덜 느껴졌다.

(　　　　　　　　)

4 방화복에 ㉡을 사용하지 않으면 어떻게 될지 알맞게 짐작한 것은 무엇인가요?

추론하기

(　　　　)

① 방화복의 무게가 더 무거워진다.

② 방화복의 두께가 훨씬 두꺼워진다.

③ 몸에 있는 수분을 배출하지 못한다.

④ 뜨거운 열기가 그대로 소방관에게 전달된다.

⑤ 여름에는 더 시원하고 겨울에는 더 따뜻하게 입을 수 있다.

열의 이동 현상

땀이 뻘뻘 나는 무더운 여름, 아이스크림을 한 입 베어 물고 입 안 가득 시원함을 느낀 적이 있다면 여러분은 이미 열의 이동을 경험한 것이다. 입 안의 열이 아이스크림에 전달되어, 아이스크림은 녹고 입 안은 시원해진 것이다.

이처럼 온도가 서로 다른 두 물체가 닿으면 열의 이동이 일어난다. 열은 온도가 높은 물체에서 온도가 낮은 물체로 이동한다. 그래서 온도가 높은 물체의 온도는 점점 낮아지고, 온도가 낮은 물체의 온도는 점점 높아진다. 두 물체가 계속 맞닿은 채로 시간이 지나면 두 물체의 온도는 점점 비슷해진다. 이것을 '열의 이동'이라고 한다.

열의 이동은 고체, 액체, 기체에서 모두 일어난다. 먼저 ㉠고체에서 일어나는 열의 이동은 '**전도***'라고 한다. 이때 두 물질이 맞닿아 있어야 하며, 열의 전달 속도는 고체의 종류에 따라 다르다. 구리나 철 같은 **금속***은 열이 빠르게 이동하는 성질이 있어 가열하면 금방 뜨거워진다. 뜨거운 찌개 속에 쇠숟가락을 오래 담가 두면 숟가락 전체가 뜨거워지는 것이 그 예이다. 반면 고무나 나무, 유리는 전도가 잘 일어나지 않는 물질이라서 가열해도 비교적 천천히 뜨거워진다. 냄비의 손잡이 부분을 고무나 나무 소재로 만드는 것도 [㉡]가 잘 일어나지 않기 때문이다.

액체나 기체에서 일어나는 열의 이동은 '**대류***'라고 한다. 온도가 높은 액체나 기체는 위쪽으로 올라가는 성질이 있다. 컵에 물을 담을 때, 뜨거운 물을 담고 그 위에 차가운 물을 담으면 뜨거운 물이 위로 이동하면서 금세 미지근해진다. 또한, 에어컨을 설치할 때는 머리 위 높이에 설치하여 찬 바람을 내보낸다. 그러면 차가운 공기가 아래로 가라앉으면서 실내가 전체적으로 시원해지게 된다. 반대로, 난방 기구는 아래쪽에 설치하여 뜨거운 공기가 위로 올라갈 수 있도록 하는 게 좋다.

이와 같은 열의 이동을 막아야 하는 경우가 있는데, 이를 '단열'이라고 한다. 단열은 우리 생활 곳곳에서 볼 수 있다. 추운 겨울에 두꺼운 벽과 이중 창문을 설치하면 바깥의 온도가 실내에 영향을 미치지 못한다. 또한, 뜨거운 물의 온도를 유지해 주는 보온병, 추운 겨울에 몸을 따뜻하게 감싸 주는 털옷, 뜨거운 열기로부터 몸을 보호해 주는 방화복에는 모두 단열의 원리가 사용되었다.

어휘사전
* **전도**(傳 전할 전, 導 인도할 도) 고체에서 열 또는 전기가 물체의 한 부분에서 다른 부분으로 이동하는 현상.
* **금속**(金 쇠 금, 屬 무리 속) 철, 구리, 금처럼 전기를 통과시키는 특징이 있는 단단한 물질.
* **대류**(對 대할 대, 流 흐를 류) 액체나 기체에서 물질이 이동하면서 열이 전달되는 현상.

내용요약
글의 중심 내용을 생각하며 빈칸의 낱말을 써 보세요.

온도가 서로 다른 두 물체가 맞닿아 있으면 온도가 [ㄴ][ㅇ] 쪽에서 [ㄴ][ㅇ] 쪽으로 열이 이동한다. 이를 고체에서는 '전도', 액체와 기체에서는 '대류'라고 하고, 이와 같은 열의 이동을 막는 것을 '단열'이라고 한다.

1

내용
이해

밑줄 친 ⓐ에 대한 설명으로 알맞지 <u>않은</u> 것은 무엇인가요?   (   )

① 모든 고체는 같은 속도로 열이 전달된다.

② 두 물질이 맞닿아 있어야만 열이 전달된다.

③ 고무나 유리는 열이 잘 전달되지 않는 물질이다.

④ 열이 빠르게 이동하는 금속에는 구리나 철 등이 있다.

⑤ 계속 맞닿은 상태로 있으면 두 물체의 온도는 점점 비슷해진다.

2

추론
하기

ⓑ 에 들어갈 낱말로 알맞은 것은 무엇인가요?   (   )

① 고체   ② 전도   ③ 대류

④ 보호   ⑤ 온도

3

내용
이해

열의 이동과 관련된 예로 알맞은 것을 찾아 선으로 연결하세요.

(1) 전도 •

(2) 대류 •

(3) 단열 •

• ① 두꺼운 벽과 이중 창문을 설치하면 바깥의 온도가 실내에 영향을 미치지 못한다.

• ② 뜨거운 물을 먼저 담고 그 위에 차가운 물을 담으면 물이 금세 미지근해진다.

• ③ 뜨거운 찌개에 쇠숟가락을 담가 놓으면 숟가락 전체가 뜨거워진다.

4

적용
하기

열의 이동 현상을 고려하여, 전열 기구를 효과적으로 설치한 친구의 이름에 ○표 하세요.

난방 기구를 높은 곳에 올려 두고 사용해야 방 전체 공기가 빨리 데워져.

예나

뜨거운 공기가 위로 올라갈 수 있도록 전기 히터를 바닥에 놓아두고 써.

서진

**주제
정리** **1** 생각주제와 관련된 앞의 두 글을 읽고 내용을 정리해 보세요.

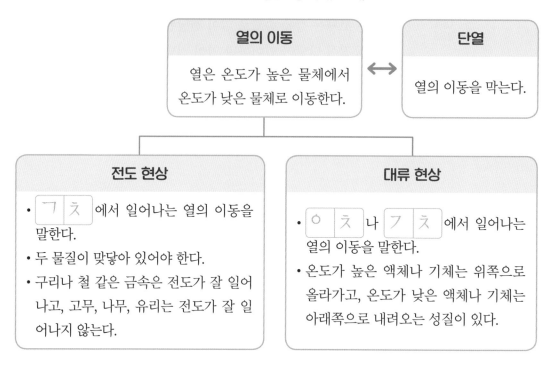

열의 이동

열은 온도가 높은 물체에서 온도가 낮은 물체로 이동한다.

↔

단열

열의 이동을 막는다.

전도 현상

• ㄱ ㅊ 에서 일어나는 열의 이동을 말한다.
• 두 물질이 맞닿아 있어야 한다.
• 구리나 철 같은 금속은 전도가 잘 일어나고, 고무, 나무, 유리는 전도가 잘 일어나지 않는다.

대류 현상

• ㅇ ㅊ 나 ㄱ ㅊ 에서 일어나는 열의 이동을 말한다.
• 온도가 높은 액체나 기체는 위쪽으로 올라가고, 온도가 낮은 액체나 기체는 아래쪽으로 내려오는 성질이 있다.

2 다음 **보기**에 공통으로 사용된 과학 원리로 알맞은 것에 ○표 하세요.

┤ 보기 ├

요리 중인 프라이팬 손잡이를 만졌는데 뜨겁지 않아.

방화복을 입으면 뜨거운 불길 속에서도 임무를 무사히 수행할 수 있어.

(1) 단열 (   )   (2) 전도 (   )   (3) 대류 (   )

3 주변에서 볼 수 있는 단열의 예를 찾아 써 보세요.

✎ _____

_____

_____

주제 어휘	방화복	단열	전도	대류

4 다음 주제 어휘와 뜻을 알맞게 연결하세요.

(1) 단열 •

(2) 대류 •

(3) 전도 •

(4) 방화복 •

• ㉠ 열의 이동을 막음.

• ㉡ 불길에 의한 피해를 막기 위해 입는 옷.

• ㉢ 액체나 기체에서 물질이 이동하면서 열이 전달되는 현상.

• ㉣ 고체에서 열 또는 전기가 물체의 한 부분에서 다른 부분으로 이동하는 현상.

5 다음 빈칸에 들어갈 낱말을 주제 어휘에서 찾아 쓰세요.

(1) (　　　　　)이 잘되는 집을 지으면 겨울철 난방비를 절약할 수 있다.

(2) 뜨거운 바닥에 앉아 있으면 열이 (　　　　　)되어 엉덩이도 점점 뜨거워진다.

(3) 주전자에 물을 끓이면 차가운 물은 가라앉고 뜨거운 물은 끓어오르는 (　　　　　)가 일어난다.

(4) 소방관이 입는 (　　　　　)은 열을 잘 견디는 특수한 소재로 만들어져서 소방관을 뜨거운 열기로부터 지켜 준다.

6 다음 글에서 설명하는 '이것'이 공통으로 가리키는 것은 무엇인지 주제 어휘에서 찾아 쓰세요.

　공기와 바다에서 일어나는 이것은 지구에서 여러 가지 기상 현상을 만들어 낸다. 공기에서 일어나는 이것은 온도가 높은 공기가 온도가 낮은 쪽으로 이동하며 바람을 만들어 낸다. 바다에서 일어나는 이것은 차가워진 바닷물이 주변의 바닷물보다 무거워져서 아래로 가라앉아 바다 밑바닥을 따라 이동하게 만든다.

(　　　　　　　　)

전시된 바나나를 꿀꺽

▲ 「코미디언」

어휘사전
* **전시**(展 펼 전, 示 보일 시) 물건이나 작품을 모아 놓고 여러 사람한테 보여 주는 것.
* **오디오 가이드**(audio guide) 박물관이나 미술관에서 작가나 작품에 대한 설명을 녹음하여 들려주는 장치.
* **감상**(鑑 거울 감, 賞 상줄 상) 영화, 음악, 미술 등 예술 작품의 아름다움을 느끼고 즐기는 것.
* **단숨에** 쉬지 않고 곧장.

"이번 주말에 1억이 넘는 비싼 바나나를 보러 가지 않을래?"

이모는 재미있는 이야기를 많이 해 준다. 하지만 이번엔 장난이 좀 심했다. 그런 바나나가 세상에 있을 리 없잖아?

"좋아요. 제 두 눈으로 직접 확인할 거예요."

드디어 주말이 되었고, 이모와 내가 도착한 곳은 마트도 시장도 아닌 미술관이었다. 미술관에서는 이탈리아 작가 마우리치오 카텔란의 작품이 **전시*** 중이었다. 나는 어리둥절했다.

"이모, 바나나랑 미술관이랑 무슨 상관이에요?"

"이곳에 그 특별한 바나나가 있어."

이모는 입구에서 전시 안내 책자를 받은 후, 나에게 작은 오디오처럼 생긴 기계를 건네주었다. 그 기계는 **오디오 가이드***라고 했다.

"현장 도슨트가 없는 대신 이걸로 작품 설명을 들을 수 있지."

"이모, 도슨트가 뭐예요?"

"도슨트는 전시장에서 관람객들에게 전시물을 설명해 주는 분이야. 아는 만큼 보인다는 말도 있잖아? 해설을 들으면, 작가와 작품을 더 쉽게 이해할 수 있어."

나와 이모는 오디오 가이드의 친절한 설명을 들으며 여러 작품을 **감상***했다. 「자전거 타는 찰리」도 만나고, 2층에서 「북 치는 소년」이라는 작품도 봤다. 드디어 1억짜리 바나나가 모습을 드러냈다. 작품의 제목은 「코미디언」이었다. 진짜 바나나가 회색 테이프로 벽에 대충 붙어 있었다. 그때, ⊙어떤 형이 벽에 붙은 바나나를 떼어 내서 **단숨에*** 먹어 버렸다. 그러고는 벽에 바나나 껍질을 붙였다.

"으앗! 이모, 저 사람이 바나나를 먹었어요!"

거기 있던 사람들은 모두 당황해서 웅성거렸다. 모두들 껍질만 남은 바나나와 형을 번갈아 쳐다보았다. 그 형은 배가 고파서 바나나를 먹었다고 말했다. 나는 기분이 이상했다. 이모와 집에 돌아오는 내내 바나나 생각이 머릿속에서 떠나지 않았다.

'바나나를 허락 없이 먹어 버린 건 잘못이야. 비싼 작품인데 함부로 망가뜨리다니 너무해. 다른 사람들이 감상할 기회를 멋대로 망쳐 버리다니.'

나는 무척 속상했다.

▲ 관람객이 먹어 버린 「코미디언」

① 이 글의 중심 내용에 맞게 빈칸에 알맞은 말을 쓰세요.

중심
내용

> 이모와 나는 1억이 넘는 바나나 작품을 보기 위하여 미술관에 갔지만, 어떤 형이 바나나를 먹어 버리는 바람에 작품을 제대로 (   )하지 못했다.

② ㉠과 같은 행동을 보고 '내'가 속상해한 까닭은 무엇인가요? (   )

내용
이해

① 배가 고파서 바나나를 먹은 형이 불쌍해서

② 다 같이 보는 미술 작품을 함부로 망가뜨려서

③ 1억이 넘는 바나나가 실제로 있다는 것을 알게 되어서

④ 1억이 넘는 바나나는 어떤 맛일지 궁금했는데 빼앗겨서

⑤ 이모가 바나나를 먹어 버린 형의 행동을 이해하라고 하여서

③ 이 글에서 말하고자 하는 것을 알맞게 이해한 친구의 이름에 ○표 하세요.

비판
하기

비싼 가격의 미술 작품은 실제로 보기 어려운 것 같아.

하진

공공장소인 미술관에서 관람 예절을 지키지 않으면 다른 사람들에게 피해를 줄 수 있어.

연아

미술관에서 도슨트나 오디오 가이드를 친절하게 만들어 제공해야 사람들이 좀 더 편하게 관람할 수 있어.

시후

④ 다음 보기에 나온 작가의 의도를 알맞게 해석한 것에 ○표 하세요.

적용
하기

┤ 보기 ├

> 마우리치오 카텔란: 처음에는 바나나를 플라스틱이나 금속 모형으로 만들어 보려고 몇 달 동안 고민했는데, 전시해도 될 만큼 매력적이지 않았어요. 그러다가 가장 단순한 아이디어, '그냥 바나나를 그대로 설치하면 되잖아?'라는 생각이 떠올랐어요. 만약 누군가가 바나나를 먹는다면 그것도 재미있겠다고 생각했지요.

(1) 비싼 작품인 만큼 모형 바나나를 설치하는 것이 바람직하다. (   )

(2) 작품은 감상하는 사람에 따라 자유롭게 해석된다. (   )

미술 작품 관람 방법

고흐의 「해바라기」라는 그림은 세계에서 비싼 그림 중 하나로 손꼽힌다. 하지만 고흐는 **살아생전*** 끝내 인정받지 못한 화가였다. 영국 BBC 드라마 「닥터 후」에 고흐가 타임머신을 타고 현대로 오는 장면이 있다. 그는 자신의 작품이 전시된 오르세 미술관에서 감동의 눈물을 흘린다. 아무도 알아주지 않았던 자신의 그림을 많은 사람들이 이해하고 사랑해 주는 것을 보았기 때문이다. 이처럼 미술 작품에 대한 평가와 감상은 시대에 따라, 감상하는 사람에 따라 달라진다.

그렇다면 미술 작품은 개인이 각자 자유롭게 느끼는 대로 감상하면 될까? 어떤 작품은 보는 즐거움을 주고, 상상력을 자극하고, 때로는 감동을 주기도 한다. 하지만 어떤 작품은 도무지 이해하기 어려울 때도 있다. 앞에서 본 마우리치오 카텔란의 「코미디언」 같은 작품은 어떻게 받아들여야 할까? 예술 작품 감상에 정답은 없지만, ⟨   ㉠   ⟩ 수 있는 몇 가지 방법이 있다.

▲ 「게르니카」

[출처] www.pablopicasso.org

우선 미술관에 가기 전에 그 전시회나 작가에 대한 정보를 미술관 홈페이지나 인터넷 등에서 미리 찾아보는 것이 좋다. 피카소의 작품 「게르니카」는 전쟁이라는 시대적 배경을 알고 볼 때 훨씬 이해하기 쉽다. 더 깊이 있는 감상을 위해 도슨트의 작품 해설을 미리 신청하는 것도 좋다. 이렇게 사전 **관람*** 계획을 세우면 작품을 감상하는 데 도움이 된다.

미술관에 가서는 입구에서 전시 안내물을 받아서 살펴보자. 그리고 미술 작품을 먼저 본 다음에, 제목이 무엇인지 상상해 보는 것도 좋은 감상법이다. 작가가 왜 이런 소재를 사용했는지, 어떤 생각으로 이 그림을 그렸을지도 생각해 보자. 만약 인상 깊은 작품이 있으면 느낀 감상을 간단히 기록해 보자.

미술관은 여러 사람이 작품을 감상하는 장소이므로, 다른 사람의 관람을 방해하지 않도록 조심해야 한다. 전시된 작품을 손으로 만지면 **훼손***될 수 있으니 주의하자. 소음은 방해가 되므로 휴대폰은 꺼 두고, 전시장에서 뛰거나 큰 소리로 떠들지 않아야 한다. 이러한 미술 작품 관람 예절을 잘 알아 두자.

어휘사전

* **살아생전**(生 날 생, 前 앞 전) 이 세상에 살아 있는 동안.

* **관람**(觀 볼 관, 覽 볼 람) 공연, 영화, 그림, 경기 등을 구경하는 것.

* **훼손**(毁 헐 훼, 損 덜 손) 물건을 함부로 다루어 깨지거나 상해서 못 쓰게 만드는 것.

내용요약

글의 중심 내용을 생각하며 빈칸의 낱말을 써 보세요.

> 미술 작품을 잘 감상하기 위해서는 그 전시회나 작가에 대한 정보를 미리 찾아본다. 미술관에 가서는 전시 안내물을 살펴보고 작가의 의도를 짐작해 본다. ㄱ ㄹ ㅇ ㅈ 을 지키며 다른 사람의 관람을 방해하지 않도록 조심하자.

1 ┃ ⓐ ┃에 들어갈 알맞은 내용은 무엇인가요? (   )

중심
내용

① 난해한 작품을 피할

② 작가에 대해 조사할

③ 더 잘 이해하고 감상할

④ 미술관에 가는 길을 잘 찾을

⑤ 공공장소에서 주의할 점을 알

2 이 글을 읽고 알 수 있는 내용이 <u>아닌</u> 것은 무엇인가요? (   )

내용
이해

① 전시된 작품을 손으로 만지면 안 된다.

② 이해하기 어려운 작품은 미술관에서 전시하지 않는다.

③ 미술관 홈페이지에서 얻은 정보는 작품 관람에 도움이 된다.

④ 작품을 먼저 보고 제목을 상상해 보는 것도 좋은 감상법이다.

⑤ 도슨트의 작품 해설을 들으면 더 깊이 있는 감상을 할 수 있다.

3 이 글의 내용을 바탕으로 보기에 나온 ㉮에게 해 줄 수 있는 말은 무엇인가요?

적용
하기

(   )

┤ 보기 ├

2021년 3월 서울 롯데월드 몰에서 열린 '스트리트 노이즈(STREET NOISE)' 전시회에서 존원의 작품 「Untitled(무제)」를 관람객이 망가뜨리는 일이 일어났다. 작가는 '손상된 작품을 고치길 원한다.'는 입장을 전해 왔다. ㉮작품을 망가뜨린 관람객

은 "그림 앞에 붓과 페인트가 있어서 참여형 작품으로 오해했다."라고 말했다.

① 원래 작품보다 더 나아졌다고 작가를 설득해 봐.

② 전시와 관련된 설명을 제대로 하지 않은 미술관을 탓하면 돼.

③ 다른 관람객은 원래 작품인 줄 알고 감상했을 테니까 괜찮아.

④ 관람 방법과 관람 예절을 지켰다면 작품이 망가지지 않았을 거야.

⑤ 그림 앞에 있는 붓과 페인트도 작품의 일부이니 활용하는 게 맞아.

생각주제 04

 1 생각주제와 관련된 앞의 두 글을 읽고 내용을 정리해 보세요.

미술 작품 관람 방법

미술관에 가기 전	미술관에 간 후
• 미술관 홈페이지나 인터넷 등을 검색하여 전시회나 작가에 대한 ┌ㅈ┐┌ㅂ┐ 를 미리 찾아본다. • 도슨트의 작품 해설을 미리 신청해 둔다. → 사전 관람 계획을 세우면 작품을 감상하는 데 도움이 된다.	• 전시 안내물을 받아서 살펴본다. • 미술 작품을 보고 제목이 무엇인지 상상해 본다. • 작가가 왜 이런 소재를 사용했는지, 어떤 생각으로 그림을 그렸을지 생각해 본다. • 인상 깊은 작품이 있으면 ┌ㄱ┐┌ㅅ┐ 을 간단히 기록하는 것도 좋다. • 다른 사람의 관람을 방해하지 않도록 관람 ┌ㅇ┐┌ㅈ┐ 을 지킨다.

2 미술관에서 미술 작품을 바르게 관람한 친구 두 명의 이름에 ○표 하세요.

미술관 홈페이지에서 전시 정보를 찾아보고, 작가에 대해서도 미리 공부하고 갔어.

지윤

전시회에서 오디오 가이드를 이용한 뒤에 기념으로 집에 가져왔어.

하진

미술관에서 표시해 놓은 정해진 동선을 따라가며 미술 작품을 감상했어.

도현

3 미술관에서 관람 예절을 지키지 않는 사람들을 보면 어떤 생각이 드는지 써 보세요.

| 주제 어휘 | 전시 | 도슨트 | 감상 | 관람 | 훼손 |

4 다음 **주제 어휘**와 뜻을 알맞게 연결하세요.

(1) 전시 •

(2) 감상 •

(3) 관람 •

(4) 훼손 •

• ㉠ 공연, 영화, 그림, 경기 등을 구경하는 것.

• ㉡ 영화, 음악, 미술 같은 예술 작품을 즐기는 것.

• ㉢ 물건이나 작품을 모아 놓고 여러 사람한테 보여 주는 것.

• ㉣ 물건을 함부로 다루어 깨지거나 상해서 못 쓰게 만드는 것.

5 다음 빈칸에 들어갈 낱말을 **주제 어휘**에서 찾아 쓰세요.

(1) 책을 읽은 뒤에 (   )을 발표하는 시간을 가졌다.

(2) 잔디밭을 (   )하지 말아 달라는 내용의 푯말을 세웠다.

(3) 야구장에 가서 야구 경기를 (   )하니 더욱 재미있었다.

(4) 빈센트 반 고흐의 작품이 3개월 동안 우리나라 미술관에서 (   )될 예정이라는 소식을 들었다.

6 다음 문장의 밑줄 친 내용과 바꿔 써도 뜻이 통하는 낱말에 ○표 하세요.

(1) 놀이터의 놀이 기구들이 <u>망가져 못 쓰게 되어</u> 아무도 찾지 않는다.

→ 훼손되어 상실되어

(2) 역사 박물관에서 <u>전시물을 설명해 주는 해설사</u> 선생님 덕분에 재미있게 관람할 수 있었다.

→ 관람객 도슨트

재미있는 빅 데이터 이야기

만년 꼴찌 팀이 승리하는 과정을 그린 영화 「머니볼」은 실화를 바탕으로 만들어졌다. 미국 프로 야구팀 오클랜드는 뛰어난 선수를 데려올 돈이 없었다. 그래서 구단주 빌리 빈은 모든 경기와 선수 정보를 컴퓨터 **데이터**˚로 구축한다. 이렇게 만든 기록과 통계를 이용해 몸값이 싸면서 잠재력 높은 선수를 맞아들였다. 수백만 달러를 줘야 하는 유명 선수를 내보내고, 20만 달러쯤 주면 1루에 살아 나갈 선수로 팀을 다시 짰다. 야구계의 상식을 벗어난 일이라며 비웃음을 샀지만 결국에는 20연승을 거두며 크게 성공했다. 「머니볼」은 우리에게 데이터 **활용**˚의 중요성을 보여 준다.

그런데 오늘날에는 데이터를 뛰어넘은 '빅 데이터'가 **화두**˚이다. 정보 통신과 SNS의 발달로 이전보다 훨씬 더 많은 데이터가 1분 1초마다 쌓이고 있다. 빅 데이터는 기존의 방법이나 도구로 수집, 저장, 분석하기 어려운 **방대한**˚ 데이터를 의미한다. 가령 지금 이 순간에도 1분 동안 구글에서는 200만 건의 검색, 유튜브에서는 72시간의 비디오, 트위터에서는 27만 건의 게시물이 생성되고 있다. 그리고 구글 같은 ㉠플랫폼에서는 사람들이 인터넷에 올리는 모든 사소한 정보와 지식을 수집하여 빅 데이터로 축적한다.

우리는 하루에도 수십 번 스마트폰을 보며 생활한다. 관심 있는 것들을 검색하고, SNS에 글을 올린다. 이는 우리가 세상과 실시간으로 연결되어 있다는 것을 의미한다. 영화 「서치」는 빅 데이터가 우리 생활 속에 얼마나 깊숙이 들어와 있는지 보여 준다. 어느 날 데이비드의 10대 어린 딸이 갑자기 사라져 버린다. 데이비드는 딸의 노트북 속에 남겨진 여러 가지 흔적을 바탕으로 딸의 행방을 추적한다. 딸이 SNS에 올린 사소한 일상, 방문한 장소, 친구들과 연락한 내용 등을 조합해서 말이다. 이렇게 우리는 자신도 모르게 온라인상에 흔적을 남겨서 빅 데이터에 공헌하고 있는지도 모른다.

빅 데이터는 미래 사회를 이끌어 갈 무한한 가능성을 가지고 있다. **부작용**˚을 최소화하면서 빅 데이터를 잘 활용한다면 더 안전하고 편리한 미래를 만들 수 있을 것이다.

어휘사전

˚ **데이터**(data) 컴퓨터로 처리할 수 있게 정보를 숫자나 기호로 바꾸어 저장해 놓은 것.

˚ **활용**(活 살 활, 用 쓸 용) 기능이나 능력을 제대로 잘 쓰는 것.

˚ **화두**(話 말할 화, 頭 머리 두) 관심을 두어 중요하게 생각하거나 이야기할 만한 것.

˚ **방대**(尨 클 방, 大 큰 대)**하다** 매우 크거나 많다.

˚ **부작용**(副 버금 부, 作 지을 작, 用 쓸 용) 어떤 일에 뒤따라서 일어나는 바람직하지 못한 일.

내용요약

글의 중심 내용을 생각하며 빈칸의 낱말을 써 보세요.

| ㅂ | ㄷ | ㅇ | ㅌ | 는 우리 생활 속에 깊숙이 들어와 있으며, 미래 사회를 이끌어 갈 무한한 가능성을 가지고 있다. 부작용을 최소화하면서 잘 활용하도록 하자.

1

중심
내용

이 글에서 가장 중심이 되는 낱말은 무엇인가요? (   )

① 영화   ② SNS   ③ 노트북

④ 부작용   ⑤ 빅 데이터

2

내용
이해

이 글의 내용과 일치하지 <u>않는</u> 것은 무엇인가요? (   )

① 빅 데이터는 방대한 양의 데이터를 의미한다.

② 영화 「머니볼」은 데이터 활용의 중요성을 보여 준다.

③ 빅 데이터는 미래 사회를 이끌어 갈 무한한 가능성을 가지고 있다.

④ 인터넷에 올리는 모든 사소한 정보와 지식이 빅 데이터로 축적된다.

⑤ 영화 「서치」는 중요한 정보를 노트북에 남기면 안 된다는 교훈을 준다.

3

어휘
이해

이 글에 쓰인 ㉠의 뜻으로 알맞은 것의 번호를 쓰세요.

플랫폼(platform)

(1) 역에서 기차를 타고 내리는 곳.

(2) 정보 시스템 환경을 마련하고 개방하여 누구나 다양하고 방대한 정보를 쉽게 활용할
    수 있도록 제공하는 서비스.

(   )

4

적용
하기

영화 「이글 아이」에 대한 **보기**의 설명을 바탕으로 빅 데이터의 위험성을 바르게 설명
한 것에 ○표 하세요.

┤ 보기 ├

　「이글 아이」는 정보를 독점하여 사회를 통제하는 권력을 경고하는 영화이다. 「이글 아
이」 속 주인공은 누군가에 의해 핸드폰, CCTV, 신호등, 현금 지급기 등 주변의 모든 전
자 장치로 감시를 당한다. 그리고 특별한 명령을 전달받는데, 복종하지 않으면 죽음으로
이어진다. 이는 우리의 정보와 시스템이 통제되어 악용될 때의 위험성을 잘 보여 준다.

(1) 빅 데이터가 잘못 활용되면 우리를 감시하는 데 사용될 수 있다. (   )

(2) 감시 카메라를 잘 활용하면 범죄를 예방하는 데 큰 도움이 된다. (   )

빅 데이터의 활용과 데이터 마이닝

우리가 유튜브를 보면, 내가 본 것과 비슷한 주제의 영상들을 추천해 주는 서비스가 있다. 동영상 서비스를 제공하는 넷플릭스에서도 코미디를 많이 보면 코미디 영화를, 한국 영화를 많이 보면 비슷한 영화를 추천해 준다. 이는 빅 데이터를 활용하여 개별 사용자의 이용 패턴과 취향을 알아내 맞춤으로 서비스하는 사례이다.

빅 데이터 활용의 다른 사례도 알아보자. 브라질에서는 2016년 올림픽을 준비하면서 도시 관리와 긴급 대응 시스템을 갖추었다. 이는 한 컴퓨터 회사에서 교통, 전력, 재해 등 도시 운영 전반에 관련된 빅 데이터를 제공했기에 가능했다. 또 싱가포르는 차량 증가로 인한 교통 체증을 줄이기 위해 교통량 예측 시스템을 도입하였다. 이를 통해 85퍼센트 이상의 정확성으로 교통량을 예측하고 있다.

인터넷과 스마트폰이 일상화되면서 데이터는 **기하급수***적으로 늘어나고 있다. 또 CCTV를 통해 촬영된 영상 정보의 양도 엄청나다. 이러한 기록들은 모두 빅 데이터가 되어 활용된다. '규모를 가늠할 수 없을 정도로 많은 양의 데이터'를 뜻하는 빅 데이터의 특징은 '데이터의 양이 많다.', '실시간으로 빠르게 생성된다.', '글, 사진, 동영상 등 다양한 형식을 포함한다.'라는 세 가지 특성으로 요약된다.

그렇다면 이렇게 축적된 빅 데이터는 어떤 과정을 거쳐서 활용될까? '데이터 마이닝'에 그 답이 숨어 있다. 데이터 마이닝은 수많은 데이터 속에서 유용한 정보를 찾아내서 다양한 의사 결정에 활용하는 것을 말한다. 본래 '마이닝(mining)'은 광물을 **채굴***한다는 뜻을 가진 말이다. 미국의 한 대형 할인점에서는 데이터 마이닝을 통해 '기저귀를 구매하는 고객이 맥주도 함께 구매한다.'라는 사실을 알아냈다. 그래서 기저귀와 맥주를 가까운 곳에 배치하자, 두 품목의 매출이 함께 증가하였다.

이처럼 데이터 마이닝은 수많은 정보들, 즉 빅 데이터 속에 존재하는 관계, 패턴, 규칙 등을 **탐색***하여 새로운 정보를 얻는다. ㉠빅 데이터도 그 자체만으로는 별 의미가 없을 수 있지만, 데이터 마이닝을 통해 우리 생활에 좀 더 의미 있게 활용될 수 있다.

어휘사전
* **기하급수**(幾 기미 기, 何 어찌 하, 級 등급 급, 數 셀 수) 증가하는 수나 양이 아주 많음을 이르는 말.
* **채굴**(採 캘 채, 掘 팔 굴) 땅을 파서 그 속에 묻혀 있는 자원을 캐내는 것.
* **탐색**(探 찾을 탐, 索 찾을 색) 모르는 사실을 알아내기 위하여 자세히 살피고 조사하는 것.

내용요약
글의 중심 내용을 생각하며 빈칸의 낱말을 써 보세요.

데이터 ☐ ○ ㄴ 은 규모를 가늠할 수 없을 정도로 많은 양의 빅 데이터 속에서 유용한 정보를 찾아내서 다양한 의사 결정에 활용하는 것을 말한다.

1 다음 중 데이터 마이닝에 대한 설명으로 알맞지 <u>않은</u> 것은 무엇인가요?　(　　　　)

내용 이해

① 빅 데이터를 의미 있게 활용하는 한 방식이다.

② 수많은 데이터 속에서 필요 없는 정보를 삭제하는 것이다.

③ 기저귀와 맥주의 관계를 알아내어 매출을 올린 것이 한 예이다.

④ 본래 '마이닝(mining)'은 광물을 채굴한다는 뜻을 가진 말이다.

⑤ 빅 데이터에서 관계, 패턴, 규칙 등을 탐색하여 정보를 얻어 낸다.

2 다음 보기에서 밑줄 친 ㉠의 상황을 표현하기에 알맞은 속담을 골라 번호를 쓰세요.

어휘 이해

┤ 보기 ├

(1) 백지장도 맞들면 낫다　　　　(2) 가랑비에 옷 젖는 줄 모른다

(3) 개똥도 약에 쓰려면 없다　　　(4) 구슬이 서 말이라도 꿰어야 보배라

(　　　　　　　　　　)

3 다음을 참고하여 빅 데이터, 데이터 마이닝, 데이터 마이너 사이의 관계를 설명할 수 있는 예로 가장 알맞은 것은 무엇인가요?　(　　　　)

적용 하기

> 데이터 마이닝을 하는 사람을 '데이터 마이너'라고 부르는데 미래의 인기 직업으로 떠오르고 있다. 규모조차 파악하기 힘든 방대한 양의 정보인 빅 데이터 속에서 데이터 마이너는 이를 분석하여 의미 있는 정보를 뽑아낸다.

	빅 데이터	데이터 마이닝	데이터 마이너
①	쌀	보리	밭
②	병원	치료	의사
③	증거	과학 수사	과학 수사대
④	학생	교육	선생님
⑤	자동차	정비	정비사

 1 생각주제와 관련된 앞의 두 글을 읽고 내용을 정리해 보세요.

빅 데이터	규모를 가늠할 수 없을 정도로 많은 양의 데이터

재미있는 빅 데이터 이야기

- 영화 「머니볼」은 우리에게 데이터 활용의 중요성을 보여 준다.
- 영화 「서치」는 빅 데이터가 우리 생활 속에 얼마나 깊숙이 들어와 있는지 보여 준다.

데이터 마이닝

ㅂ ㄷ ㅇ ㅌ 속에 존재하는 관계, 패턴, 규칙 등을 탐색하여 유용한 정보를 찾아내서 다양한 의사 결정에 활용하는 것을 말한다.

빅 데이터의 활용

- 빅 데이터는 미래 사회를 이끌어 갈 무한한 가능성을 가지고 있다.
- 빅 데이터에 있어 중요한 것은 데이터의 양이 아니라 그 데이터를 얼마나 잘 ㅎ ㅇ 하는가이다.

2 빅 데이터에 대해 바르게 이해한 친구 두 명의 이름에 ○표 하세요.

우리가 SNS에 올리는 일상적인 글은 너무 사소한 것들이라 빅 데이터에 포함되지 않아.

민기

인터넷 사이트에 내가 검색했던 물건이 팝업 광고로 뜨는 것도 빅 데이터를 활용한 거야.

예슬

스포츠 선수들을 관리하는 데에도 경기 데이터, 운동량 같은 빅 데이터를 적극적으로 활용하고 있어.

준수

3 우리 생활 속에 깊숙이 들어와 있는 빅 데이터에 대한 자신의 생각을 써 보세요.

주제 어휘	데이터	활용	부작용	채굴	탐색

4 다음 뜻에 알맞은 **주제 어휘**에 ○표 하세요.

(1) 기능이나 능력을 제대로 잘 쓰는 것.
활동 | 활용

(2) 땅을 파서 그 속에 묻혀 있는 자원을 캐내는 것.
채굴 | 도굴

(3) 어떤 일에 뒤따라서 일어나는 바람직하지 못한 일.
부적응 | 부작용

(4) 컴퓨터로 처리할 수 있게 정보를 숫자나 기호로 바꾸어 저장해 놓은 것.
데이터 | 비트

5 다음 빈칸에 공통으로 들어갈 낱말을 주제 어휘에서 찾아 쓰세요.

(1)
• 수지는 주어진 정보를 [   ]하는 능력이 뛰어나다.
• 냉장고에 있는 재료를 [   ]해 볶음밥을 만들었다.
→ [   ]

(2)
• 구조대는 사고가 있었던 바위 주변을 [   ]하였다.
• 진로 체험 프로그램을 통해 학교에서 진로를 [   ]하는 시간을 가졌다.
→ [   ]

6 다음 문장의 밑줄 친 말과 바꿔 쓸 수 있는 낱말에 ○표 하세요.

(1) 영민이는 게임에서 땅속에 있는 석탄을 <u>캐냈다.</u>
→ 채굴했다 | 채색했다

(2) 감기약을 먹었는데 속이 울렁거리는 <u>안 좋은 일을 겪었다.</u>
→ 부주의 | 부작용

2장

2개의 글을 연결해
재미있게 읽어요~

달곰한 **공부계획**

프랑켄 슈타인 이야기

프랑켄슈타인
글 메리 셸리

프랑켄슈타인은 어머니의 죽음 이후 생명과 동물의 신체 구조에 대해 깊이 생각하고 연구하였다. 그러던 중 죽은 개구리의 몸에 전기 충격을 주자 경련이 일어난 실험 이야기를 듣게 된다. 그는 전기를 이용해 스스로 인간을 **창조***하겠다는 계획을 세운다. 오랜 시간 잠자는 것도, 밥 먹는 것도 잊은 채 실험에 **몰두***하던 프랑켄슈타인은 벼락이 치던 날, 마침내 생명을 탄생시키는 데 성공한다.

하지만 프랑켄슈타인은 오랜 시간 실험하느라 무리했던 탓에 정신을 잃는다. 친구 헨리가 정신을 잃은 프랑켄슈타인을 데려와 돌봐 준다. 며칠 후 건강을 회복한 프랑켄슈타인은 놀라운 광경을 보게 된다. 자신이 만든 생명체는 너무 오랜 시간 **배양***한 탓에 보통 사람의 1.5배의 크기로 거대하게 자랐고, 외모는 너무 **흉측***하고 끔찍했다. 프랑켄슈타인은 자신이 만든 생명체를 괴물이라 생각하고 도망간다.

한편 괴물은 프랑켄슈타인이 떠난 뒤 스스로 살아남아야 했다. 그는 제대로 일어서서 걷는 법, 음식을 익혀 먹는 법, 추위를 피하는 법까지 하나하나 배워 나간다. 괴물은 사람들에게 다가가 보았지만, 흉측한 외모 때문에 사람들이 **혐오감***을 표현하자 좌절한다. 혹시 어린아이는 자신을 받아 주지 않을까 기대하고 다가갔다가, 아이가 무서워하자 급기야 죽이고 만다. 그리고 프랑켄슈타인이 자신을 버려둔 채 도망간 것이 잘못이라고 생각하며, 그를 **증오***한다.

드디어 프랑켄슈타인을 만난 괴물은 자신도 가족을 만들고 싶으니, 자신과 결혼할 여자를 만들어 달라고 요구한다. 이에 프랑켄슈타인은 여자 괴물을 만드는 실험을 시작한다. 그런데 새로운 생명체가 탄생하기 직전, 프랑켄슈타인은 지금 하고 있는 일이 옳지 않다는 생각에 생명체를 파괴해 버린다. 이 장면을 눈으로 직접 본 괴물은 프랑켄슈타인에게 복수하겠다고 말하고 사라진다.

이후 괴물은 프랑켄슈타인의 친한 친구 헨리를 살해한다. 그리고 프랑켄슈타인이 사랑하는 여인과 결혼식을 올리자, 신혼 첫날밤 쫓아가서 신부를 살해한다. 이에 프랑켄슈타인은 자신도 괴물에게 복수를 하겠다고 다짐한다. 괴물을 쫓아 북극까지 가서 위험에 빠진 프랑켄슈타인은 지나던 배에 의해 구조되지만 너무 기력이 약해져 배에서 숨을 거둔다. ㉠괴물은 프랑켄슈타인을 찾아와 자신이 한 일들을 후회하며 그의 죽음을 슬퍼한다.

어휘사전

* **창조**(創 비롯할 창, 造 지을 조) 전에 없던 것을 처음으로 만드는 것.

* **몰두**(沒 잠길 몰, 頭 머리 두) 어떤 일에 온 마음과 정신을 쏟는 것.

* **배양**(培 북돋울 배, 養 기를 양) 균이나 세포를 일부러 길러 수를 늘리는 것.

* **흉측**(凶 흉할 흉, 測 잴 측) 몹시 보기 싫고 끔찍함.

* **혐오감**(嫌 싫어할 혐, 惡 미워할 오, 感 느낄 감) 싫어하고 미워하는 마음.

* **증오**(憎 미워할 증, 惡 미워할 오) 몹시 미워하는 것.

1

내용
이해

이 글의 내용과 일치하지 <u>않는</u> 것은 무엇인가요?   (   )

① 프랑켄슈타인은 죽은 개구리를 살려 내는 실험을 했다.

② 프랑켄슈타인은 괴물을 위해 여자를 만들다가 중단했다.

③ 프랑켄슈타인이 만든 생명체의 외모는 흉측하고 끔찍했다.

④ 괴물은 자신을 혼자 두고 도망간 프랑켄슈타인을 증오했다.

⑤ 괴물은 복수하기 위해 프랑켄슈타인의 친구와 신부를 살해했다.

2

추론
하기

㉠에 나타난 괴물의 마음을 알맞게 짐작한 것은 무엇인가요?   (   )

① 괴물은 프랑켄슈타인을 끝까지 미워하고 원망했다.

② 괴물은 모든 사람의 행복을 비는 따뜻한 마음을 가졌다.

③ 괴물은 프랑켄슈타인과 함께 살아가야 할 일이 막막했다.

④ 괴물은 자신이 직접 프랑켄슈타인에게 복수하지 못해 화가 났다.

⑤ 괴물은 프랑켄슈타인을 원망했지만, 동시에 미안한 마음도 들었다.

3

감상
하기

다음 보기에 나온 '피노키오'와 「프랑켄슈타인」 속 '괴물'의 공통점은 무엇인가요?
(   )

| 보기 |

목수 제페토는 나무 조각으로 말하는 나무 인형을 만들고, '피노키오'라고 이름 붙였다. 피노키오는 나무로 된 몸을 가졌지만, 신기하게도 사람처럼 생각하고 말하고 행동할 수 있었다. 피노키오는 온갖 말썽을 일으키며 제페토 할아버지를 속상하게 만든다. 하지만 수많은 모험을 겪으면서 성장한 피노키오는 결국 요정의 도움으로 사람이 된다.

① 사람이 아닌 존재에 의해 만들어졌다.

② 피노키오에게도 괴물에게도 사랑하는 가족이 있다.

③ 인간이 아니지만 인간처럼 생각하고 감정을 느낀다.

④ 자신을 만든 존재에게 버림받고 힘든 삶을 살아간다.

⑤ 처음에는 인간이 아니었지만 결국에는 진짜 인간이 된다.

인간을 닮은 존재

㉠인류는 늘 '인간을 닮은 존재(로봇)'를 창조하고 싶어 했다. 기계가 아닌, 사람과 비슷한 모습을 한 인공 지능 로봇에 대한 영화도 계속 만들어졌다. 스티븐 스필버그의 영화 「A.I.」는 죽은 친아들을 대신해 입양된 인간과 **흡사***한 소년 로봇의 존재를 통해 인간과 로봇의 경계에 대한 물음을 던진다.

과학 기술의 발전은 사람들의 삶을 편리하게 바꿔 놓았다. 특히 인간을 닮은 인공 지능의 발전은 나날이 우리를 놀라게 한다. 우리는 스마트폰을 켜고 "음악 들려줘." 하고 요구할 수도 있고, 집 안 창문을 열어 달라고 명령할 수도 있다. 인공 지능이 그림을 그리고 소설까지 쓰는 세상이 되었다.

또 과학 기술과 의학의 결합으로 인간 신체도 기계의 도움을 받을 수 있게 되었다. 신체 기능이 좋지 않은 사람은 인공 **장기***를 달아서, 본래 장기의 역할을 대신한다. 또 다리나 팔을 잃은 사람은 스마트 **의족***이나 **의수***를 착용하여 일상생활이 가능해졌다. 즉 기계 장치가 인간의 신체에 포함되기 시작한 것이다.

인간처럼 생각할 수 있는 인공 지능이 등장하고 신체의 일부를 기계로 대체하면서, '어떤 존재까지가 인간인가'에 대한 논의가 시작되었다. 여기에서 '포스트휴먼'이라는 용어가 생겨났다. 포스트휴먼은 '포스트(post, 다음의)'와 '휴먼(human, 인간)'이라는 단어가 합쳐진 것이다. 즉 인간보다 더 확장된 능력을 갖췄거나, 인간을 뛰어넘는 존재를 의미한다.

예를 들어 소설 「프랑켄슈타인」의 박사가 창조한 존재는 '괴물'이다. 하지만 포스트휴먼의 **관점***에서 보면, 비록 외형은 흉측하지만 인간 이상의 신체적 능력을 가진 존재다. 포스트휴먼의 등장은 인간이란 무엇인가에 대한 새로운 답을 요구한다. 그리고 이를 연구하는 사람들은 인간, 기계, 동물 등 다양한 형태의 생명체를 모두 존중해야 한다고 말한다.

어휘사전

* **흡사**(恰 마치 흡, 似 같을 사) 거의 같을 정도로 비슷한 모양.

* **장기**(臟 오장 장, 器 그릇 기) 사람 몸속에 있는 내장들. 간, 심장, 위, 콩팥 등을 일컬음.

* **의족**(義 옳을 의, 足 발 족) 고무, 금속 등으로 발이나 다리처럼 만든 물건.

* **의수**(義 옳을 의, 手 손 수) 고무, 금속 등으로 손처럼 만든 물건.

* **관점**(觀 볼 관, 點 점 점) 사물을 보고 생각하는 태도나 방향.

내용요약

글의 중심 내용을 생각하며 빈칸의 낱말을 써 보세요.

인간처럼 생각할 수 있는 인공 지능이 등장하고 인간 신체도 기계의 도움을 받게 되면서, 인간보다 더 확장된 능력을 갖췄거나 인간을 뛰어넘는 존재를 의미하는 '포스트휴먼'이라는 용어가 생겨났다.

1

내용
이해

이 글을 읽고 알게 된 내용을 알맞게 정리한 것은 무엇인가요?   (   )

① 기계로 만든 신체를 가진 인간을 인간으로 볼 수 없다.

② 인공 지능은 인간의 몸으로 인간처럼 생각하는 기계를 말한다.

③ 인간, 기계, 동물 중 인간과 가장 흡사한 존재만 존중해야 한다.

④ 우리가 그동안 인간이라고 생각해 온 존재를 포스트휴먼이라고 한다.

⑤ 포스트휴먼이 등장하면서 다양한 생명체에 대한 존중이 중요해졌다.

2

추론
하기

'포스트휴먼'이라는 용어가 생겨난 까닭이 <u>아닌</u> 것에 ○표 하세요.

(1) 인간처럼 생각할 수 있는 기계가 나타나서   (   )

(2) 인간만이 절대적인 존재라는 깨달음을 얻어서   (   )

(3) 기계 장치가 인간의 신체에 포함되기 시작해서   (   )

(4) 인간을 뛰어넘어 더 확장된 능력을 갖춘 존재가 생겨나서   (   )

3

적용
하기

㉠과 '튜링 테스트'에 대해 설명한 **보기**를 통해 알 수 있는 내용으로 알맞은 것은 무엇인가요?   (   )

┤ 보기 ├

'튜링 테스트'는 1950년 영국의 수학자이자 컴퓨터 과학자인 튜링이 연구하여 만들어 낸 것으로, 기계가 인간처럼 생각할 수 있는지 가려내기 위한 테스트이다.

평가자는 모니터를 통해 인간, 기계와 각각 대화를 나눈다. 대화를 일정 시간 나눈 뒤에 어떤 쪽이 인간이고 어떤 쪽이 기계인지 맞힌다. 이때 이 둘을 구분할 수 없다면 기계는 튜링 테스트를 통과한 것이고, 그 기계가 최소한 인간 정도의 지능을 가졌다고 볼 수 있다.

① 기계 장치를 몸에 지니고 살아가는 인간이 당시에도 많았다.

② 튜링은 인간을 닮은 존재를 만들 수 없다는 것을 알고 있었다.

③ 과거에는 인간이 기계보다 뛰어나다고 생각하는 사람이 많았다.

④ 어떤 쪽이 기계인지 맞히는 평가자가 맞히지 못하는 평가자보다 적었다.

⑤ 1950년에도 인간처럼 생각하는 능력이 있는 기계에 대한 연구가 이뤄졌다.

주제 정리

1 생각주제와 관련된 앞의 두 글을 읽고 내용을 정리해 보세요.

인공 지능의 등장
⬚ㅇ ⬚ㄱ 처럼 생각할 수 있는 기계가 나타났다.

인간의 신체에 포함되는 ⬚ㄱ ⬚ㄱ 장치
신체 기능이 좋지 않은 사람은 인공 장기, 스마트 의족이나 의수의 도움을 받는다.

인간을 닮은 존재

• 포스트휴먼: 인간보다 더 확장된 능력을 갖췄거나, 인간을 뛰어넘는 존재이다.

• 인간만이 절대적인 존재가 아니다. 다양한 형태의 생명체를 모두 존중해야 한다.

「프랑켄슈타인」의 박사가 창조한 존재
외형은 흉측한 '⬚ㄱ ⬚ㅁ '이지만, 인간 이상의 신체적 능력을 가진 존재이다.

2 다음 중 '포스트휴먼' 이라고 부를 수 있는 대상을 두 가지 찾아 ○표 하세요.

(1) 포스트휴먼에 대해 연구하는 과학자

(2) 인공 지능과의 바둑 경기에서 진 바둑 기사

(3) 본래 인간을 뛰어넘어 더 확장된 신체적 능력을 가진 기계 인간

(4) 인간의 몸을 가지지는 않았지만 인간처럼 생각할 수 있는 기계

3 어떤 존재까지 인간이라고 생각하는지, '포스트휴먼' 에 대한 자신의 생각을 써 보세요.

✎ _____

_____

_____

주제 어휘	창조	몰두	증오	흡사	관점

4 다음 주제 어휘와 뜻을 알맞게 연결하세요.

(1) 창조 •   • ㉠ 몹시 미워하는 것.

(2) 몰두 •   • ㉡ 어떤 일에 온 마음과 정신을 쏟는 것.

(3) 증오 •   • ㉢ 전에 없던 것을 처음으로 만드는 것.

(4) 관점 •   • ㉣ 사물을 보고 생각하는 태도나 방향.

5 다음 빈칸에 공통으로 들어갈 낱말을 주제 어휘에서 찾아 쓰세요.

(1)
• 삐쩍 마른 몸이 [   ] 종이 인형 같았다.
• 내 옷과 [   ]한 옷을 입은 사람과 딱 마주쳤다.

→ [   ]

(2)
• 모방은 [   ]의 어머니라는 말이 있다.
• 완벽하게 새로운 것을 [   ]하는 일은 쉽지 않다.

→ [   ]

6 다음 밑줄 친 말과 공통으로 바꿔 쓸 수 있는 낱말을 주제 어휘에서 찾아 쓰세요.

• 학교에 다녀와서 새로 나온 만화책을 읽는 데에 집중하다 보니 오후 시간이 금방 지나갔다.
• 매일 목도리 뜨기에만 전념했더니 겨울이 오기 전에 멋진 목도리를 완성할 수 있었다.

(   )

체르노빌의 아이들

체르노빌의
아이들
글 히로세 다카시
프로메테우스

밤공기를 가르며 하늘 높이 거대한 불기둥이 솟구쳤다. 체르노빌 원자력 발전소는 불길에 휩싸인 채 **고막***을 찢는 듯한 폭음을 내며 연거푸 폭발했다. 돌이킬래야 돌이킬 수도 없는 ㉠무서운 사고가 마침내 일어난 것이다.

이반은 자신도 모르게 두 손을 모으고 기도했다.

'오! 하느님, 제발 도와주세요. 이건 꿈이겠죠?'

기도하던 이반은 폭발 소리에 놀란 아파트 주민들의 비명 소리에 정신이 퍼뜩 들었다.

"아냐, 이건 꿈이 아니야. 모두들 소리 지르고 있잖아. 뭔가 끝장이 나 버린 거야."

이반이 얼이 빠져서 혼자 중얼거리고 있을 때, 누군가 방문을 열고 들어왔다.

"얘야……."

엄마 타냐였다. 그녀는 더 이상 말을 잇지 못하고 문 앞에 서 있었다.

"엄마, 발전소가 불바다가 됐어요. 우리 어떡해요?"

줄곧 창 바깥만 쳐다보던 ㉡이반은 털썩 주저앉았다. 그러고선 어깨를 들썩거리며 울음을 터트렸다. ㉢타냐는 그런 아들을 달래고 싶었지만 그냥 내버려 두기로 했다.

아파트 안의 소란은 점점 커져만 갔다. 잠시 후, 이반은 더 이상 울지 않겠다고 다짐이라도 한 듯 눈물을 닦고 일어나 엄마의 표정을 살폈다. 불을 켜지 않은 방 안은 **어슴푸레***했지만 엄마의 얼굴이 창백해진 것을 이반은 알 수 있었다. 엄마의 그런 모습에서 이반은 앞으로 닥쳐올 **재난***이 느껴져 더욱 두렵기만 했다. 그렇게 한동안 모자는 말없이 ㉣서로 불안한 눈길만을 주고받았다.

"전화가 불통이야!"

아빠 안드레이가 두 사람이 있는 방으로 들어와 거칠고 굵직한 목소리로 말했다.

"이네사를 깨워서 **대피***할 준비를 합시다. 어서, 타냐! 일단 아이들을 살려야 하잖소."

이미 대피하는 사람들의 분주한 발자국 소리가 아파트 전체에 울렸다. 그런 가운데서도 창밖으로 보이는 체르노빌 원자력 발전소는 점점 불길이 거세져 일 미터 가량 되는 높이의 불꽃이 상공에 커다란 **원호***를 그리며 계속 세력을 넓혀 가고 있었다.

"이게 우리가 믿어 왔던, 세계에서 가장 안전한 발전소였단 말인가요?"

타냐는 비로소 입을 열었다. 조용한 음성이었지만 왠지 매서운 ㉤노여움이 가득 담겨 있었다.

어휘사전

* **고막**(鼓 북 고, 膜 꺼풀 막) 귓구멍 안쪽에 있는 막.

* **어슴푸레** 빛이 약하거나 멀리 있어서 어둑하고 희미한 모양.

* **재난**(災 재앙 재, 難 어려울 난) 뜻밖에 일어난 불행한 일.

* **대피**(待 기다릴 대, 避 피할 피) 위험이나 피해를 입지 않도록 피함.

* **원호**(圓 둥글 원, 弧 활 호) 원의 둘레.

1 이 글에 대한 설명으로 가장 알맞은 것은 무엇인가요? (   )

내용
이해

① 원자력 발전소 폭발을 글감으로 한 소설이다.

② 원자력 발전소 폭발의 과정을 설명하는 글이다.

③ 원자력 발전소가 폭발하던 날의 경험을 쓴 일기이다.

④ 원자력 발전소 건설이 필요한 까닭을 주장하는 글이다.

⑤ 원자력 발전소 폭발 시 대피 방법을 알려 주는 안내문이다.

2 이 글에 나타난 중심 사건은 무엇인가요? (   )

중심
내용

① 엄마와 이반은 한동안 말없이 서로 불안한 눈길만을 주고받았다.

② 체르노빌 원자력 발전소가 불길에 휩싸인 채 폭음을 내며 폭발했다.

③ 아빠 안드레이가 전화를 사용하려고 했지만 통화가 연결되지 않았다.

④ 무서운 사고가 일어나자 이반은 자신도 모르게 두 손을 모으고 기도했다.

⑤ 엄마 타냐는 세계에서 가장 안전한 발전소라는 말을 지금까지 굳게 믿었다.

3 ㉠~㉤에 담긴 뜻을 알맞게 파악하지 <u>못한</u> 것을 고르세요. (   )

감상
하기

① ㉠은 체르노빌 원자력 발전소의 폭발을 가리킨다.

② ㉡은 이반이 오래 서 있었던 탓에 다리가 아팠기 때문이다.

③ ㉢은 거대한 재난 앞에서 아들을 달랠 엄두조차 안 났기 때문이다.

④ ㉣은 앞으로 닥쳐올 재난이 느껴져 두려웠기 때문이다.

⑤ ㉤에는 믿음에 대한 배신감이 담겨 있다.

4 이 글의 뒷부분에 이어질 내용으로 가장 어울리지 <u>않는</u> 것은 무엇인가요? (   )

추론
하기

① 발전소 폭발로 인한 마을의 피해 모습

② 발전소 폭발을 피해 대피하는 사람들의 행렬

③ 이반네 가족이 안전한 곳으로 대피하여 행복하게 사는 모습

④ 발전소 폭발로 혼란스러운 상황을 나라에서 통제하려는 모습

⑤ 발전소 폭발 이후 방사능에 노출되어 죽어 가는 사람들의 모습

위험 사회

▲ 불이 난 원자로

어휘사전

＊**공존**(共 함께 공, 存 있을 존) 여럿이 함께 있거나 서로 도와 함께 살아가는 것.

＊**전 지구화**(全 온전할 전, 地 땅 지, 球 공 구, 化 될 화) 전 세계적인 차원의 것으로 됨.

＊**원전**(原 근원 원, 電 번개 전) '원자력 발전소'를 줄여 이르는 말.

＊**인접**(鄰 이웃 인, 接 접할 접) 이웃하여 있음.

＊**소통**(疏 트일 소, 通 통할 통) 의견이나 의사가 서로 잘 전달되는 것.

1 독일의 사회학자 울리히 벡은 현대 사회의 특징을 '위험 사회'라고 말하였다. 위험이 사회의 중심 현상이 되었다는 뜻이다. ㉠과학 기술과 산업의 발전은 우리의 삶을 풍요롭게 만들어 주는 동시에 새로운 위험도 계속 만들어 내고 있다. 무분별한 자원 개발이 낳은 환경 오염은 태풍, 가뭄, 폭염 등 기후 위기의 원인이 되어 인간의 생존을 위협한다. ⎡ ㉡ ⎤ 온실가스의 배출 없이 저렴한 가격으로 전기를 생산하기 위해 건설된 원자력 발전소는, 폭발의 위험과 방사능 폐기물 처리 문제로 우리의 삶을 위협하고 있다. 이처럼 현대 사회가 가진 풍요로움의 이면에는 그만한 위험이 **공존**＊하고 있다.

2 위험 사회의 특징 중 하나는 위험의 평등화이다. 과거의 위험은 주로 불평등한 분배 때문에 생겨났다. 가난한 나라는 식량 부족으로 굶주렸고, 신분에 따른 차별로 인한 사회 문제가 있었다. ⎡ ㉢ ⎤ 위험 사회에서는 위험이 모든 사람에게 평등하게 적용되어 그 누구도 안전하지 않다. 예를 들어 환경 오염은 부자 나라이든 가난한 나라이든, 신분이 높든 낮든 구분하지 않고 모두에게 똑같이 영향을 준다.

3 위험 사회의 또 다른 특징은 위험의 **전 지구화**＊이다. 한 지역에서 발생한 문제일지라도 그 위험은 전 지구로 확산된다. 예를 들어 한국에서 내리는 산성비는 중국 산업 지대의 대기 오염과도 관련이 있다. 또 우크라이나 체르노빌 **원전**＊ 사고는 유럽 전역에 광범위한 피해를 입혔으며, 일본의 후쿠시마 원전 사고도 **인접**＊ 국가들에 영향을 주었다. 이처럼 현대 사회의 위험은 한 지역의 문제에 그치는 것이 아니라 전 지구에 영향을 끼친다.

4 그렇다면 위험 사회를 극복하기 위한 방법은 무엇일까? 울리히 벡은 **소통**＊을 강조한다. 소통을 통해 사람들이 서로 신뢰하고 협력해야만 위험을 극복할 수 있다고 하였다. 우리 사회에서 무엇이 위험이 될지 관심을 가지고, 이를 해결하려는 시민 참여가 필요하다. 위험이 전 지구에 영향을 미치는 만큼 모두가 운명 공동체라는 마음으로 세계의 문제를 해결해 나가야 한다.

내용요약

글의 중심 내용을 생각하며 빈칸의 낱말을 써 보세요.

> 과학 기술과 산업의 발전은 우리의 삶을 풍요롭게 만들어 주는 동시에 새로운 위험을 계속 만들어 내고 있다. 이러한 현대 사회의 모습을 ⎡ ㅇ ⎤⎡ ㅎ ⎤⎡ ㅅ ⎤⎡ ㅎ ⎤라고 한다. 위험이 전 지구에 영향을 미치기 때문에 모두가 함께 문제를 해결해 나가야 한다.

1

내용
이해

이 글의 내용과 일치하지 <u>않는</u> 것은 무엇인가요? (   )

① 울리히 벡은 위험이 현대 사회의 중심 현상이 되었다고 말하였다.

② 위험 사회를 극복하려면 과학 기술과 산업을 더 발전시켜야 한다.

③ 한 지역에서 발생한 문제일지라도 그 위험은 전 지구로 확산된다.

④ 소통을 통해 사람들이 서로 신뢰하고 협력한다면 위험을 극복할 수 있다.

⑤ 위험 사회에서는 위험이 모두에게 평등하게 적용되어 누구도 안전하지 않다.

2

적용
하기

밑줄 친 ㉠을 설명할 수 있는 효과로 알맞은 것에 ○표 하세요.

(1) 피그말리온 효과: 긍정적인 기대나 관심이 결과에 좋은 영향을 미치는 현상.

(   )

(2) 스티그마 효과: 한번 나쁜 사람으로 낙인찍히면 계속 나쁜 쪽으로 행동하는 현상.

(   )

(3) 부메랑 효과: 던진 부메랑이 돌아오는 것처럼 의도를 벗어나 불리한 결과로 되돌아오는

현상.   (   )

(4) 방관자 효과: 주위에 사람이 많을수록 어려움에 처한 사람을 돕지 않고 지켜보기만 하

는 현상.   (   )

3

어휘
이해

㉡과 ㉢에 들어갈 이어 주는 말이 차례대로 짝 지어진 것은 무엇인가요? (   )

① 하지만 – 그리고   ② 그리고 – 하지만

③ 그러나 – 그런데   ④ 그래서 – 그리고

⑤ 그리고 – 왜냐하면

4

적용
하기

다음 보기의 내용과 관련 있는 문단을 1 ~ 4 에서 골라 번호를 쓰세요.

┤ 보기 ├

부(富)에는 차별이 있지만 자동차 매연에는 차별이 없다.

(   )

주제 정리

1 생각주제와 관련된 앞의 두 글을 읽고 내용을 정리해 보세요.

| 위험 사회 | 과학 기술과 산업의 발전은 우리의 삶을 풍요롭게 만들어 주는 동시에 새로운 ㅇ ㅎ 도 계속 만들어 내고 있다. |

위험 사회의 특징 ① — 위험의 평등화

위험 사회에서는 위험이 모든 사람에게 평등하게 적용되어 그 누구도 안전하지 않다.

위험 사회의 특징 ② — 위험의 전 지구화

한 지역에서 발생한 문제일지라도 위험은 전 지구로 확산된다.

| 위험 사회 극복 방법 | ㅅ ㅌ 을 통해 사람들이 서로 신뢰하고 협력해야만 위험을 극복할 수 있다. |

2 위험 사회에 대하여 알맞게 이해한 친구의 이름에 ○표 하세요.

과학 기술과 산업이 발전할수록 그에 따른 새로운 위험도 계속 생겨날 거야.

도현

위험은 일부 지역의 문제이기 때문에 가난한 나라에서 주로 일어나.

서영

위험은 전 지구에 영향을 미치기 때문에 사람의 힘으로는 극복할 수 없어.

민기

3 「체르노빌의 아이들」에 나온 원자력 발전소 폭발과 같은 일에 대해 자신의 생각을 써 보세요.

✎ _____

_____

_____

익힘
학습

| 주제
어휘 | 폭발 | 재난 | 대피 | 위험 | 공존 | 소통 |

4 다음 주제 어휘와 뜻을 알맞게 연결하세요.

(1) 재난 •   • ㉠ 뜻밖에 일어난 불행한 일.

(2) 대피 •   • ㉡ 위험이나 피해를 입지 않도록 피함.

(3) 공존 •   • ㉢ 의견이나 의사가 서로 잘 전달되는 것.

(4) 소통 •   • ㉣ 여럿이 함께 있거나 서로 도와 함께 살아가는 것.

5 다음 빈칸에 들어갈 낱말을 주제 어휘에서 찾아 쓰세요.

(1) 우리 모둠은 서로 의견 (   )이 잘 이루어져서 분위기가 좋다.

(2) 환경을 보호하려는 노력을 통해 인간과 자연이 (   )할 수 있다.

(3) 갑자기 큰 (   ) 소리가 들려 내다봤더니 불꽃놀이가 시작되고 있었다.

(4) 태풍이 온다는 소식에 고기잡이 나갔던 배들이 모두 안전한 곳으로 (   )하
였다.

6 다음 ⬤ 안에 들어갈 낱말을 주제 어휘에서 찾아 쓰세요.

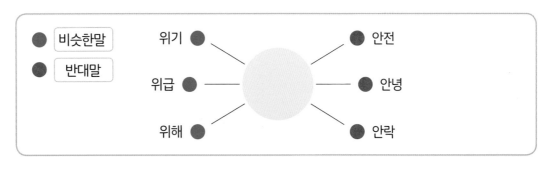

⬤ 비슷한말
⬤ 반대말

위기 ⬤   ⬤ 안전
위급 ⬤   ⬤ 안녕
위해 ⬤   ⬤ 안락

(   )

신재생 에너지

우리가 살아가기 위해서는 에너지가 필요하다. 추운 날씨에는 실내를 따뜻하게 하기 위해 열에너지가 필요하다. 자동차나 기차 같은 교통수단을 움직이기 위해서, 또 공장에서 제품을 생산하기 위해서도 많은 양의 에너지가 필요하다.

오랜 시간 인류는 에너지를 주로 석탄과 석유 등의 화석 연료에서 얻어 왔다. 하지만 화석 연료는 점점 **고갈**[*]되고 있다. 또 에너지로 **전환**[*]되는 과정에서 환경을 오염시킨다는 문제가 있다. 화석 연료가 에너지로 바뀔 때 오염 물질과 함께 지구 온난화의 주범인 이산화 탄소가 배출되기 때문이다. 이로 인해 북극의 빙하가 녹고, 세계 곳곳이 폭우와 폭염에 시달리는 등 기후 위기가 심각해지고 있다. 기후 위기는 우리 세대만의 문제가 아니라 미래 세대의 생존을 위협한다.

그래서 최근 '지속 가능한 발전'이라는 개념이 중요하게 떠오르고 있다. ㉠지속 가능한 발전이란, 미래 세대의 환경을 생각하면서 우리 세대의 생활도 함께 발전시킬 수 있는 ㉡친환경적 개발을 말한다.

이를 위해 화석 연료를 대체할 새로운 에너지, 즉 **신재생 에너지**[*]가 대안으로 떠올랐다. 신재생 에너지는 신에너지와 재생 에너지를 합쳐 부르는 말이다. 신에너지에는 연료 전지, 수소 에너지 등이 있고, 재생 에너지에는 태양광, 태양열, 풍력, 수력 등이 있다. 초기 투자 비용이 많이 든다는 단점이 있지만, ㉢환경친화적이라는 이점이 있다.

▲ 풍력 발전과 태양광 발전

신재생 에너지를 이용한 발전 시설은 우리 생활 곳곳에서 찾아볼 수 있다. 건물 옥상이나 주차장에 설치된 태양광 패널은 햇빛을 활용하여 전기 에너지를 만든다. 넓은 벌판에 설치된 풍력 발전기는 바람의 힘을 전기 에너지로 바꾸고, 수력 발전소는 물의 높낮이 차이를 이용해서 전기 에너지를 만든다. 뿐만 아니라 농업 폐기물이나 음식물 쓰레기 등이 분해되는 과정에서 나오는 **바이오가스**[*]를 활용하여 전기 에너지를 만들기도 한다.

어휘사전

* **고갈**(枯 마를 고, 渴 목마를 갈) 다 써서 없어지는 것.

* **전환**(轉 구를 전, 換 바꿀 환) 지금까지의 방향이나 상태를 바꾸는 것.

* **신재생**(新 새로울 신, 再 다시 재, 生 날 생) **에너지** 지구상에 존재하는 자연 에너지원을 이용하여 지속적으로 생성되는 에너지.

* **바이오가스**(biogas) 농업 쓰레기, 가축의 배설물, 음식물 쓰레기와 같은 원료가 분해되면서 생기는 메탄과 이산화 탄소의 혼합물.

내용요약

글의 중심 내용을 생각하며 빈칸의 낱말을 써 보세요.

인류가 오랜 시간 사용해 온 화석 연료가 점점 고갈되고 환경 오염의 주범이 되면서 화석 연료를 대체할 ⬚ㅅ⬚ㅈ⬚ㅅ⬚ 에너지가 대안으로 떠올랐다. 태양광, 풍력, 수력 등과 같은 신재생 에너지를 이용한 발전 시설은 우리 생활 곳곳에서 찾아볼 수 있다.

1 이 글에 나타난 내용과 일치하는 것은 무엇인가요? (   )

내용
이해

① 사람들은 기후 위기의 원인을 신재생 에너지에서 찾았다.

② 화석 연료는 환경 오염을 최소화할 수 있다는 장점이 있다.

③ 신재생 에너지는 신에너지와 재생 에너지를 모두 가리킨다.

④ 초기 투자 비용이 많이 드는 신재생 에너지의 사용을 줄이고 있다.

⑤ 공장에서 제품을 생산하기 위해서는 많은 양의 이산화 탄소가 필요하다.

2 다음 중 신재생 에너지의 원료에 속하지 <u>않는</u> 것은 무엇인가요? (   )

내용
이해

① 수소 에너지

② 태양광과 태양열

③ 물의 힘이나 바람의 힘

④ 석탄과 석유 등의 화석 연료

⑤ 폐기물이 분해되는 과정에서 나오는 바이오가스

3 ㉠을 알맞게 이해하고 실천한 친구의 이름에 ○표 하세요.

적용
하기

재활용과 분류 배출을 실천하고 친환경 제품을 선택해서 사용하고 있어.

예슬

걸어갈 수 있는 거리라도 시간을 절약하기 위해 버스를 이용하는 편이야.

민기

에너지를 절약해야 하기 때문에 우리 집에는 가전제품이 하나도 없어.

효령

4 '㉡ − ㉢'과 같은 관계에 있는 낱말끼리 짝 지은 것을 고르세요. (   )

어휘
이해

① 폭우 − 폭염

② 단점 − 이점

③ 대체 − 교체

④ 태양광 − 바이오가스

⑤ 화석 에너지 − 신재생 에너지

에너지 하베스팅

L씨는 스마트워치를 구매하기 위해 대리점에 갔다가 점원이 추천한 신제품을 보고 깜짝 놀랐다. 기기가 고장 나기 전까지는 배터리를 교체하거나 충전할 필요가 없었던 것이다. 그 비밀은 몸의 열을 이용해 전기를 만드는 손톱만 한 부품에 있었다. 스마트워치를 찬 사람의 몸에서 나온 에너지를 활용하는 것이다.

이처럼 버려지는 에너지를 다양하게 사용할 수 있다면 아주 **유용***할 것이다. 이러한 생각에서 나온 기술이 바로 '**에너지 하베스팅***'이다. 하베스팅은 '**수확***'이라는 뜻으로, 에너지 하베스팅이란 버려지는 에너지를 수확하여 활용하는 기술이다.

가령, 집이나 사무실 조명에서는 빛 에너지가 나온다. 우리가 한 걸음씩 걸을 때마다 열에너지가 생긴다. 자동차나 비행기가 움직일 때는 진동과 열이 발생한다. 과연 사라지는 에너지의 양은 얼마나 될까? 사람의 체온은 36.5℃인데, 일반적으로 잘 때 75W*, 가벼운 일을 할 때 190W, 격한 운동을 할 때 700W 정도의 열이 나온다. 그리고 스마트폰을 한 번 충전하는 데는 약 2.5W가 필요하다. 만약 운동할 때 나는 열의 1퍼센트만 전기로 바꿀 수 있다면 어떨까?

생활에 이용된 에너지 하베스팅 중 가장 오래된 것은 광 에너지 하베스팅이다. 일상에서 버려지는 태양광을 이용하여 에너지를 수집하는 기술이다. 지붕 등에 설치한 태양광 패널을 이용하여 낮 동안 에너지를 **축적***하여 사용하는 방식이다. 풍력 발전이나 수력 발전 등도 하베스팅의 일종이다. 바람이나 물의 흐름은 가만히 두면 버려지는 에너지이지만, 이를 전기 에너지로 바꾸어 활용하기 때문이다.

이보다 한 걸음 더 나아간 첨단 기술이 신체 에너지 하베스팅이다. 이는 사람의 체온, 정전기 등을 이용하거나 몸의 움직임을 전기로 바꾸어 이용하는 것이다. 에너지는 우리가 평소 몸을 움직이는 것만으로도 만들어진다. 따라서 운동할 때 발생하는 열을 모아 전기로 바꾼다면, 운동하면서 동시에 스마트폰을 충전할 수 있다.

한 에너지 전문가는 "우리 주변에서 발생하는 수많은 에너지는 소리나 열로 전환돼 허공에서 사라진다. 버려지는 에너지만 잘 모아도 지금보다 훨씬 더 효율적일 것"이라고 말한다. 지금도 많은 에너지들이 버려지고 있다. 이를 수확해 재활용할 수 있다면 ⟨　　ⓐ　　⟩ 문제 해결에 큰 도움이 될 것이다.

어휘사전

* **유용**(有 있을 유, 用 쓸 용) 쓸모가 있음.

* **에너지 하베스팅** (Energy Harvesting) 태양광, 열, 풍력, 수력 등과 같이 자연적인 에너지원으로부터 발생하는 에너지를 전기 에너지로 전환시켜 거두어 들이는 기술.

* **수확**(收 거둘 수, 穫 벼벨 확) 거두어 들임.

* **W**(watt) 전력의 크기를 나타내는 단위. 'W'라고 쓰고 '와트'라고 읽음.

* **축적**(蓄 쌓을 축, 積 쌓을 적) 돈, 지식, 경험 등을 모아서 쌓음.

내용요약

글의 중심 내용을 생각하며 빈칸의 낱말을 써 보세요.

에너지 ㅎ ㅂ ㅅ ㅌ 은 버려지는 에너지를 수확하여 활용하는 기술로, 환경 오염과 에너지 부족 문제 해결에 큰 도움이 될 것이다.

1 이 글을 읽고 알 수 있는 내용은 무엇인가요? (   )

내용
이해

① 에너지 하베스팅이라는 용어를 처음 사용한 사람

② 중력 에너지 하베스팅 기술을 활용하여 만든 물건

③ 진동 에너지 하베스팅과 위치 에너지 하베스팅의 단점

④ 에너지 하베스팅을 가장 활발하게 활용하고 있는 나라

⑤ 가장 오래전부터 생활에 이용된 에너지 하베스팅의 종류

2 다음 중 에너지 하베스팅의 에너지원이 될 수 <u>없는</u> 것을 고르세요. (   )

내용
이해

① 체온   ② 바람   ③ 파도

④ 석유   ⑤ 정전기

3 다음 보기의 사례는 어떤 에너지 하베스팅 기술에 해당하는지 알맞은 것에 ○표 하세요.

적용
하기

┤ 보기 ├

• 달리기할 때 발생하는 몸의 열을 이용해 전기를 만든다.

• 마스크 안쪽에 작은 바람개비가 있어서, 사람이 마스크를 쓰고 숨을 쉬면 바람개비가
  돌면서 전기를 만든다.

• 밤에 침낭에 들어가서 잘 때의 체온으로 전기를 만든다.

(1) 광 에너지 하베스팅   (   )   (2) 위치 에너지 하베스팅 (   )

(3) 신체 에너지 하베스팅 (   )   (4) 중력 에너지 하베스팅 (   )

4   ⓐ   에 들어갈 내용으로 알맞은 것을 두 가지 고르세요. (   )

중심
내용

① 환경 오염   ② 운동 부족

③ 에너지 부족   ④ 스마트폰 중독

⑤ 쓰레기 분리수거

1 생각주제와 관련된 앞의 두 글을 읽고 내용을 정리해 보세요.

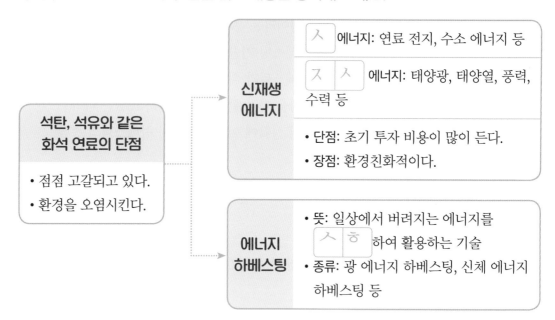

석탄, 석유와 같은 화석 연료의 단점

- 점점 고갈되고 있다.
- 환경을 오염시킨다.

신재생 에너지

- ㅅ 에너지: 연료 전지, 수소 에너지 등
- ㅈ ㅅ 에너지: 태양광, 태양열, 풍력, 수력 등
- 단점: 초기 투자 비용이 많이 든다.
- 장점: 환경친화적이다.

에너지 하베스팅

- 뜻: 일상에서 버려지는 에너지를 ㅅ ㅎ 하여 활용하는 기술
- 종류: 광 에너지 하베스팅, 신체 에너지 하베스팅 등

2 다음 사진에 나타난 에너지 개발 방법에 대한 설명으로 알맞은 것에 ○표 하세요.

(1) 미래 세대의 환경을 생각하면서 우리 세대의 생활도 함께 발전시키기 위한 에너지 개발 모습이다.

(2) 초기 투자 비용이 많이 드는 에너지 개발 방법으로 화석 에너지와 함께 미래에는 점점 사라져 갈 것이다.

3 에너지 하베스팅에 대해 알게 된 내용에 대해 자신의 생각을 써 보세요.

✎ _____

_____

_____

주제 어휘	에너지	고갈	전환	유용	수확	축적

4 다음 **주제 어휘**와 뜻을 알맞게 연결하세요.

(1) 에너지 •

(2) 고갈 •

(3) 전환 •

(4) 축적 •

• ㉠ 다 써서 없어지는 것.

• ㉡ 돈, 지식, 경험 등을 모아서 쌓음.

• ㉢ 기계 등을 움직여서 일을 하게 하는 힘.

• ㉣ 지금까지의 방향이나 상태 같은 것을 바꾸는 것.

5 다음 빈칸에 들어갈 낱말을 **주제 어휘**에서 찾아 쓰세요.

(1) 친구들과 수다를 떨고 나니 기분 (   )이 되었다.

(2) 게임을 잘하는 친구에게서 (   )한 정보를 얻었다.

(3) 높은 산을 쉬지 않고 올랐더니 체력이 (   )되었다.

(4) 지방이 배에만 (   )되어 배가 볼록하게 튀어나왔다.

6 다음 밑줄 친 말과 바꿔 써도 뜻이 통하는 낱말을 **주제 어휘**에서 찾아 쓰세요.

식생활 체험 교육 시간에 직접 고구마 거두어들이기 체험을 하게 되었다. 선생님께서 이 무렵에는 햇볕이 쨍해야 농작물이 잘 여물기 때문에 가을철에는 비가 적게 오는 것이 좋다고 하셨다. 흙 속에서 커다란 고구마가 나올 때는 다들 환호성을 지르며 기뻐하였다. 고구마 거두어들이기 경험을 통해 농사의 소중함을 느낄 수 있었다.

(   )

표현의 자유

시대의 변화에 따라 예술도 변화해 왔다. 그리고 예술의 변화는 표현 방식의 변화로 나타났다. '인상파'라 불리는 인상주의 화가들은 전통적인 미술 기법을 거부했다. 그들은 실제 풍경보다는 자신이 풍경을 보면서 느끼는 '**인상***'을 그리고자 했다. 이전에는 실내에서 상상 속의 풍경을 그렸다면, 인상파 화가들은 직접 밖에 나가 빛과 색이 풍경을 어떻게 바꾸는지 보고 그렸다.

이러한 표현 방식의 변화는 초현실주의 작품에서도 엿볼 수 있다. 초현실주의는 말 그대로 현실에서 이루어질 수 없는 것들을 주로 표현했다. 대표적인 초현실주의 화가 살바도르 달리는 녹아내리는 시계와, 지나치게 길고 얇은 코끼리의 다리를 **화폭***에 담았다. 또 르네 마그리트는 큰 바위가 공중에 떠 있거나, 사람들이 비처럼 내리는 모습을 그렸다. 이처럼 초현실주의 작가들은 마치 꿈에서나 볼 수 있을 법한 상상 속 장면들을 자유롭게 표현했다.

그리고 표현의 자유를 확장시킨 중요한 사건이 1917년에 일어났다. 당시 뉴욕에서 열린 전시회에 소변기 하나가 등장했다. 실제 화장실에서 볼 수 있는 것으로, 단지 'R. Mutt 1917'이라고 적혀 있을 뿐이었다. 소변기를 출품한 사람은 다름 아닌 현대 미술의 **거장*** 마르셀 뒤샹이었다. 그는 소변기에 「샘」이라는 이름을 붙여 전시회에 출품했는데 이 작품은 현대 미술에 큰 전환을 가져왔다. 더 이상 아름답지 않아도, 직접 만들지 않아도 무엇이든 예술이 될 수 있는 가능성이 열린 것이다.

▲ 마르셀 뒤샹, 「샘」, 1917

마르셀 뒤샹 이후 표현은 더 자유로워졌고, ㉠일상 속 물건도 예술의 공간에 자주 등장하게 되었다. 미국의 **팝 아트*** 예술가 앤디 워홀은 **기성품***도 예술 작품이 될 수 있음을 보여 주었다. 앤디 워홀의 작품 「브릴로 상자」는 '브릴로'라는 비누 세제를 담는 상자와 똑같은 모습이었다. 또한 그는 코카콜라 광고 전단지를 그대로 전시장에 옮겨 오기도 했다. 커다란 「풍선 개」로 유명한 제프 쿤스도 기성품을 활용한 작품을 만든 대표적인 예술가이다. 제프 쿤스는 명품 가방이나 청소기, 농구공 등을 활용하여 작품을 만들고 전시했다.

어휘사전

＊**인상**(印 도장 인, 象 코끼리 상) 무엇을 직접 보거나 듣거나 겪어서, 그것이 마음에 주는 느낌.

＊**화폭**(畫 그림 화, 幅 폭 폭) 어떤 그림을 그리려고 알맞게 잘라 놓은 천이나 종이.

＊**거장**(巨 클 거, 匠 장인 장) 특별히 능력이 뛰어난 사람.

＊**팝 아트**(pop art) 1950년대 후반 미국에서 일어난 미술 갈래. 일상생활 용품을 소재로 삼음.

＊**기성품**(旣 이미 기, 成 이룰 성, 品 물건 품) 미리 만들어 놓고 파는 물건.

내용요약

글의 중심 내용을 생각하며 빈칸의 낱말을 써 보세요.

인상주의, 초현실주의, 뒤샹, 앤디 워홀과 제프 쿤스의 사례를 통해 알 수 있듯이 ㅅㄷ 의 변화에 따라 예술도 변화했고, ㅍㅎ 방식도 더 자유롭게 변화하였다.

1 이 글의 내용과 일치하는 두 가지를 찾아 ○표 하세요.

내용
이해

(1) 인상주의 화가들은 실내에서 상상 속의 풍경을 그렸다. (   )

(2) 초현실주의는 현실에서 이루어질 수 없는 것들을 주로 표현했다. (   )

(3) 앤디 워홀과 제프 쿤스는 기성품도 예술이 될 수 있음을 보여 주었다. (   )

2 마르셀 뒤샹이 전시회에 출품한 소변기 작품에 붙인 제목을 찾아 한 글자로 쓰세요.

내용
이해

(   )

3 다음 중 ㉠의 예시로 가장 알맞은 작품은 무엇인가요? (   )

적용
하기

① 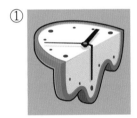 ②  ③  ④

4 다음은 앤디 워홀의 작품 「브릴로 상자」에 대한 설명입니다. ㉮'예술의 종말'이 뜻하는 것을 보기에서 골라 번호를 쓰세요.

추론
하기

> 앤디 워홀은 '브릴로(Brillo)'라고 쓰여진 비누 제품의 상자를 본떠 만든 뒤 슈퍼마켓이나 창고에 쌓아 둔 것처럼 전시했다. 이 작품 「브릴로 상자」를 관람한 평론가는 예술에 대한 새로운 시각을 제시한 앤디 워홀에게 신선한 충격을 받고 ㉮예술의 종말을 떠올렸다.

─┤ 보기 ├─

(1) 이제 더 이상 예술을 할 사람이 없어졌다는 의미이다.

(2) 기성품을 활용한 작품은 예술로 볼 수 없다는 의미이다.

(3) 예술에 대한 기존의 생각이 더 이상 적용되지 않는다는 의미이다.

(   )

자유로운 현대 미술

문화 예술을 즐기는 사람들이 늘어나면서 사람들은 책이나 영상을 통해 미술을 접하기도 하고, 미술관이나 전시회에 작품을 보러 가기도 한다. 미술 작품을 접한 사람들은 감탄하기도 하지만 때론 당혹감을 느끼기도 한다. 특히 현대 미술 작품을 대할 때 더 그렇다. 페인트를 붓고 뿌려 놓은 잭

▲ 잭슨 폴록, 「Number 1」, 1950

슨 폴록의 그림을 볼 때의 느낌은 레오나르도 다빈치의 「모나리자」를 볼 때와 사뭇 다르다. 사람들은 '이것이 예술인가?' 하며 고개를 갸우뚱한다.

현대 미술은 왜 어렵게 느껴지는 것일까? 현대 미술은 일반적으로 20세기[*] 이후의 미술을 일컫는다. 19세기 사진의 등장과 발달은 예술가들에게 큰 충격이었다. 왜냐하면 대상을 사실적으로 표현하는 데 그림이 사진을 따라갈 수 없었기 때문이다. 이에 예술가들은 사진이 담을 수 없는 것을 화폭에 표현하기 시작했다. 그렇게 현대 미술은 ㉠이전과 다른 새로운 주제를 새로운 방법으로 표현하게 되었다. 그리고 이러한 변화는 이전의 감상법과는 다른 관점과 방법으로 작품을 감상할 것을 요구했다.

마이클 딘의 작품은 현대 미술의 특징을 잘 보여 준다. 그는 부서진 콘크리트 덩어리, 녹슨 철골이 앙상한 건축물 잔해[*], 찢기고 낙서된 책들 등 그저 쓰레기처럼 보이는 것들을 전시장에 펼쳐 놓고 「삭제의 정원」이라고 이름 붙였다. 또 데미안 허스트는 동물의 사체나 해골을 이용해 작품을 만들었는데, 특히 죽은 상어를 유리 진열장에 넣어 전시한 작품은 큰 반향[*]을 일으켰다. 왜냐하면 동물을 재료로 한 것을 예술로 받아들이기에는 거부감이 들었기 때문이다. 그리고 어린아이가 거칠게 낙서한 것 같은 자유분방한 바스키아의 작품들도 신선한 충격으로 다가온다.

이처럼 현대 미술은 대상을 있는 그대로 재현[*]하기보다는 생각과 느낌을 자유롭고 새롭게 표현하는 데 집중했다. 그러다 보니 작품들이 어렵게 느껴지기도 한다. 하지만 현대 미술은 같은 작품이라도 사람마다 다르게 느끼고 달리 해석[*]할 수 있다는 매력이 있다. 각자의 상상력과 새로운 시각으로 작품을 즐길 수 있다.

어휘사전

* **세기**(世 세대 세, 紀 벼리 기) 백 년 동안을 세는 단위. 20세기는 1901 ~2000년까지를 뜻함.

* **잔해**(殘 쇠잔할 잔, 骸 뼈 해) 부서지거나 못 쓰게 되어 남아 있는 것.

* **반향**(反 돌이킬 반, 響 울릴 향) 어떤 일이 세상에 영향을 미치어 일어나는 반응.

* **재현**(再 다시 재, 現 나타날 현) 미술에서 사람, 장소, 물건 등을 그대로 본뜨는 일.

* **해석**(解 풀 해, 釋 풀 석) 작품의 전체적 의미를 파악하는 일.

내용요약

글의 중심 내용을 생각하며 빈칸의 낱말을 써 보세요.

[ㅎ][ㄷ][ㅁ][ㅅ]은 대상을 있는 그대로 재현하기보다는 생각과 느낌을 자유롭고 새로운 방법으로 표현하기 때문에, 각자의 상상력과 새로운 시각으로 작품을 감상할 수 있다.

1 이 글을 통해 알 수 있는 사실로 알맞은 것은 무엇인가요? (   )

내용 이해

① 현대 미술은 대상을 사실적으로 표현하는 데 집중했다.

② 현대 미술은 일반적으로 19세기 이전의 미술을 일컫는다.

③ 사진의 등장과 발달은 당시 예술가들에게 큰 환영을 받았다.

④ 쓰레기 더미나 낙서처럼 보이는 것은 예술 작품이 될 수 없다.

⑤ 현대 미술은 같은 작품이라도 보는 사람에 따라 다르게 해석할 수 있다.

2 이 글에 나온 작가 중 현대 미술 작가가 <u>아닌</u> 사람은 누구인가요? (   )

내용 이해

① 바스키아   ② 잭슨 폴록   ③ 마이클 딘

④ 데미안 허스트   ⑤ 레오나르도 다빈치

3 ㉠에 해당하는 작품으로 알맞은 것을 두 가지 고르세요. (   )

적용 하기

① 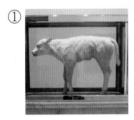   ②    ③    ④

▲ 데미안 허스트   ▲ 레오나르도 다빈치   ▲ 장 프랑수아 밀레   ▲ 바스키아

4 다음은 현대 미술 전시회 포스터입니다. 빈칸에 들어갈 전시회 주제로 어울리지 <u>않는</u> 것에 ○표 하세요.

적용 하기

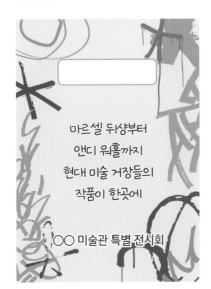

마르셀 뒤샹부터
앤디 워홀까지
현대 미술 거장들의
작품이 한곳에

○○ 미술관 특별 전시회

(1) 새로운 미술의 탄생 (   )

(2) 예술을 보는 관점의 재구성 (   )

(3) 현대 미술: 같은 생각, 같은 느낌 (   )

(4) 사실의 '재현'에서 상상력의 '표현'으로

(   )

1 생각주제와 관련된 앞의 두 글을 읽고 내용을 정리해 보세요.

현대 미술

• 20세기 이후의 미술을 일컫는다.
• 대상을 있는 그대로 재현하는 것이 아니라 새로운 ㅈㅈ 를 새로운 방법으로 표현한다.

현대 미술의 특징

• 소변기, 비누 세제를 담는 상자, 코카콜라 광고 전단지, 풍선, 명품 가방, 청소기, 농구공 등을 활용하여 작품을 만들고 전시했다.
• 더 이상 아름답지 않아도, 직접 만들지 않아도 ㅇㅅ 이 될 수 있다는 것을 보여 주었다.
• 쓰레기 더미처럼 보이는 것들, 동물의 사체나 해골, 낙서한 것 같은 자유분방한 작품들이 신선한 충격으로 다가온다.

현대 미술의 감상

• 같은 작품이라도 사람마다 다르게 느끼고 달리 해석할 수 있다.
• 각자의 ㅅㅅㄹ 과 새로운 시각으로 작품을 즐길 수 있다.

2 현대 미술에 대한 설명으로 알맞은 것 두 가지를 찾아 ○표 하세요.

(1) 현대 미술의 대표적 작가로는 마르셀 뒤샹과 앤디 워홀이 있다.

(2) 대상을 있는 그대로 재현하는 것을 중요하게 생각한다.

(3) 이전과 다른 새로운 주제와 새로운 방법으로 작품을 표현한다.

(4) 예술의 가치를 사실적인 아름다움에서 찾는다.

3 다음 잭슨 폴록의 작품을 감상하고 자신의 생각을 써 보세요.

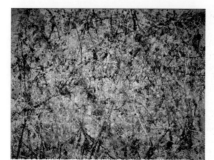

◀ 「Number 1」

| 주제 어휘 | 출품 | 기성품 | 당혹감 | 재현 | 해석 |

4 다음 뜻에 알맞은 **주제 어휘**에 ○표 하세요.

(1) 미리 만들어 놓고 파는 물건. | 기성품 | 주문품 |

(2) 작품의 전체적 의미를 파악하는 일. | 해명 | 해석 |

(3) 전시회나 전람회 같은 데에 작품을 내놓는 것. | 출품 | 출판 |

(4) 미술에서 사람, 장소, 물건 등을 그대로 본뜨는 일. | 재연 | 재현 |

5 다음 빈칸에 공통으로 들어갈 낱말을 **주제 어휘**에서 찾아 쓰세요.

(1)
- 미술 대회에 [   ]한 내 그림이 전시장에 걸렸다.
- 이번 영화제에 [   ]된 영화들이 모두 재미있었다.

→ [ ][ ]

(2)
- 준비물이 가방에 없다는 것을 안 순간 [   ]을 느꼈다.
- 파도가 배를 덮쳐 물벼락을 맞은 형은 [   ]을 감추지 못했다.

→ [ ][ ][ ]

6 다음 밑줄 친 말과 뜻이 비슷한 낱말을 **주제 어휘**에서 찾아 쓰세요.

친구와 같이 만화 영화를 봤는데 마지막 장면에서 주인공이 갑자기 사라지는 것을 두고 의견이 갈렸다. 나는 당장 이곳은 떠나지만 희망을 안고 다른 곳을 찾아가는 시작이라고 말했는데, 친구는 이 세상을 버리고 떠나는 슬픈 결말이라고 하였다. 이렇게 뜻풀이가 반대로 나오는 것을 보고 우리가 같은 영화를 본 것이 맞나 하는 생각이 들었다.

(   )

진달래꽃

진달래꽃
글 김소월

나 보기가 **역겨워***
가실 때에는
말없이 고이 보내 드리우리다.

영변*에 **약산***
진달래꽃
아름* 따다 가실 길에 뿌리우리다.

가시는 걸음걸음
놓인 그 꽃을
사뿐히* **즈려밟고*** 가시옵소서.

나 보기가 역겨워
가실 때에는
㉠죽어도 아니 눈물 흘리우리다.

어휘사전

＊ **역겹다** 감각이나 느낌이 몹시 불쾌하다. 또는 어떤 것이 아주 싫다.

＊ **영변**(寧 편안할 영, 邊 가 변) 평안북도에 있는 지명. 김소월은 평안북도에서 태어남.

＊ **약산**(藥 약 약, 山 뫼 산) 평안북도 영변 서쪽에 있는 산 이름.

＊ **아름** 두 팔을 둥글게 모아서 만든 둘레. 또는 그 둘레 안에 들어갈 만한 양.

＊ **사뿐히** 소리가 안 날 정도로 조심스럽게.

＊ **즈려밟다** 위에서 내리눌러 밟다. ㅉ 준어는 '지르밟다'임.

1 **이 시에서 리듬감이 느껴지는 까닭으로 알맞지 <u>않은</u> 것은 무엇인가요?** (   )

글의
구조

① 모든 연을 3행으로 구성하였다.

② 1연에서 과거의 일을 회상하였다.

③ 1연의 1, 2행을 끝에서 한 번 더 반복하였다.

④ 각 연마다 행의 길이에 비슷한 규칙이 있다.

⑤ 1, 2, 4연의 끝에 '－우리다'를 반복하여 사용하였다.

2 이 시의 말하는이에 대해 알 수 있는 내용으로 알맞은 것에 ○표 하세요.

추론
하기

(1) 부모님과 사이가 좋지 않다.　(　　　　)

(2) 어떤 일을 쉽게 포기하는 편이다.　(　　　　)

(3) 사랑하는 사람과 헤어지기 싫어한다.　(　　　　)

3 이 시의 말하는이에게 보기와 같이 물었을 때 그 대답으로 알맞은 것은 무엇인가요?

중심
내용

(　　　　)

┤ 보기 ├

질문: 사랑하는 사람이 떠난다고 하니 어떤 마음이 드나요?

대답: ＿＿＿＿＿＿＿＿＿＿＿＿＿＿＿＿＿＿＿＿

① 나를 보는 것이 역겹다고 하니 괘씸해요.

② 가다가 꽃을 밟아서 꽃이 망가질까 봐 걱정돼요.

③ 나를 떠난다고 하니 속이 후련하고 안심이 돼요.

④ 나를 버리고 떠나서 잘 사는지 어디 두고 보지요.

⑤ 나를 버리고 떠난다고 해도 축복해 주어야겠지요.

4 다음과 같은 뜻으로 쓰인 시어를 이 시에서 찾아 네 글자로 쓰세요.

감상
하기

떠나려는 사람에 대한 말하는이의 사랑과 축복, 희생을 의미한다.

(　　　　　　　)

5 ㉠과 같이 실제 표현하고자 하는 뜻과 반대로 표현한 것 두 가지를 보기에서 찾아 번호를 쓰세요.

적용
하기

┤ 보기 ├

(1) 토끼가 거북이를 비웃으며 "참 빨리도 달리는구나."라고 하는 것

(2) 물이 반 정도 담긴 컵을 보고 "컵에 물이 반이나 차 있네."라고 말하는 것

(3) 장난을 치다가 아끼는 장난감을 망가뜨린 아이에게 엄마가 "잘했다."라고 하는 것

(4) 무더운 여름날 할아버지께서 "뜨거운 삼계탕으로 더위를 이겨 보자."라고 하시는 것

(　　　　　　　)

김소월의 작품 세계

내가 사랑한 동양 고전

글 김욱동
연암서가

한국의 민족 시인이나 국민 시인으로는 흔히 김소월(1902~1934)이 첫손가락에 꼽힌다. 한반도를 통틀어 가장 대표적인 시인이라고 할 그는 흙냄새 물씬 풍기는 **토착어***로 ㉠가슴 깊은 곳에서 우러나오는 리듬에 맞추어 이 땅의 민족 정서를 한껏 노래한다.

1925년 12월 소월은 시집 『진달래꽃』을 매문사에서 출간한다. 이 시집의 출간으로 이 해는 넓게는 한국 문학사, 좁게는 한국 시사에서 매우 중요한 해가 되었다. 『진달래꽃』은 그동안 쓴 작품 126편을 수록한 작품집으로 소월의 전반기 창작을 총결산한 시집이다.

이 시집을 **분수령***으로 김소월의 시는 크게 달라진다. 이 시집 이전의 작품에서 애틋하고 아름다운 정서를 서정적으로 표현한다면, 이 시집 이후의 작품에서는 ㉡민족혼이나 민족주의적인 색채와 현실 인식이 좀 더 뚜렷이 드러난다.

김소월의 작품에 나타나는 특징이 한두 가지가 아니지만, 무엇보다도 먼저 짙은 향토성을 빼놓을 수 없다. 거의 모든 작품에서 그는 향토적인 풍물과 자연 그리고 설화나 민담을 소재로 삼는다. 김소월은 ㉢우리의 산과 강, 우리의 바람과 구름, 그리고 우리의 꽃과 풀과 벌레를 즐겨 노래한다.

김소월은 반어법의 ㉮명수이기도 하다. 이러한 반어법은 「진달래꽃」에서 가장 잘 드러난다. 이 작품에서 감칠맛은 여성 화자를 통하여 이별의 감정을 **담담하게*** 표현한 데서 찾을 수 있다. 떠나가는 임이 원망스럽기 그지없지만, 화자는 조금도 섭섭한 감정을 드러내지 않는다. **원망***이나 섭섭한 마음을 드러내기는커녕 오히려 임이 가시는 길에 진달래꽃을 따다가 뿌리겠다고 **짐짓*** 말한다. '뿌리우리다'나 '가시옵소서' 같은 각 연의 마지막 행의 종결 어미에서도 잘 드러나듯이 비록 자신을 두고 떠나갈망정 임에 대한 태도가 여간 공손하지가 않다.

「진달래꽃」에서도 잘 드러나 있듯이 김소월은 우리 겨레의 보편적인 정서를 표현한다. 자연을 다루든 사람을 다루든 떠나가 버린 '임'에 대한 원망, **체념***, 서러움, 기다림, 그리고 절망을 작품의 바탕으로 삼는다. 그런데 김소월의 ㉣작품의 밑바닥에 흐르는 정감은 향가나 고려 속요 또는 전통 민요에서 물려받은 유산이다.

어휘사전

* **토착어**(土 흙 토, 着 붙을 착, 語 말씀 어) 본디부터 있던 말이나 그것에 기초하여 새로 만들어진 말. 圓 고유어, 토박이말.
* **분수령**(分 나눌 분, 水 물 수, 嶺 고개 령) 어떤 일이 다음 단계로 넘어가는 전환점.
* **담담**(淡 묽을 담, 淡 묽을 담)**하다** 마음이 차분하고 편안하다.
* **원망**(怨 원망할 원, 望 바랄 망) 억울하거나 못마땅해서 남을 탓하거나 미워하는 것.
* **짐짓** 속마음과 달리 일부러.
* **체념**(諦 살필 체, 念 생각할 념) 희망이 없다고 생각해 아예 마음을 접어 버리는 것.

내용요약

글의 중심 내용을 생각하며 빈칸의 낱말을 써 보세요.

한국의 대표적인 시인 김소월의 작품은 향토적인 풍물과 자연, 설화나 민담을 소재로 삼아 짙은 〔ㅎ〕〔ㅌ〕〔ㅅ〕이 드러난다. 대표적인 시 「진달래꽃」에서 〔ㅂ〕〔ㅇ〕〔ㅂ〕을 사용하여 이별의 감정을 담담하게 표현했으며, 우리 겨레의 보편적인 정서를 표현했다.

1

내용
이해

이 글의 내용과 일치하지 <u>않는</u> 것은 무엇인가요? (   )

① 시집 『진달래꽃』은 김소월의 전반기 창작을 총결산한 것이다.

② 김소월은 흙냄새 풍기는 토착어로 이 땅의 민족 정서를 노래한다.

③ 시집 『진달래꽃』 이후 김소월은 더 이상 작품 활동을 하지 않았다.

④ 김소월의 작품은 향토적인 풍물과 자연, 설화나 민담을 소재로 삼는다.

⑤ 김소월 작품의 밑바닥에 흐르는 정감은 전통 민요에서 물려받은 유산이다.

2

어휘
이해

이 글에 쓰인 ㉮의 뜻으로 알맞은 것에 ○표 하세요.

(1) 명수¹(名 이름 명, 手 손 수) 뛰어난 솜씨를 가진 사람. (   )

(2) 명수²(名 이름 명, 數 셀 수) 사람의 수효. 인원수. (   )

(3) 명수³(命 목숨 명, 數 셀 수) 운명과 재수를 아울러 이르는 말. (   )

3

감상
하기

이 글의 내용을 바탕으로 「진달래꽃」을 알맞게 감상하지 <u>못한</u> 친구의 이름에 ○표 하세요.

떠나가는 임에 대한 원망이 그대로 드러나는 것 같아. 임에 대한 섭섭한 감정을 직접적으로 표현해서 그래.

서연

떠나가는 임이 너무도 원망스럽지만, 그것을 담담하게 절제하여 표현해서 더 슬프게 느껴지는 것 같아.

민기

「진달래꽃」의 마지막 행 '죽어도 아니 눈물 흘리우리다.'에 반어법이 쓰였어. 임이 자신을 두고 떠나면 너무 슬플 것 같다는 것을 반대로 표현한 거지.

도현

4

적용
하기

㉠~㉣ 중 보기에 나온 김소월 시의 특징과 거리가 <u>먼</u> 것의 기호를 쓰세요.

┤ 보기 ├

엄마야 누나야

엄마야 누나야 강변 살자
뜰에는 반짝이는 금모래 빛
뒷문 밖에는 갈잎의 노래
엄마야 누나야 강변 살자

(   )

1 생각주제와 관련된 앞의 두 글을 읽고, ⊙과 ⓒ이 해당되는 부분에 기호를 써넣으며 내용을 정리해 보세요.

진달래꽃

나 보기가 역겨워
가실 때에는
말없이 고이 보내 드리우리다.

⊙영변에 약산
진달래꽃
아름 따다 가실 길에 뿌리우리다.

가시는 걸음걸음
놓인 그 꽃을
사뿐히 즈려밟고 가시옵소서.

나 보기가 역겨워
가실 때에는
ⓒ죽어도 아니 눈물 흘리우리다.

---

(1) 반어법　(　　　　　　　)

(2) 짙은 향토성　(　　　　　　　)

2 다음은 김소월의 시 「먼 후일」입니다. 반어법이 사용된 낱말에 ○표 하세요.

먼 훗날 당신이 찾으시면
그때에 내 말이 '잊었노라'

당신이 속으로 나무라면
'무척 그리다가 잊었노라'

그래도 당신이 나무라면
'믿기지 않아서 잊었노라'

오늘도 어제도 아니 잊고
먼 훗날 그때에 '잊었노라'

---

(1) 먼 훗날　(　　　　　)　　　(2) 잊었노라　(　　　　　)

(3) 나무라면　(　　　　　)　　　(4) 오늘도 어제도　(　　　　　)

3 위의 시 「먼 후일」에서 반어법이 주는 효과에 대해 자신의 생각을 써 보세요.

✎ _____

_____

_____

익힘
학습

주제 어휘	아름	사뿐히	토착어	정서	분수령	체념

4 다음 주제 어휘와 뜻을 알맞게 연결하세요.

(1) 아름 •

(2) 사뿐히 •

(3) 정서 •

(4) 분수령 •

(5) 체념 •

• ㉠ 소리가 안 날 정도로 조심스럽게.

• ㉡ 어떤 일이 다음 단계로 넘어가는 전환점.

• ㉢ 어떤 것을 대할 때 느끼는 감정. 또는 분위기.

• ㉣ 희망이 없다고 생각해 아예 마음을 접어 버리는 것.

• ㉤ 두 팔을 둥글게 모아 만든 둘레. 또는 그 둘레 안에 들어갈 만한 양.

5 다음 빈칸에 들어갈 낱말을 주제 어휘에서 찾아 쓰세요.

(1) 굵고 탐스러운 함박눈이 (   ) 마당에 내려앉았다.

(2) 농악에는 흥을 즐기는 우리 민족의 (   )가 담겨 있다.

(3) 파도에 휩쓸려 간 슬리퍼를 건질 생각도 못하고 (   )하고 말았다.

(4) '아버지, 어머니, 하늘, 땅'과 같이 우리말에 본디부터 있던 말을 (   )라고 한다.

(5) 집을 떠나 한 달 동안 자연 체험을 한 일이 (   )이 되어 생활 습관이 완전히 바뀌었다.

6 다음 낱말들과 뜻이 서로 비슷한 말을 주제 어휘에서 찾아 쓰세요.

(1) 기분, 마음, 감정, 분위기 → (   )

(2) 고유어, 토박이말 → (   )

3 장

2개의 글을 연결해
재미있게 읽어요~

달콤한 공부계획

공부한 날

온라인 속 세상, SNS

스마트폰과 인터넷 덕분에 요즘 사람들은 온라인에서 정보와 일상과 느낌을 공유하는 것에 익숙하다. 어떤 책을 읽은 느낌이나 최근 본 영화의 감상을 올리기도 한다. 친구가 어제 무엇을 먹었는지, 어떤 드라마를 봤는지 실시간으로 소식도 알 수 있다. 그런데 이렇게 교류하기 위해서는 온라인에서 함께 모일 장소가 있어야 한다. 원하는 사람들을 모아 온라인상에서 관계를 맺도록 해 주는 것을 소셜 네트워크 서비스(Social Network Service)라고 한다. SNS는 이것의 약자로, 페이스북, 유튜브, 인스타그램 등이 대표적이다.

SNS는 대부분의 현대인들이 이용할 만큼 일상 속에 깊이 들어와 있다. 청소년들도 마찬가지다. 학교 친구, 학원 친구 외에 '**랜선*** 친구'라는 **신조어***가 생길 정도다. 이는 SNS에서 알게 되어 주로 온라인에서 만남을 갖는 친구를 말한다. 또한 원래 아는 사람들끼리 온라인에서 대화하기도 하고, 온라인에서 알게 된 사람들과 오프라인 모임을 하기도 한다. SNS의 영향으로 온라인과 오프라인의 경계가 점차 없어지고 있다.

SNS는 개인이 중심이 되어 자신의 관심사와 개성을 공유하는 것이 특징이다. SNS는 누구나 쉽게 이용할 수 있고 다양한 정보를 얻을 수 있다는 장점이 있다. 또한 시·공간의 **제약*** 없이 다양한 사람들과 연결되어 쉽게 관계를 맺을 수 있다.

SNS는 빠르게 성장하면서 많은 사용자를 모으고 있다. 특히 스마트폰이 대중화되면서 급속도로 성장하고 있다. 유튜브, 인스타그램, 페이스북 같은 서비스는 수천만 명의 사용자가 매일 이용할 정도이다. 그에 따라 SNS를 **상업적***으로 활용하는 기업들도 늘어나고 있다. 빠르게 정보를 공유하고 입소문을 내기 좋아서 많은 기업이 SNS를 통한 제품 광고에 열을 올리고 있다.

어휘사전

* **랜선**(LAN, 線 선 선) 현실 공간이 아닌 온라인상을 비유적으로 이르는 말.

* **신조어**(新 새 신, 造 지을 조, 語 말씀 어) 새로 생긴 말.

* **제약**(制 억제할 제, 約 맺을 약) 자유롭게 생각하거나 움직이지 못하게 막는 것.

* **상업적**(商 장사 상, 業 업 업, 的 과녁 적) 물건을 사고팔아 이익을 얻는 것.

내용요약

글의 중심 내용을 생각하며 빈칸의 낱말을 써 보세요.

SNS는 '소셜 네트워크 서비스'의 약자로, ㅇ ㄹ ㅇ 에서 이용자들이 관계를 맺을 수 있는 서비스를 뜻한다. SNS는 누구나 쉽게 이용할 수 있고 다양한 정보를 얻을 수 있으며, 시·공간의 제약 없이 다양한 사람들과 연결되어 쉽게 관계를 맺을 수 있다.

1 이 글을 읽고 알 수 있는 내용이 <u>아닌</u> 것은 무엇인가요? (   )

중심
내용

① SNS의 정의   ② SNS의 장점   ③ SNS의 단점

④ SNS의 기능   ⑤ SNS로 인한 사회 변화

2 이 글에 나온 SNS에 대한 설명과 일치하지 <u>않는</u> 것은 무엇인가요? (   )

내용
이해

① 스마트폰이 대중화되면서 급속도로 성장하였다.

② 대표적인 SNS로는 유튜브, 인스타그램, 페이스북 등이 있다.

③ 개인이 중심이 되어 관심사와 개성을 공유하는 것이 특징이다.

④ 시·공간의 제약이 있어 새로운 사람들과 관계를 맺기가 힘들다.

⑤ SNS의 영향으로 온라인과 오프라인의 경계가 점차 없어지고 있다.

3 기업에서 SNS를 통한 제품 광고에 열을 올리는 까닭은 무엇인가요? (   )

추론
하기

① 제품에 대한 입소문을 내기 좋아서

② 수천만 명의 사용자를 직접 만날 수 있어서

③ 제품을 써 본 사람과만 정보 공유가 가능해서

④ 온라인과 오프라인의 경계가 강해지고 있어서

⑤ 특정 주제에 관심이 있는 사람들과 오프라인 모임을 하기 위해서

4 이 글과 **보기**를 바탕으로 일상에서 일어날 수 있는 일을 <u>잘못</u> 짐작한 것에 ○표 하세요.

적용
하기

[출처] 연합뉴스 / 여성가족부, 한국청소년정책연구원
'2022년 청소년 통계' 내용

(1) 스마트폰에 의존하는 비율이 높아질수록 SNS 사용자는 점점 줄어들 거야.

(   )

(2) 메신저 사용 비율이 높은 것으로 보아 SNS를 통한 온라인 왕따 현상이 생길 수 있어. (   )

(3) SNS를 통해 실시간으로 교류하면서 사생활 침해나 개인 정보 유출 문제가 발생할 수 있어. (   )

SNS의 바른 사용

SNS는 장점도 있지만, 어떻게 활용하느냐에 따라 다음과 같은 여러 가지 문제가 생기기도 한다.

첫째는 개인 정보 **유출*** 문제이다. 온라인에서는 순간의 실수로 개인 **신상*** 정보나 사생활이 노출될 수 있다. SNS는 사람들을 쉽게 연결해 주기 위해서 이름, 학교, 직장, 전화번호 같은 개인 정보를 활용한다. 그 과정에서 개인 정보를 기업이 다른 곳에 활용하거나, **해킹***에 의해 대량으로 데이터가 유출되기도 한다. 이를 막기 위해 서비스 제공자는 최대한 개인 정보를 보호하려는 노력이 필요하다. 그리고 개인은 자신의 얼굴, 신상 등을 무심결에 게시물로 공유하는 것을 조심해야 한다.

둘째는 SNS 중독이나 SNS 우울증 문제이다. 하루 종일 SNS를 들여다보며 지나치게 사용하면, 결국 현실에서 사람과 관계 맺는 것에 서툴러지고 온라인 속 관계에만 의존하게 된다. 그리고 다른 사람들의 화려한 일상 게시글을 계속 보다 보면 나도 모르게 부러운 마음이 들기도 한다. 대부분의 사람들이 온라인에서는 명품이나 비싼 자동차, 해외여행처럼 남들이 부러워할 만한 것들만 공유하기 때문이다. 이를 자신의 처지와 자꾸 비교하면 우울감에 빠질 수 있다.

마지막으로 심각한 사회 현상인 온라인 왕따, 즉 사이버불링도 큰 문제이다. '사이버불링'은 온라인 공간에서 타인을 지속적으로 공격하거나 괴롭히는 행위를 의미한다. 온라인상에서 협박, 괴롭힘, 욕설을 하거나, 원하지 않는 사진이나 허위 정보를 **유포***하는 것 등이 모두 해당한다. 사이버불링은 언제, 어디서든, 누구에게나 발생할 수 있다. 온라인에서는 정보가 불특정 다수에게 빠르게 퍼져 전파력이 크고, 가해자의 이름이 안 드러나 익명성이 보장된다. 사이버불링 문제를 줄이기 위해서는 그것이 범죄라는 인식을 가져야 한다.

SNS를 통해 발생할 수 있는 이러한 문제들을 정확히 파악한 후에 사회나 개인 차원에서 대책을 마련할 필요가 있다.

2008 대한민국 공익광고대상 수상작

B.C. 8000

B.C. 2000

14C

21C

사람을 위한 도구가
사람을 향한 흉기가 될 수 있습니다

문명의 발전 뒤에는 도구의 발전이 있었습니다.
만약 사람을 해하는 무기로만 사용했다면 세상은 어떻게 되었을까요?
인류가 낳은 가장 진보된 도구,
인터넷 - 세상을 더욱 이롭게 하는 도구로 바르게 사용합시다.

[출처] 한국방송광고진흥공사, 공익광고협의회

어휘사전

* **유출**(流 흐를 유, 出 날 출) 새어 나와 알려지게 되는 것.

* **신상**(身 몸 신, 上 위 상) 이름, 사는 곳, 생년월일처럼 어떤 사람이 누구인지 알려 주는 것.

* **해킹**(hacking) 컴퓨터 통신망을 통해 남의 컴퓨터에 몰래 침입하여 저장된 정보나 프로그램을 마음대로 조작하는 짓.

* **유포**(流 흐를 유, 布 베 포) 세상에 널리 퍼뜨리는 것.

내용요약

글의 중심 내용을 생각하며 빈칸의 낱말을 써 보세요.

SNS를 사용하면서 생길 수 있는 문제에는 개인 정보 유출, SNS 중독이나 SNS 우울증, 사이버불링 등을 들 수 있다. | ㅅ | ㅇ | ㅂ | ㅂ | ㄹ |은 온라인 공간에서 타인을 지속적으로 공격하거나 괴롭히는 행위를 의미한다.

1 이 글의 중심 내용을 설명한 방법을 알맞게 정리한 것은 무엇인가요? (   )

중심
내용

① SNS의 장점과 단점을 비교하였다.

② SNS의 뜻을 이해하기 쉽게 설명하였다.

③ 시간의 순서에 따른 SNS 변화 과정이 나타나 있다.

④ 온라인과 오프라인의 공통점과 차이점을 설명하였다.

⑤ SNS를 사용하면서 생길 수 있는 문제들을 나열하였다.

2 사이버불링에 대해 <u>잘못</u> 설명한 것은 무엇인가요? (   )

내용
이해

① 사이버불링은 범죄이다.

② 언제, 어디서든, 누구에게나 발생할 수 있다.

③ 온라인 공간에서 타인을 지속적으로 괴롭히는 행위이다.

④ 피해자가 SNS를 하지 않는 것이 가장 효과적인 해결책이다.

⑤ 온라인상에 타인이 원하지 않는 사진을 올리는 것도 사이버불링이다.

3 SNS의 특징과 관련지어 사이버불링의 피해가 커지는 까닭을 두 가지 찾아 ○표 하세요.

적용
하기

(1) SNS에는 다양한 상품 광고가 올라온다.   (   )

(2) SNS는 정보가 불특정 다수에게 빠르게 퍼진다.   (   )

(3) SNS의 지나친 사용으로 중독 문제가 발생한다.   (   )

(4) SNS는 이름을 밝히지 않고 익명으로 이용할 수 있다.   (   )

4 SNS를 바르게 사용하고 있는 친구의 이름에 ○표 하세요.

적용
하기

SNS에서 친구를 쉽게 찾기 위해서는 개인 정보를 최대한 많이 공개해야 해.

찬규

다른 사람의 사진을 찍어 친구에게 보낼 때는 혼자만 몰래 보라고 하는 게 좋아.

아름

내가 사이버불링을 당한다면 숨기지 않고 어른들에게 적극적으로 도움을 요청할 거야.

서윤

생각주제 **11**

자란다 문해력

주제
정리
1 생각주제와 관련된 앞의 두 글을 읽고 내용을 정리해 보세요.

소셜 네트워크 서비스(SNS)

인터넷에서 이용자들이 관계를 맺을 수 있는 서비스를 뜻한다.

SNS의 특징	SNS로 인해 생기는 문제
• SNS의 영향으로 온라인과 오프라인의 경계가 점차 없어지고 있다. • SNS는 누구나 쉽게 이용할 수 있고 다양한 정보를 얻을 수 있다. • ㅅ·ㄱㄱ 의 제약 없이 다양한 사람들과 연결되어 관계를 맺을 수 있다.	• 개인 정보 노출 문제: 개인 신상 정보나 사생활이 노출될 수 있다. • SNS ㅈㄷ 이나 SNS 우울증이 생길 수 있다. • 사이버불링: 온라인 공간에서 다른 사람을 괴롭히거나 괴롭힘을 당할 수 있다.

2 다음 공익 광고를 통해 전달하고자 하는 주장으로 알맞은 것에 ○표 하세요.

[출처] 한국방송광고진흥공사, 공익광고협의회

(1) 일상생활에서 고운 우리말을 사용하자고 이야기하고 있어.

(2) 음악이나 영화를 불법으로 다운로드하지 말고 정당한 비용을 지불하자고 이야기하고 있어.

(3) 온라인상에서 다른 사람을 괴롭히는 악플을 달지 말자고 이야기하고 있어.

3 올바른 SNS 사용법에 대한 자신의 생각을 써 보세요.

주제 어휘	공유	제약	유출	유포	익명성

4 다음 주제 어휘와 뜻을 알맞게 연결하세요.

(1) 공유 •

(2) 제약 •

(3) 유포 •

(4) 익명성 •

• ㉠ 세상에 널리 퍼뜨리는 것.

• ㉡ 여럿이 함께 가지거나 나누어 쓰는 것.

• ㉢ 자유롭게 생각하거나 움직이지 못하게 막는 것.

• ㉣ 어떤 일을 한 사람이 누구인지 드러나지 않는 특성.

5 다음 빈칸에 공통으로 들어갈 낱말을 주제 어휘에서 찾아 쓰세요.

(1)
- 이번에 스마트폰을 잃어버리면서 [   ]된 개인 정보가 범죄에 악용되었다.
- 동생 몰래 숨어 있으려던 작전이 [   ]되는 바람에 실패로 돌아갔다.

→ [ ][ ]

(2)
- 책을 읽고 친구들과 감상을 [   ]하는 것이 즐겁다.
- 게임 공략법을 [   ]해 주는 인터넷 방송을 찾았다.

→ [ ][ ]

6 다음 밑줄 친 말과 바꿔 써도 뜻이 통하는 낱말을 주제 어휘에서 찾아 쓰세요.

2020년 3월, 코로나19의 확산으로 전국 초·중·고등학교의 개학이 연기되었다. 4월에 중학교를 시작으로 단계적으로 개학을 하였으나, 이는 담임 선생님과 학급 친구들을 온라인에서 만나는 최초의 온라인 개학이었다. 이후 오랫동안 온라인 수업이 이루어졌으며, 실제 등교까지는 2년이 걸렸다. 등교 후에도 학생들의 학교생활에는 많은 제한이 있었다. 학생들은 마스크를 낀 채 생활해야 했고, 쉬는 시간에도 친구들과 접촉하지 못하였다.

(   )

「마이너리티 리포트」의 미래 사회

과거에는 SF 영화 속에서나 보던 일들이 현실이 되고 있다. 2002년 개봉한 「마이너리티 리포트」는 2054년의 미래를 배경으로 펼쳐지는 영화다. 이 영화는 필립 K. 딕의 유명한 공상 과학 소설을 원작으로 하고 있다. 「마이너리티 리포트」에는 시민들의 안전을 위해 사전에 범죄를 예측해 범죄자를 찾아내는 첨단 시스템이 등장한다. 주인공은 이 시스템을 이용해 범죄자를 추적하는 일을 하는데, 어느 날 자신이 바로 그 미래의 범죄자로 **지목***되는 함정에 빠진다.

이 영화는 제작 과정에서 미래학자들이 참여해 **미래상***을 만들었다는 점에서 화제를 모으기도 했다. 여기에 등장하는 다양한 미래 기술들은 얼마나 현실이 되었을까? 영화 주인공은 투명 디스플레이를 향해 투명 장갑을 끼고 지휘하듯 손을 움직인다. 그의 손동작에 따라 화면에서 자료가 열리고 움직이고 닫힌다. 이 장면에서 볼 수 있는 투명 디스플레이와 동작 인식 기반 입력 기술은 이미 **실현***되었다.

또 주인공이 집에 들어와 "집에 왔어."라고 말하자 순식간에 전등이 켜지는 장면이 나온다. 음성 인식 기술과 사물 인터넷 기술의 **접목***을 그려낸 이 장면은 더 이상 낯설거나 신기하지 않다.

▲ 음성 인식 기술과 사물 인터넷 기술

「마이너리티 리포트」에는 안구 인식을 통해 신원을 확인하고, 물건값을 결제까지 하는 미래상도 그려진다. 현실에서 안구 인식은 스마트폰에서 가능할 정도로 이미 **보편화***됐다. 하지만 이러한 ㉠생체 인식 기술은 자칫하면 통제와 감시로 이어질 수 있다는 우려도 있다.

영화의 배경인 2054년은 '자율 주행 자동차'가 보편화된 것으로 그려진다. 사람이 운전하는 장면은 거의 나오지 않는다. 운전에서 해방된 사람들은 차 안에서 여러 가지 활동을 하면서 시간을 보낸다. 이 역시 이미 현실이 되어 기업 간에 자율 주행 자동차 개발 경쟁이 치열하다. 이외에도 영화 속에는 무인 상점, 가상 현실 체험 기기 등 현재 사용되거나 개발되고 있는 기술들이 등장한다. 영화 속 미래의 모습이 현실이 된 것이다.

어휘사전

* **지목**(指 가리킬 지, 目 눈 목) 사람이나 사물이 어떠하나고 가리켜 정함.

* **미래상**(未 아닐 미, 來 올 래, 像 모양 상) 미래의 예상되는 모습.

* **실현**(實 열매 실, 現 나타날 현) 꿈, 희망, 계획 등이 실제로 이루어지는 것.

* **접목**(椄 접붙일 접, 木 나무 목) 서로 다른 것을 합쳐서 새로운 것을 만드는 것.

* **보편화**(普 널리 보, 遍 두루 편, 化 될 화) 두루 널리 퍼짐.

내용요약

글의 중심 내용을 생각하며 빈칸의 낱말을 써 보세요.

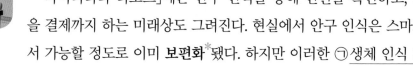

2054년의 ⬚⬚(ㅁㄹ)를 배경으로 한 영화 「마이너리티 리포트」에는 다양한 미래 ⬚⬚(ㄱㅅ)들이 등장한다. 투명 디스플레이와 동작 인식 기반 입력 기술, 음성 인식 기술과 사물 인터넷 기술, 생체 인식 기술, 자율 주행 자동차 등 영화에 나온 다양한 미래 기술들이 현재 사용되거나 개발되고 있다.

1 이 글의 특징으로 알맞은 것은 무엇인가요? (   )

글의
구조

① 대상을 다른 대상에 비유하여 설명하였다.

② 예상되는 반론을 반박하며 근거를 다졌다.

③ 어떤 주장에 대한 찬반 의견을 소개하였다.

④ 실생활에서 볼 수 있는 예시를 통해 대상을 설명하였다.

⑤ 서로 반대되는 두 대상의 차이점이 무엇인지 설명하였다.

2 이 글의 내용과 일치하는 것 두 가지를 찾아 ○표 하세요.

내용
이해

(1) 「마이너리티 리포트」의 제작 과정에 미래학자들이 참여하였다.   (   )

(2) 「마이너리티 리포트」에 등장한 미래 기술 중 이미 실현된 것도 있다.   (   )

(3) 2002년에 보편화된 안구 인식은 현재 통제와 감시의 수단으로 사용되고 있다.

(   )

(4) 사전에 범죄를 예측해 범죄자를 찾아내는 첨단 시스템이 현재 널리 사용되고 있다.

(   )

3 다음에서 설명하고 있는 기술을 이 글에서 찾아 쓰세요.

적용
하기

(1) 자동차에 인터넷이 연결되어 운전자 없이도 인공 지능이 스스로 도로 상황을 파악하며 운전하는 시스템을 말한다. ➞ (   )

(2) 냉장고, 텔레비전, 세탁기, 시계와 같은 사물이 인터넷에 연결되는 것을 말한다. 이 기술을 이용하면 집 밖에서 스마트폰으로 각종 기기의 조작이 가능하다.

➞ (   )

4 ㉠의 뜻을 알맞게 이해하고 있는 친구의 이름에 ○표 하세요.

추론
하기

사람의 몸은 매일 조금씩 바뀌기 때문에 100퍼센트의 정확도를 기대할 수 없어서 다른 보안 장치도 함께 준비해 놓아야 해.

보민

필요에 따라 쉽게 바꿀 수 있는 비밀번호와 달리 생체 정보는 변경이 불가능하기 때문에 신중하게 사용해야 해.

도현

개인의 얼굴을 자동으로 인식하는 얼굴 인식 기술이 개인을 은밀하게 추적하는 데 사용된다면 감시에 악용될 수 있어.

설아

4차 산업 혁명

우리는 **혁신***적인 기술 발전으로 인해 새로운 세상을 맞이하고 있다. 그 중심에는 '4차 산업 혁명'이 있다. 4차 산업 혁명이란 인공 지능, 사물 인터넷, 로봇 기술, 드론, 자율 주행차, 가상 현실 등이 주도하는 차세대 산업 혁명을 말한다.

산업 혁명은 전 세계적으로 산업과 사회, 경제 분야에서 큰 변화가 일어나는 것을 말한다. 그리고 시대 변화를 이끈 중요한 기술 혁신이 무엇인지에 따라 1차부터 4차로 구분한다. 1차 산업 혁명은 18세기 영국에서 시작되었으며, 증기 기관과 기계화로 대표된다. 2차 산업 혁명은 19세기 전기를 이용한 대량 생산이 본격화된 시기이다. 3차 산업 혁명은 20세기 중반 인터넷이 이끈 정보화 및 자동화 생산 시스템이 주도했다.

4차 산업 혁명의 가장 큰 특징은 **정보 통신 기술(ICT)***을 기반으로 한다는 점이다. 인공 지능과 로봇 기술이 결합하면 로봇이 커피를 내려 주는 일이 가능해진다. 또 음성 인식과 사물 인터넷 기술이 만나면 집 안의 기기들을 음성 명령만으로 조작할 수 있다. 이렇듯 4차 산업 혁명은 일상생활에 혁신을 일으킨다.

그러면 4차 산업 혁명은 사회에 어떤 변화를 가져올까? 첫 번째 변화는 연결과 자동화다. 사물 인터넷과 인공 지능은 모든 사물과 기기를 인터넷에 연결하고 데이터를 수집하고 분석한다. 이를 기반으로 자동화된 시스템과 서비스를 제공한다. 이것은 제조업, **헬스케어***, 교통 등 다양한 산업에서 생산성과 효율성을 향상시킨다.

두 번째는 맞춤형 생산과 소비이다. 지금까지는 공장에서 대량 생산된 물건을 소비했다면, 이제는 개인의 관심이나 흥미를 반영한 물건이나 서비스가 생산된다. 3D 프린팅과 같은 기술은 제품을 개별 맞춤으로 제작하게 해 준다. 유튜브는 개인이 본 영상들을 분석하여 취향에 맞는 콘텐츠를 추천해 준다.

마지막으로 노동 시장의 변화다. 인간이 해 왔던 일부 직업을 기계나 인공 지능이 대체하고 있다. 하지만 동시에 새로운 기술 및 산업에서 일자리를 **창출***하는 기회도 제공한다. 4차 산업 혁명 시대의 변화에 대비하려면 시대 흐름에 맞는 새로운 지식과 기술을 습득할 필요가 있다.

어휘사전

* **혁신**(革 가죽 혁, 新 새로울 신) 오래 묵은 제도, 방법, 관습 등을 버리고 새롭게 만드는 것.

* **정보 통신 기술**(ICT) 정보 기술과 통신 기술을 합친 말로, 컴퓨터 같은 정보 기술과 인터넷, 이동 통신, 위성 통신 같은 통신 기술이 모두 포함된 것.

* **헬스케어**(healthcare) 질병의 치료, 예방, 건강 관리 과정을 모두 포함한 것.

* **창출**(創 비롯할 창, 出 날 출) 전에 없던 것을 처음으로 지어내거나 만들어 냄.

내용요약

글의 중심 내용을 생각하며 빈칸의 낱말을 써 보세요.

산업 혁명은 전 세계적으로 산업과 사회, 경제 분야에서 큰 변화가 일어나는 것을 말한다. 4차 ㅅ ㅇ ㅎ ㅁ 은 정보 통신 기술을 기반으로 한다. 4차 산업 혁명이 가져오는 사회의 변화에는 연결과 자동화, 맞춤형 생산과 소비, 노동 시장의 변화가 있다.

1

내용
이해

4차 산업 혁명에 대한 설명으로 알맞은 것은 무엇인가요? (   )

① 전기를 이용한 대량 생산이 본격화된 시기를 의미한다.

② 지금까지 인간이 했던 모든 일을 기계가 대신하고 있다.

③ 공장에서 대량 생산된 물건을 소비하는 경향이 뚜렷하다.

④ 시대 변화를 이끌 중요한 기술 혁신이 아직 일어나지 않았다.

⑤ 인공 지능, 사물 인터넷 같은 정보 통신 기술을 기반으로 한다.

2

적용
하기

다음은 몇 차 산업 혁명에 해당하는 내용인지 찾아 알맞게 연결하세요.

(1) 인터넷이라는 개념이 등장하고 구글, 네이버 같은 포털 사이트들이 생겨났다. •

(2) 1913년 미국 포드 자동차 회사에서 벨트 시스템을 도입하여 자동차를 대량 생산하였다. •

(3) 인공 지능 챗봇 바드(Bard)가 구글 프레젠테이션에 적용되어 사람들이 문서 만드는 것을 돕게 되었다. •

(4) 영국의 스티븐슨이 만든 증기 기관차로 무거운 석탄이나 상품을 더 많이 빠르게 운반할 수 있게 되었다. •

• ① 1차 산업 혁명

• ② 2차 산업 혁명

• ③ 3차 산업 혁명

• ④ 4차 산업 혁명

3

추론
하기

산업 혁명에 대해 알맞게 이해하지 못한 것은 무엇인가요? (   )

① 시기별로 기술 혁신이 우리의 삶을 크게 변화시키고 있다.

② 산업 혁명은 산업과 사회뿐 아니라 일상생활에도 혁신을 가져온다.

③ 기계화와 대량 생산이 본격화되면서 환경 오염 같은 부작용도 생겨났다.

④ 인간이 해 온 일을 인공 지능이 대체하고 있어서 5차 산업 혁명은 없을 것이다.

⑤ 산업 혁명 때마다 일자리가 사라지기도 하지만 새로운 일자리가 생겨나기도 한다.

주제 정리

1 생각주제와 관련된 앞의 두 글을 읽고 내용을 정리해 보세요.

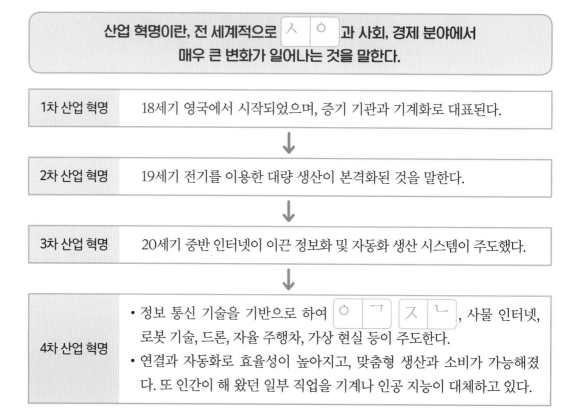

> 산업 혁명이란, 전 세계적으로 [ㅅ][ㅇ] 과 사회, 경제 분야에서
> 매우 큰 변화가 일어나는 것을 말한다.

1차 산업 혁명	18세기 영국에서 시작되었으며, 증기 기관과 기계화로 대표된다.

↓

2차 산업 혁명	19세기 전기를 이용한 대량 생산이 본격화된 것을 말한다.

↓

3차 산업 혁명	20세기 중반 인터넷이 이끈 정보화 및 자동화 생산 시스템이 주도했다.

↓

4차 산업 혁명	• 정보 통신 기술을 기반으로 하여 [ㅇ][ㄱ] [ㅈ][ㄴ], 사물 인터넷, 로봇 기술, 드론, 자율 주행차, 가상 현실 등이 주도한다. • 연결과 자동화로 효율성이 높아지고, 맞춤형 생산과 소비가 가능해졌다. 또 인간이 해 왔던 일부 직업을 기계나 인공 지능이 대체하고 있다.

2 다음 그림에서 공통으로 설명하고 있는 현상으로 알맞은 것에 ○표 하세요.

(1) 산업 혁명이 일어나면 일상생활에 많은 발전과 혁신만이 생긴다.

(2) 산업 혁명으로 인한 사회 변화 때문에 부작용이 생길 수도 있다.

3 4차 산업 혁명으로 맞이하게 될 생활의 변화에 대해 자신의 생각을 써 보세요.

✎ _____

_____

| 주제
어휘 | 지목 | 실현 | 접목 | 혁신 | 기반 | 창출 |

4 다음 주제 어휘와 뜻을 알맞게 연결하세요.

(1) 지목 •　　　　　　　　• ㉠ 크고 중요한 일의 기초가 되는 바탕.

(2) 접목 •　　　　　　　　• ㉡ 사람이나 사물이 어떠하다고 가리켜 정함.

(3) 기반 •　　　　　　　　• ㉢ 서로 다른 것들을 합쳐 새로운 것을 만드는 것.

(4) 창출 •　　　　　　　　• ㉣ 전에 없던 것을 처음으로 지어내거나 만들어 냄.

5 다음 빈칸에 들어갈 낱말을 주제 어휘에서 찾아 쓰세요.

(1) 노래자랑 대표로 반 친구들 모두 하율이를 (　　　　　)하였다.

(2) 가상 현실 게임에 역사 학습을 (　　　　　)하여 재미있게 공부할 수 있다.

(3) 스마트폰이 인공 지능과 결합하면서 우리 생활에 (　　　　　)을 가져왔다.

(4) 축구 선수가 되고 싶은 꿈을 (　　　　　)하기 위해 하루도 운동을 거르지 않았다.

6 다음 밑줄 친 말과 바꿔 써도 뜻이 통하는 낱말을 주제 어휘에서 찾아 쓰세요.

　　창의성은 이전에 없는 새로운 생각을 떠올리거나 기존의 생각들을 조합하여 새로운 생각을 떠올리는 능력을 말한다. 보통 창의성은 갑자기 떠오르는 반짝이는 생각이라고 오해하기도 한다. 하지만 평소에 꾸준히 주변을 관찰하고 새로운 시각으로 보려는 노력이 있어야 한다. 우리 삶을 다른 시각에서 바라볼 수 있는 능력을 의미하기도 하는 창의성은 끈기 있는 탐구가 바탕이 되어야 한다.

(　　　　　　　　　)

엘니뇨와 라니냐

지구 곳곳에서 **기상 이변*** 현상이 늘고 있다. 봄철에 40도가 넘는 **폭염***이 발생하거나, 겨울에 엄청난 폭설이 내리고 매섭게 추웠다가 금방 또 따뜻한 날씨로 변한다. 끔찍한 가뭄이 끝나면 난데없이 폭우가 쏟아지기도 한다. 이러한 기상 이변은 여러 가지 원인이 있지만 ㉠엘니뇨와 ㉡라니냐 현상과 깊은 관련이 있다.

'엘니뇨'는 적도 부근 태평양 바닷물의 온도가 비정상적으로 높은 현상, '라니냐'는 비정상적으로 낮은 현상을 말한다. 엘니뇨는 바닷물 온도가 **평년***보다 0.5도 이상 높은 상태로 5개월 이상 계속된다. 이와 반대로 라니냐는 바닷물 온도가 평년보다 0.5도 이상 낮아진 채 5개월 이상 유지된다. 엘니뇨가 발생하면 지구의 온도가 약 0.2도 높아지고, 라니냐가 발생하면 지구의 온도가 약 0.2도 낮아진다. 이 두 현상은 보통 2~7년을 주기로 반복하여 나타난다.

엘니뇨는 스페인어로 '남자아이' 혹은 '아기 예수'를 뜻하는 말이다. 엘니뇨 현상 때문에 바닷물 온도가 높아지면, 물속 산소량이 줄어들면서 물고기 먹이도 줄어든다. 결국 물고기들은 살아남기 위해 다른 바다로 이동하게 된다. 이때는 평소보다 물고기가 안 잡히기 때문에 페루 사람들은 크리스마스 시즌과 겹치는 이 기간에 축제를 열며 쉬었다. 이런 풍습에서 엘니뇨라는 이름이 유래하였다. 엘니뇨의 반대 개념인 라니냐는 스페인어로 '여자아이'를 뜻한다.

엘니뇨와 라니냐는 바닷물의 움직임과 밀접한 관련이 있다. 평소에는 적도 지역에서 부는 무역풍 때문에 태평양의 동쪽에서 서쪽으로 따뜻한 바닷물이 이동한다. 그래서 서쪽은 상대적으로 따뜻한 바다가 만들어지고, 동쪽은 차가운 바다가 형성된다. 그런데 이 바람이 약해지면 찬 바닷물의 이동이 약해지면서, 동태평양 바닷물 온도가 평년보다 높아지는 엘니뇨가 발생한다. 라니냐는 이와 반대다. 무역풍이 강해지면 찬 바닷물이 빠르게 이동해 동태평양의 온도가 평년보다 낮아진다.

사실 엘니뇨와 라니냐 자체는 지구의 공기와 바닷물이 순환하는 자연 현상이다. 그런데 **지구 온난화*** 현상으로 엘니뇨와 라니냐 현상이 발생하는 주기가 짧아지면서, 전 세계에 다양한 기상 이변 현상이 일어나고 있다.

어휘사전

* **기상 이변**(氣 기운 기, 象 코끼리 상, 異 다를 이, 變 변할 변) 지난 30년간의 날씨와 아주 다르게 나타나는 이상한 날씨.

* **폭염**(暴 사나울 폭, 炎 불탈 염) 매우 심한 더위.

* **평년**(平 평평할 평, 年 해 년) 일기 예보에서, 지난 30년 동안 나타난 기온이나 강수량 등의 평균적 상태를 이르는 말.

* **지구 온난화**(地 땅 지, 球 공 구, 溫 따뜻할 온, 暖 따뜻할 난, 化 될 화) 지구의 기온이 높아지는 현상.

내용요약

글의 중심 내용을 생각하며 빈칸의 낱말을 써 보세요.

엘니뇨와 라니냐는 적도 부근 태평양 바닷물의 온도가 비정상적으로 변화하는 기후 현상이다. ㅇㄴㄴ는 평년보다 바닷물 온도가 높아지는 현상이고, ㄹㄴㄴ는 반대로 낮아지는 현상이다.

1

글의 구조

이 글의 전개 방식을 알맞게 설명한 것은 무엇인가요? (   )

① 시간의 흐름에 따라 설명하였다.

② 공간이 바뀌는 순서에 따라 설명하였다.

③ 전체를 여러 부분으로 나누어 설명하였다.

④ 글을 쓰게 된 문제 상황과 그에 대한 해결 방안을 제시하였다.

⑤ 비교와 대조를 통해 두 대상의 공통점과 차이점을 설명하였다.

2

내용 이해

㉠과 ㉡에 대한 설명으로 알맞지 <u>않은</u> 것은 무엇인가요? (   )

① ㉠과 ㉡은 매년 나타나는 규칙적인 현상이다.

② ㉠과 ㉡이 반대되는 개념이라는 것을 어원에서도 알 수 있다.

③ ㉠과 ㉡은 모두 태평양의 바닷물 온도 변화에 따른 기후 현상이다.

④ ㉠ 때문에 바닷물의 온도가 높아지면 물고기 먹이의 양이 줄어든다.

⑤ ㉡은 무역풍이 강해지면서 동태평양 바닷물의 온도가 낮아지는 현상이다.

3

적용 하기

엘니뇨와 라니냐로 인해 일어나는 현상으로 알맞은 것을 **보기**에서 두 가지씩 찾아 번호를 쓰세요.

┤ 보기 ├

① 바닷물의 온도가 따뜻해서 물고기가 많이 잡히지 않아 수산물 가격이 올랐다.

② 바닷물의 온도가 평년보다 낮은 상태가 계속되어 동태평양 인근에서 오징어를 많이 잡았다.

③ 바닷물의 온도가 평년보다 높아 겨울철에도 따뜻한 날씨가 이어져 난방비를 10퍼센트 정도 절감하였다.

④ 바닷물의 온도가 비정상적으로 낮다 보니 우리나라에도 강한 추위가 찾아와 핫 팩, 전기방석의 판매가 증가하였다.

(1) 엘니뇨로 인해 일어나는 현상	(2) 라니냐로 인해 일어나는 현상

해류 현상

영화나 소설을 보면, 폭풍우를 만나 부서진 배가 바다를 떠돌다가 외딴섬에 도착해 주인공이 겨우 살아나는 장면이 나온다. 부서진 배는 어떻게 그 섬에 도착할 수 있었을까? 이는 아마도 해류 덕분일 것이다. 해류는 '일정한 방향으로 이동하는 바닷물의 흐름.'을 말한다. 바닷물도 강물처럼 한 방향으로 계속 흐르기 때문에, 아무 도구 없이도 배가 떠밀려 이동하는 것이다.

해류 현상이 생기는 가장 큰 원인은 바람이다. 바람이 일정한 방향으로 계속 불면서 바닷물의 표면을 움직여 일어난다. 또 바닷물의 무게 차이에 의해서도 해류가 생긴다. 바닷물은 무게가 무거운 쪽에서 가벼운 쪽으로 흐른다. 그런데 바닷물의 온도가 낮거나 **염분***이 높으면 무거워지고, 온도가 높거나 염분이 낮으면 가벼워진다. 이에 따라 깊은 바닷속에서 바닷물이 위아래로 움직이면서 해류를 만든다.

바닷물은 해류 현상을 통해 지구 전체를 이동하며 **기후***에 영향을 미친다. 적도 부근의 따뜻한 바닷물은 극지방으로 흘러가고, 극지방의 찬 바닷물은 적도 지방으로 이동한다. 이를 통해 지구의 열에너지가 골고루 분산된다. 해류는 엘니뇨와 라니냐 같은 기후 현상을 일으키기도 하고, 지구의 기후 조절에도 중요한 역할을 한다.

해류의 종류는 바닷물의 온도에 따라 ㉠**한류***와 ㉡**난류***로 나뉜다. 한류는 온도가 낮고 염분도 적어 물고기의 먹이가 되는 **플랑크톤***이 번식하기 좋은 환경이다. 반면 난류는 온도가 높고 염분이 많아 산소가 부족하고 플랑크톤이 적다.

이렇게 성질이 다른 한류와 난류가 만나면 그곳에는 물고기가 잘 잡히는 **황금 어장***이 만들어진다. 왜냐하면 차가운 바닷물 속에 들어 있는 풍부한 영양분과 산소 덕분에 플랑크톤이 잘 번식하고 다양한 종류의 물고기들이 모여들기 때문이다. 우리나라의 경우, 북쪽에서 내려오는 한류와 남쪽에서 올라오는 난류가 만나는 동해에 이런 현상이 생긴다. 최근에는 지구 온난화의 영향으로 황금 어장이 생기는 위치가 점점 북쪽으로 올라가고 있다.

어휘사전

* **염분**(鹽 소금 염, 分 나눌 분) 소금 성분.
* **기후**(氣 기운 기, 候 기후 후) 한 지역의 평균적인 날씨.
* **한류**(寒 찰 한, 流 흐를 류) 추운 곳에서 따뜻한 곳으로 흐르는 찬 바닷물.
* **난류**(暖 따뜻할 난, 流 흐를 류) 따뜻한 곳에서 추운 곳으로 흐르는 따뜻한 바닷물.
* **플랑크톤**(plankton) 물속이나 물위에 떠다니는 아주 작은 생물. 물고기의 먹이가 된다.
* **황금 어장**(黃 누를 황, 金 쇠 금, 漁 고기 잡을 어, 場 마당 장) 자원이 풍부하고 물고기가 많이 잡히는 바다.

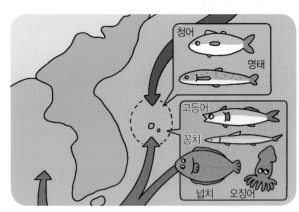

▲ 우리나라의 황금 어장

내용요약

글의 중심 내용을 생각하며 빈칸의 낱말을 써 보세요.

일정한 방향으로 이동하는 바닷물의 흐름을 ⬚ ⬚ (ㅎ ㄹ)라고 한다. 해류는 ⬚ ⬚ (ㅂ ㄹ)과 바닷물의 무게 차에 의해 생기는데, 지구 전체를 이동하며 기후에 영향을 미친다. 해류는 크게 한류와 난류로 나뉘는데 이 둘이 만나는 곳에 황금 어장이 만들어진다.

1 이 글의 내용과 일치하지 <u>않는</u> 것은 무엇인가요? (   )

내용
이해

① 온도와 염분에 따라 바닷물의 무게가 달라진다.

② 바닷물은 무게가 무거운 쪽에서 가벼운 쪽으로 흐른다.

③ 해류는 지구 전체를 이동하면서 열에너지를 골고루 나눠 준다.

④ 깊은 바닷속에 있는 바닷물은 움직이지 않고 그 자리에 머물러 있다.

⑤ 바람이 일정한 방향으로 계속 불면서 바닷물의 표면을 움직여 해류가 생긴다.

2 다음 중 '㉠ − ㉡'과 같은 관계에 있는 낱말끼리 짝 지은 것을 두 가지 고르세요.

어휘
이해
(   )

① 영화 − 소설   ② 따뜻한 − 찬

③ 바닷물 − 강물   ④ 무거운 − 가벼운

⑤ 물고기 − 플랑크톤

3 다음 빈칸에 들어갈 알맞은 말을 이 글에서 찾아 네 글자로 쓰세요.

추론
하기

> 한류와 난류가 만나면 플랑크톤이 많이 생겨서 물고기의 종류와 양도 풍부해진다. 우리나라는 동해에 이러한 현상이 잘 일어난다. 특히 독도 앞바다는 수산 자원이 풍부하고 물고기가 많이 잡히는 곳이기 때문에 동해 최고의 '   '이라고 불린다.

(   )

4 해류 현상에 의해 일어나는 일을 <u>잘못</u> 짐작하여 말한 친구의 이름에 ○표 하세요.

비판
하기

지구 온난화가 심해지면 난류가 강해져서 황금 어장이 더 북쪽으로 올라가겠어.

태리

해류 현상이 없으면 추운 곳은 더 추워지고, 더운 곳은 더 더워지겠네.

민수

바다 위에 떠다니는 물체가 어디로 이동할지 예측이 전혀 불가능하겠어.

지연

주제 정리 **1** 생각주제와 관련된 앞의 두 글을 읽고 내용을 정리해 보세요.

해류 현상

일정한 방향으로 이동하는 바닷물의 흐름.

해류가 생기는 원인
- 바람이 일정한 방향으로 계속 불면서 바닷물의 표면을 움직여 일어난다.
- 바닷물의 ⬜⬜ 가 무거운 쪽에서 가벼운 쪽으로 흐르므로, 깊은 바닷속 바닷물이 위아래로 움직이며 해류가 생긴다.

해류의 영향
- 지구 전체를 이동하며 ⬜⬜ 에 영향을 미친다.
- 적도 부근의 따뜻한 바닷물은 극지방으로, 극지방의 찬 바닷물은 적도 지방으로 이동한다.
- 엘니뇨와 라니냐 같은 기후 현상을 일으키는 원인이 된다.

해류의 종류
- 한류: 온도가 낮고 염분도 적어 플랑크톤이 많다.
- 난류: 온도가 높고 염분도 많아 플랑크톤이 적다.

2 다음에서 공통으로 설명하고 있는 현상으로 알맞은 것에 ○표 하세요.

(1) 바닷물은 깊은 바닷속으로부터 물의 표면에 에너지가 전달되면서 물결이 생겨.

(2) 바닷물은 바람 때문에, 그리고 바닷물의 무게 차이로 인해 일정한 방향으로 움직이고 있어.

3 기후에 영향을 미치는 해류 현상에 대해 자신의 생각을 써 보세요.

✎ _____

_____

_____

4   다음 주제 어휘와 뜻을 알맞게 연결하세요.

(1) [이변] •   • ㉠ 갑자기 많이 내리는 눈.

(2) [폭설] •   • ㉡ 바다에서 고기를 잡는 곳.

(3) [기후] •   • ㉢ 한 지역의 평균적인 날씨.

(4) [어장] •   • ㉣ 뜻밖에 벌어진 이상한 일. 또는 색다른 변화.

5   다음 빈칸에 들어갈 낱말을 주제 어휘에서 찾아 쓰세요.

(1) 급격한 지구 온난화로 인해 (   )의 흐름이 바뀌고 있다.

(2) 가까운 바다에서 큰 물고기가 잘 잡히는 (   )을 발견하였다.

(3) 줄넘기 열 개를 못 채우던 동생이 서른 개를 넘는 (   )을 보여 주었다.

(4) 농사는 평균 기온이 높거나 강수량이 적은 것과 같은 이상 (   )의 영향을 크게 받는다.

6   다음 밑줄 친 말과 뜻이 서로 비슷한 낱말을 주제 어휘에서 찾아 쓰세요.

> 지구 온난화로 인한 전 세계적인 기후 변화로, 우리나라도 연일 불볕더위에 시달리고 있다. 심한 더위는 건강에 해롭다. 열사병이나 탈수증에 걸릴 수 있기 때문에 충분한 수분 섭취와 휴식이 필요하다. 불볕더위는 극심한 가뭄과 함께 찾아와 동식물에도 좋지 않은 영향을 미친다. 농작물이 말라 죽거나, 동물들이 먹을 물이 부족해지고, 건조해서 산불이 발생하기도 한다. 지금 우리에게는 기후 변화에 대한 인식과 실천이 필요하다. 탄소 배출 줄이기, 에너지 절약하기 등 우리가 할 수 있는 작은 일부터 실천해 보자.

(   )

담을 넘은 아이

담을 넘은
아이

글 김정민
비룡소

"동생이더냐?" / 아가씨가 푸실이 등에 업힌 아기를 보고 물었다.

"내게도 이만한 동생이 있다. 내 어머니께서는 동생을 낳으시고 **산후더침**[*]으로 돌아가셨다."

아가씨는 무덤 앞으로 다가갔다. 푸실이는 아가씨 뒤를 따라갔다.

"어머니가 떠나시고 그립지 않은 날은 단 하루도 없었다. 매일매일 나는 그 마음을 참았다. 헌데 오늘따라 **사무치게**[*] 어머니가 뵙고 싶구나."

아가씨 눈이 다시 붉어졌다.

"내 어머니께서는 뛰어난 학자셨다. 남자로 태어났다면 이름을 남기셨을 텐데……."

아가씨는 비석을 가리켰다.

"여인이기에 이렇게 누군가의 처, 누군가의 딸로만 남아 있다."

푸실이는 비석을 보았다. 한자가 새겨져 푸실이는 읽을 수 없었다.

"밤새워 **서책**[*]을 읽고 글을 쓰라 하였느냐?"

푸실이 고개를 끄덕였다.

"내 어머니가 그리 사셨다. 밤새워 서책을 읽으셨지. 글도 쓰셨지만 할아버님께서 여인네가 쓰는 글이 나돌면 아니 된다 하여 아무도 몰래 태워 버리셨다."

아가씨 눈에서 눈물이 흘렀다.

"아가씨, 마님께서는 더 멀리 ㉠<u>나아가고</u> 싶으셨을 겁니다. 성취하고 발전하는 즐거움에 열심히 글을 읽으셨을 겁니다. 그러니 마님을 너무 원망하지 마십시오."

아가씨가 푸실이를 보았다. 깜짝 놀란 표정이 **역력했다**[*]. 푸실이는 부끄러워 얼른 말을 이었다.

"그 말씀은, 제 말이 아니고 **여군자**[*]가 책 속에서 그리 말하였습니다."

"아, 그때 그 책 말이냐."

"예. 아가씨, 그리고 제 생각에는 원망의 마음은 너무 무거워 나아가기 어려울 것 같습니다."

"그러니 내게 원망의 마음은 버리고 여군자처럼 ㉡<u>나아가라</u> 말하는 것이냐?"

아가씨 얼굴에 호기심이 보였다.

"너도 ㉢<u>나아가고</u> 싶은 것이냐?"

"저는 다만 이 아이를 살리고 싶은 것입니다. 그것이 나아가는 것인지는 모르겠습니다."

알 수 없는 뜨거운 열기에 휩싸여 말을 하고는 푸실이는 입술을 깨물었다.

어휘사전

＊**산후더침** 아이를 낳은 뒤에 생기는 여러 가지 병.

＊**사무치다** 슬픔 등이 마음속 깊이 느껴지다.

＊**서책**(書 글 서, 册 책 책) 생각, 지식 등을 글로 적어 인쇄한 것. '책'과 같은 말.

＊**역력**(歷 지낼 역, 歷 지낼 력)**하다** 모습이나 상태, 기억 등이 환히 알 수 있게 또렷함.

＊**여군자**(女 여자 여, 君 임금 군, 子 아들 자) 이 글에 나오는 책의 작가 이름.

1 이 글의 내용과 일치하지 <u>않는</u> 것은 무엇인가요? (   )

내용
이해

① 푸실이는 한자를 읽지 못한다.

② 아가씨에게는 어린 동생이 있다.

③ 아가씨 어머니(마님)는 산후더침으로 돌아가셨다.

④ 아가씨와 푸실이가 있는 장소는 아가씨 어머니(마님)의 무덤 앞이다.

⑤ 아가씨 어머니(마님)의 비석에는 뛰어난 학자였다는 내용이 적혀 있다.

2 이 글에 나오는 인물들의 생각으로 가장 알맞은 것을 고르세요. (   )

추론
하기

① 푸실이는 책을 쓴 여군자를 원망하고 있다.

② 푸실이는 여자도 책을 읽고 글을 써야 한다고 생각한다.

③ 아가씨는 여자는 뛰어난 학자가 될 필요가 없다고 생각한다.

④ 아가씨의 할아버지는 책 읽고 글 쓰는 딸을 자랑스러워한다.

⑤ 아가씨는 푸실이가 글을 읽는 즐거움을 알게 될까 봐 걱정한다.

3 이 글의 '마님'과 비슷한 삶을 살았던 인물이 <u>아닌</u> 사람을 찾아 ○표 하세요.

적용
하기

임윤지당	이빙허각	신사임당	퇴계 이황
남성만의 영역이었던 성리학에 도전한 조선 시대 여성 성리학자	실생활에 도움이 되는 여성 생활 백과를 펴낸 조선 시대 여성 실학자	섬세한 사실화를 그렸고, 글씨, 시 쓰기에 뛰어난 실력을 지녔던 조선 시대 여성 화가	조선 성리학 발달의 기초를 형성했으며 효와 예법을 중시하고 실천한 조선 시대 대학자

4 ⊙~ⓒ의 '나아가다'라는 말이 공통적으로 의미하는 것을 두 가지 고르세요.

추론
하기

(   )

① 자신 앞에 놓인 역경을 이겨 낸다.

② 여자로서 받는 차별을 뛰어넘는다.

③ 원망의 마음 때문에 가족을 멀리한다.

④ 남녀 차별이 있어도 남들처럼 그냥 받아들인다.

⑤ 누군가의 처, 누군가의 딸로만 남는 것에 만족한다.

시대에 따른 여성의 삶

오늘날 여성들은 남성들과 똑같이 학교에 가고, 직업을 갖고 활발히 활동한다. 하지만 옛날에는 여성의 **지위***가 지금과 달랐다. 조선 시대만 해도 남자는 바깥일을 주로 하고, 여자는 집안일을 주로 했다. 남자는 갓을 쓰고 두루마기를 입고, 여자는 저고리와 치마를 입었다. 이렇게 남녀의 구분이 뚜렷했다. 그러다가 조선의 **문호***가 개방되고 서양 문물이 들어오면서 상황이 바뀌었다. 역사적으로 여성의 지위가 어떻게 변해 왔는지 살펴보자.

고려 시대는 조선 시대에 비해 여성의 지위가 높은 편이었다. 그때도 물론 여성이 **관직***에 진출하거나 사회 활동을 할 수는 없었다. 하지만 가정 내에서는 여성이 남성과 거의 동등한 위치였다. 아이가 태어나면 성별에 관계없이 출생 순서대로 **호적***에 이름을 올렸다. 또 여성도 한집안의 주인이 될 수 있었다. 딸과 아들 모두 똑같이 재산을 물려받았고, 제사를 지내는 데도 차별이 없었다.

이러한 관습은 조선 시대 전기까지도 유지되었다. 그러다가 조선 중기 이후에 유교 규범이 확대되면서 남성 중심의 문화가 강해졌다. 남성은 가정 내에서 강력한 권력을 갖게 되었다. 반면 시부모에 대한 공경 등 여성이 지켜야 할 **덕목***은 더욱 강조되었다. 가문의 대를 잇는 것은 남자만 가능했고, 재산을 물려받을 때도 딸은 차별을 받았다. 또한 부인에게 흠이 있으면 집에서 내쫓을 수 있었고, 남편이 죽어도 부인은 재혼할 수 없었다. 여성이 글을 배우거나 공부하는 것도 어려웠다.

그러다가 1870년대에 근대화가 되면서 여성에게도 교육이 필요하다는 인식이 생겨났다. 외국에서 온 기독교 선교사들은 여성 교육 기관을 설립했고, 1886년에는 최초의 근대 여성 학교인 이화 학당도 세워졌다. 이때 처음으로 여성들도 제대로 된 교육을 받게 되었다.

광복 후에는 여성도 남성과 동등한 교육을 받았고, 사회적 지위도 크게 향상되었다. 그리하여 오늘날에는 스포츠, 학문, 의료 등 모든 분야에서 여성들이 크게 활약하고 있다. 이처럼 여성의 지위는 시대에 따라 변화하며 점차 향상되어 왔다.

어휘사전

* **지위**(地 땅 지, 位 자리 위) 개인의 사회적 신분에 따르는 위치나 자리.
* **문호**(門 문 문, 戶 지게 호) 외부와 교류하기 위한 통로나 수단.
* **관직**(官 벼슬 관, 職 벼슬 직) 나랏일을 하는 자리. 관리의 지위.
* **호적**(戶 지게 호, 籍 서적 적) 법률에 따라 한집안 식구의 이름, 생년월일 등을 적은 문서.
* **덕목**(德 덕 덕, 目 눈 목) 사람이 갖추어야 할 여러 가지 덕.

▲ 이화 학당 수업 모습

내용요약

글의 중심 내용을 생각하며 빈칸의 낱말을 써 보세요.

고려 시대에 비해 조선 중기 이후 ⬚ ⬚ (ㅇㄱ) 규범이 확대되면서 남성 중심의 문화가 강해졌다. 1870년대에 근대화가 되면서 여성에게도 ⬚ ⬚ (ㄱㅇ)이 필요하다는 인식이 생겨났다. 이처럼 여성의 지위는 시대에 따라 점차 향상되어 왔다.

1 이 글의 내용과 일치하는 것은 무엇인가요? (   )

내용
이해

① 최초의 근대 여성 학교는 광복 후에 세워졌다.

② 고려 시대에는 여성이 한집안의 주인이 될 수 있었다.

③ 조선 전기부터 불교 규범이 확대되면서 여성의 지위가 낮아졌다.

④ 서양 문물이 들어오면서 여성이 글을 배우는 것이 더 어려워졌다.

⑤ 고려 시대에는 여성이 관직에 진출하여 활발한 사회 활동을 펼쳤다.

2 이 글을 바탕으로 **보기**를 알맞게 이해하지 **못한** 것은 무엇인가요? (   )

적용
하기

┤ 보기 ├

　　조선 중기에 태어난 허난설헌은 어려서부터 글재주가 뛰어났다. 허난설헌의 아버지는 딸의 재능을 알아보고 유명한 시인에게 글을 배울 수 있는 기회를 마련해 주었다. 결혼 후 그녀의 삶은 불행했으며 그로 인한 슬픔을 책과 한시 짓기로 달랬다. 그녀는 자신의 작품을 모두 불에 태워 없애라는 유언을 남겼으나, 남동생 허균은 누이의 글을 모아 『난설헌집』을 펴냈다. 『난설헌집』은 중국과 일본에서 큰 인기를 끌었다.

① 허균은 재능을 마음껏 펼치지 못한 누이를 안타까워했다.

② 딸의 재능을 키워 준 허난설헌의 아버지는 시대를 앞서간 사람이다.

③ 허난설헌의 결혼이 불행했던 이유는 조선 시대 여성의 지위와 관계 있다.

④ 허난설헌은 여성을 차별하는 시대 상황 때문에 예술 창작을 하지 못했다.

⑤ 허난설헌은 조선 시대에 태어났으나 남동생 덕분에 시집을 남길 수 있었다.

3 이 글을 바탕으로 광복 후 여성의 삶의 모습을 가장 알맞게 짐작한 것은 무엇인가요?

추론
하기

(   )

① 남성과 가족에게 헌신하며 집안일만 주로 했다.

② 한글과 숫자를 배우는 정도의 간단한 교육을 받았다.

③ 아무도 학교에 다니지 못해 여성은 모두 글을 못 읽었다.

④ 남성 중심의 문화가 더 심해져 이혼을 당하는 여성이 늘어났다.

⑤ 여성도 남성과 동등한 배움의 기회를 얻어 대학에 다니게 되었다.

주제 정리

1 생각주제와 관련된 앞의 두 글을 읽고 내용을 정리해 보세요.

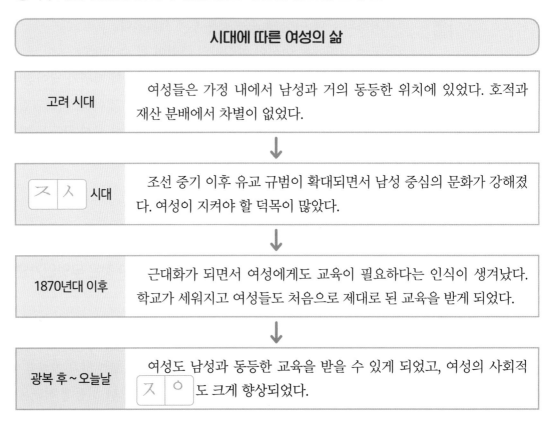

시대에 따른 여성의 삶	

고려 시대	여성들은 가정 내에서 남성과 거의 동등한 위치에 있었다. 호적과 재산 분배에서 차별이 없었다.

↓

ㅈ ㅅ 시대	조선 중기 이후 유교 규범이 확대되면서 남성 중심의 문화가 강해졌다. 여성이 지켜야 할 덕목이 많았다.

↓

1870년대 이후	근대화가 되면서 여성에게도 교육이 필요하다는 인식이 생겨났다. 학교가 세워지고 여성들도 처음으로 제대로 된 교육을 받게 되었다.

↓

광복 후~오늘날	여성도 남성과 동등한 교육을 받을 수 있게 되었고, 여성의 사회적 ㅈ ㅇ 도 크게 향상되었다.

2 조선 시대에 여성의 지위가 낮았다는 것을 짐작할 수 있는 내용을 두 가지 찾아 ○표 하세요.

(1) 아들이든 딸이든 태어난 순서대로 호적에 이름을 올렸다.

(2) 남편이 죽어도 부인은 재혼할 수 없었다.

(3) 가문의 대를 잇는 것은 남자만 가능하였다.

(4) 관직에 진출하고 사회 활동을 할 수 있었다.

3 시대에 따른 여성의 삶의 모습에 대해 어떤 생각이 들었는지 써 보세요.

주제어휘	사무치다	성취	역력하다	지위	동등

4 다음 주제 어휘와 뜻을 알맞게 연결하세요.

(1) 사무치다 •　　　　　　• ㉠ 목적한 바를 이룸.

(2) 성취 •　　　　　　• ㉡ 슬픔 등이 마음속 깊이 느껴지다.

(3) 지위 •　　　　　　• ㉢ 개인의 사회적 신분에 따르는 위치나 자리.

(4) 동등 •　　　　　　• ㉣ 등급이나 정도가 같음. 또는 그런 등급이나 정도.

5 다음 빈칸에 들어갈 낱말을 주제 어휘에서 찾아 쓰세요.

(1) 학생들을 (　　　　　)하게 대하는 선생님이 인기가 많다.

(2) 모두가 소원 (　　　　　)하는 한 해를 만들어 가자는 다짐을 하였다.

(3) 조선 시대에는 가정에서 남성과 여성의 (　　　　　)가 불평등하였다.

(4) 인상을 쓰고 꿍하게 앉아 있는 모습에 불만스러움이 (　　　　　　　).

6 다음 문장의 밑줄 친 말과 바꿔 쓸 수 있는 낱말에 ○표 하세요.

(1) 반 대표로 뛰겠다는 목표를 <u>이루기</u> 위해 달리기 연습을 열심히 했다.

→ 마치기 ／ 성취하기

(2) 지우의 표정을 보니 잘못을 뉘우치는 기색이 <u>뚜렷해서</u> 화도 내지 못했다.

→ 역력해서 ／ 흐릿해서

모두를 위한 적정 기술

기술은 인간의 삶을 풍요롭게 만든다. 교통수단 하나만 해도 수레에서 자전거, 자동차에서 자율 주행 자동차까지 끊임없이 발전해 왔다. 그런데 전 세계 사람들이 골고루 기술의 혜택을 누리는 것은 아니다. 선진국은 경제력을 바탕으로 첨단 기술을 활용하지만, 경제가 어려운 나라들은 그렇지 못하다. 가령 인터넷망이 깔려 있는 정도나 인터넷 속도에도 나라마다 큰 차이가 있다.

이런 기술 격차의 문제를 해결하기 위해 등장한 것이 바로 '**적정*** 기술'이다. 적정 기술은 그 기술이 사용될 지역의 자연환경과 생활 모습을 고려한 기술이다. 그 지역에서 구할 수 있는 재료를 활용해 개발 비용을 낮추고, 그 나라 수준에 맞는 비교적 간단한 기술을 활용한다. 적정 기술은 원래 '중간 기술'이라는 용어가 바뀐 것이다. 영국의 경제학자 슈마허는 **저개발국***을 돕기 위해서는, 선진국과 저개발국의 중간 수준인 중간 기술이 필요하다고 보았다.

사실 아주 간단한 아이디어도 적정 기술이 될 수 있다. 도넛 모양의 이동형 물통 '큐드럼(Q-Drum)'도 그 예다. 물통 가운데 구멍을 뚫어 끈을 연결하여, 적은 힘으로도 굴리며 이동할 수 있다. 큐드럼은 무거운 물통을 머리에 이고 다니던 아프리카 원주민들에게 큰 도움을 주었다. 또 특별한 축구공 '소켓볼(Soccket Ball)'은 갖고 놀기만 해도 불을 밝힐 만큼의 전기 에너지를 만들어 낸다. 평범한 축구공처럼 생겼는데, 내부에는 진동 센서와 전기를 만드는 발전 장치가 들어 있다. ㉠소켓볼을 차면서 30분쯤 축구를 하면 3시간쯤 사용할 수 있는 전기가 만들어진다.

▲ 큐드럼(Q-Drum)

이와 같이 적정 기술은 더 많은 지역의 사람에게 혜택을 주는 따뜻한 기술이다. 또한 화석 연료의 사용을 최소화하여 환경을 보호하고, 고장이 나더라도 현지에서 다시 고쳐 쓸 수 있다. 이처럼 **친환경***적으로 그 지역의 자원을 활용하는 적정 기술은 앞으로도 꾸준히 개발될 전망이다.

어휘사전

* **적정**(適 맞을 적, 正 바를 정) 꼭 알맞은 정도.

* **저개발국**(低 낮을 저, 開 열 개, 發 필 발, 國 나라 국) 경제 발전이 진행 중이거나 경제 발전이 선진국보다 뒤떨어진 나라를 가리키는 말.

* **친환경**(親 친할 친, 環 고리 환, 境 지경 경) 자연환경을 더럽히지 않고 있는 그대로의 자연과 잘 어울려 사는 일.

내용요약

글의 중심 내용을 생각하며 빈칸의 낱말을 써 보세요.

기술 격차의 문제를 해결하기 위해 등장한 적정 기술은 그 기술이 사용될 지역의 자연환경과 생활 모습을 고려한 기술이다. 친환경적으로 그 지역의 자원을 활용하는 [ㅈ][ㅈ] [ㄱ][ㅅ]은 앞으로도 꾸준히 개발될 전망이다.

1 이 글의 내용을 <u>잘못</u> 이해한 것은 무엇인가요? (   )

내용
이해

① 적정 기술의 예로 큐드럼과 소켓볼을 소개하였다.

② 적정 기술은 복잡하고 비싸게 팔 수 있는 기술이다.

③ 경제학자 슈마허가 '중간 기술'이라는 개념을 처음 제시했다.

④ 오늘날에는 '중간 기술'보다 '적정 기술'이라는 용어를 사용한다.

⑤ 적정 기술은 그 기술이 사용될 지역의 자연환경과 생활 모습을 고려한다.

2 ㉠과 같은 상황을 잘 표현할 수 있는 속담은 무엇인가요? (   )

어휘
이해

① 꿩 먹고 알 먹는다

② 소 잃고 외양간 고친다

③ 배보다 배꼽이 더 크다

④ 지렁이도 밟으면 꿈틀한다

⑤ 사공이 많으면 배가 산으로 간다

3 다음 보기에 소개된 적정 기술이 실패한 까닭으로 알맞은 것은 무엇인가요?

적용
하기

(   )

┤ 보기 ├

▲ 라이프스트로(LifeStraw)
[출처] www.facebook.com/lifestraw

'라이프스트로(LifeStraw)'는 '생명의 빨대'라는 뜻의 휴대용 정수 빨대이다. 라이프스트로를 통해 물을 빨아들이면 오염된 물속 미생물과 기생충이 깨끗하게 걸러진다. 이는 물 부족 국가 사람들에게 꼭 필요한 제품이지만, 그 나라 사람들이 몇 달을 일해야 겨우 살 수 있을 정도로 비쌌다. 정말 절실하게 이 물건이 필요했던 사람들에게 라이프스트로는 그림의 떡이었다.

① 최첨단 기술을 도입하지 않아서

② 친환경적인 방법으로 개발하지 않아서

③ 기업에 더 많은 돈을 벌어 주지 못해서

④ 그 기술을 사용할 사람들의 상황을 고려하지 않아서

⑤ 그 지역 사람들이 겪고 있는 문제와 관련된 것이 아니어서

새로운 경영 방식 ESG

과거에는 무조건 돈을 많이 버는 기업이 좋은 기업이라는 평가를 받았다. 하지만 현재는 기업이 벌어들인 돈뿐만 아니라, 'ESG'를 **고려**[*]하여 기업을 평가한다. ESG 란 '환경(Environment), 사회(Social), 지배 구조(Governance)'의 약자이다. 이 제 기업은 이익을 많이 내는 것을 뛰어넘어 사회적으로 착한 기업이 되어야 한다. ㉠ESG **경영**[*]은 어떤 것인지 구체적으로 살펴보자.

먼저, 기업은 환경을 생각해야 한다. 자원을 효율적으로 사용하면서 친환경을 실 천하기 위해 노력해야 한다. 한정된 자원을 공평하게 사용하고, 미래 후손들도 자원 을 사용할 수 있도록 환경을 보호해야 한다. LG유플러스는 매장에서 버려진 광고판 을 재활용하여 약 547kg의 탄소 배출을 줄였다. 오뚜기는 라면 봉지를 재활용할 수 있도록 하고, 친환경 잉크를 사용하였다. 이처럼 기업들은 폐기물을 줄이고, 친환경 적인 제품을 생산하는 방향으로 나아가고 있다.

둘째, 기업은 사회에 좋은 영향을 끼치도록 노력해야 한다. 기업은 그 기업에 속한 많은 직원들과 사회에 큰 영향을 준다. 직원들이 평등하고 안전하게 일하면서, 안정 적으로 회사를 다닐 수 있도록 하는 것은 사회에 좋은 영향을 끼친다. 또한 어려운 사람들을 돕는 것도 살기 좋은 사회를 만들기 위한 기업의 중요한 역할이다. BBQ는 2023년에 복지 시설, 봉사회 등에 치킨 6500마리를 기부했다. 한국야쿠르트는 독 거노인 가구를 주 3회 이상 방문해 유제품을 전달하면서 안전을 확인하는 지역 독 거노인 안부 확인 사업을 펼치고 있다.

셋째, 기업은 투명한 지배 구조를 만들기 위해 노력해야 한다. '투명한 지배 구조' 란 거짓 없이 분명하게 기업을 운영하는 것을 말한다. 기업 운영에 대한 결정을 내 릴 때, 사장 혼자서 하는 것이 아니라 회사 구성원들이 함께 의견을 모으고, 그 과정 을 투명하게 공개해야 한다. 또한 인종이나 성별, 장애 등과 상관없이 평등하게 직 원을 **채용**[*]하고, 직원들이 오래 일할 수 있는 근무 조건을 마련하는 것도 중요하다.

ESG 경영을 통해 기업은 환경을 보호하고, 사람들이 살기 편안한 사회가 되도록 **이바지**[*]하며, 투명하게 경영하는 기업으로 성장해야 한다.

어휘사전
* **고려**(考 생각할 고, 慮 생각할 려) 관 련된 여러 가지 사정을 자세히 따져 서 생각하는 것.
* **경영**(經 날 경, 營 경영할 영) 회사, 상점, 공장 들을 꾸려 나가는 것.
* **채용**(採 캘 채, 用 쓸 용) 회사나 기 관에서 사람을 뽑아서 쓰는 것.
* **이바지** 잘되거나 발전하도록 도움 이 되게 하는 것.

내용요약

글의 중심 내용을 생각하며 빈칸의 낱말을 써 보세요.

ESG 경영은 ㅎ ㄱ , ㅅ ㅎ , 지배 구조를 고려하여 운영하는 경영 방식이다. 이를 통해 기업은 환경을 보호하고, 사람들이 살기 편안한 사회가 되도록 이바지하며, 투명하게 경영하는 기업으로 성장해야 한다.

1 ㉠을 바르게 이해하지 <u>못한</u> 것을 두 가지 고르세요. (   )

내용
이해

① 환경, 사회, 지배 구조를 모두 고려하는 경영 방식이다.

② 눈에 보이는 이익을 얻는 데에 집중하는 경영 방식이다.

③ 친환경적으로 지속 가능한 발전을 이루기 위해 노력한다.

④ 환경과 사회에는 긍정적이지만, 기업에는 부정적인 영향을 끼친다.

⑤ 도움이 필요한 곳에 기업이 가서 봉사 활동을 하는 것도 한 예이다.

2 ESG 경영의 세 가지 조건에 맞는 내용을 보기에서 골라 각각 번호를 쓰세요.

적용
하기

┤ 보기 ├

① 태양열, 풍력 등을 이용한 친환경 에너지로 물건을 생산했다.

② 내년 기업의 목표를 회사의 모든 부서가 함께 상의하여 정했다.

③ 기업에서 김장 담그기 행사를 열어 완성된 김치를 쉼터에 전달하였다.

④ 플라스틱 쓰레기를 줄이기 위해 빨대를 사용하지 않는 팩 음료를 개발하였다.

⑤ 휠체어 높이에 맞춘 책상을 설치해 장애인도 편하게 일할 수 있는 사무 공간을 만들
었다.

(1) 환경(Environment)	(2) 사회(Social)	(3) 지배 구조(Governance)

3 다음 보기에 나타난 상황을 알맞게 비판하여 말한 것은 무엇인가요? (   )

비판
하기

┤ 보기 ├

국내에서도 기업들이 ESG 경영을 해야 한다는 목소리가 커지고 있다. 하지만 ESG 활
동 정보를 자세하게 작성하고 발표하는 국내 기업은 많지 않다. 봉사 활동이나 기부 등
홍보가 되는 ESG 활동만 하고 제대로 된 ESG 경영을 하지 않는 경우가 많기 때문이다.

① 기업들이 봉사 활동을 하는 횟수를 더 늘려야 해.

② 대기업들은 ESG 경영을 잘하고 있으니 문제없는 것 같아.

③ ESG 활동 정보를 공개하는 것은 기업에 부담을 줄 수 있어.

④ 국내 기업은 ESG 경영을 못하는 것 같으니 해외 기업을 따라 하면 좋겠어.

⑤ 눈에 보이는 ESG 활동뿐 아니라 투명한 경영 같은 실질적인 활동이 중요해.

주제 정리 **1** 생각주제와 관련된 앞의 두 글을 읽고 내용을 정리해 보세요.

> '기술'도 '기업'도 경제적 ○ ○ 만을 중요시하였던 과거와는 달리, 오늘날에는 다양한 가치를 실천하고 있다.

모두를 위한 적정 기술

기술의 혜택을 받지 못했던 저개발국 사람들의 삶의 질을 높이고, 최대한 친환경적으로 그 지역의 자원을 활용하여 문제를 해결하는 ㅈ ㅈ ㄱ ㅅ

새로운 경영 방식 ESG

환경(Environment), 사회(Social), 지배 구조(Governance)를 고려하는 경영 방식을 통해 기업과 환경, 사회 모두에게 긍정적인 영향을 주는 ESG 경영

2 기업의 다음과 같은 활동을 알맞게 이해한 것에 ○표 하세요.

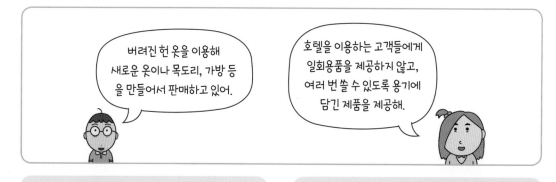

> 버려진 헌 옷을 이용해 새로운 옷이나 목도리, 가방 등을 만들어서 판매하고 있어.

> 호텔을 이용하는 고객들에게 일회용품을 제공하지 않고, 여러 번 쓸 수 있도록 용기에 담긴 제품을 제공해.

(1) 기업이 친환경 경영을 실천하기 위해 노력하는 모습이다.

(2) 기업이 최대한 돈을 많이 벌기 위한 방법을 찾는 모습이다.

3 '적정 기술'과 'ESG 경영'의 공통점은 무엇이라고 생각하는지 자신의 생각을 써 보세요.

주제 어휘	기술	적정	친환경	경영	이바지

4 다음 주제 어휘와 뜻을 알맞게 연결하세요.

(1) 기술 •

(2) 적정 •

(3) 경영 •

(4) 이바지 •

• ㉠ 꼭 알맞은 정도.

• ㉡ 회사, 상점, 공장 들을 꾸려 나가는 것.

• ㉢ 잘되거나 발전하도록 도움이 되게 하는 것.

• ㉣ 어떤 것을 잘 만들거나 고치거나 다루는 솜씨나 방법.

5 다음 빈칸에 들어갈 낱말을 주제 어휘에서 찾아 쓰세요.

(1) 의학 (   )의 발달로 사람들의 수명도 길어지고 있다.

(2) 농약을 사용하지 않고 농사를 짓는 (   ) 농장이 점점 늘어나고 있다.

(3) 거북과 같은 변온 동물을 키울 때에는 (   ) 온도를 유지하는 것이 중요하다.

(4) 학교의 발전에 (   )할 수 있는 일이 무엇일지 다 같이 고민해 보는 시간을 가졌다.

6 다음 문장의 밑줄 친 부분과 바꿔 쓸 수 있는 낱말에 ○표 하세요.

(1) 도현이는 이어달리기의 마지막 주자로 우리 반의 우승에 기여했다.

→ 이바지 　 바라지

(2) 도시를 있는 그대로의 자연과 잘 어울리도록 만드는 것이 중요해지고 있다.

→ 친환경적으로 　 원시적으로

2개의 글을 연결해 재미있게 읽어요~

동물 농장

동물 농장
글 조지 오웰
비룡소

나폴레옹(젊은 수퇘지)은 개들을 거느린 채 언젠가 메이저 영감이 연설을 했던 높은 연단으로 올라갔다. 그러고는 지금부터 일요일 아침마다 열리는 회의는 쓸데없는 시간 낭비이기 때문에 폐지하겠다고 선언했다. 또 농장 업무와 관계된 모든 문제들은 돼지들로 구성된 특별 위원회가 결정할 것이며, 그 위원회의 회장은 자기가 맡겠다고 밝혔다. 이 특별 위원회 모임은 비공개로 열릴 것이며, 거기에서 결정된 사항은 나중에 동물들에게 **통보**[*]하겠다고 했다.

몇몇은 그 자리에서 항의하고 싶었지만 도무지 적절한 말이 떠오르지 않았다. 심지어 복서(말)조차도 **막연한**[*] 불안감을 느꼈다. 복서는 귀를 뒤로 젖힌 채 앞갈기를 몇 번이나 흔들며 생각을 정리해 보려고 애썼다. 그러나 결국 아무 말도 생각해 내지 못했다. 같은 돼지라 하더라도 어떤 돼지들은 따지고 들었다. 앞줄에 앉아 있던 젊은 식용 돼지 네 마리가 날카로운 목소리로 반대 의견을 내놓았다. 그러자 나폴레옹을 에워싸고 앉아 있던 개들이 위협하듯, 낮은 소리로 일제히 으르렁거리기 시작했다. 젊은 돼지들은 입을 다물고 슬그머니 다시 자리에 앉았다.

이제 모든 명령은 스퀄러나 다른 돼지를 통해 발표되었다. 나폴레옹은 고작해야 이 주에 한 번꼴로 모습을 드러냈다. 어쩌다 집 밖으로 나올 때면 이제는 개들뿐만 아니라 검은 수탉까지 데리고 나타났다. 이 젊은 수탉은 나폴레옹보다 늘 몇 발짝 앞에 서서 ⟮ ㉠ ⟯처럼 걸어 다녔다. 그러고는 나폴레옹이 말을 하려고 하면 얼른 "꼬끼오오오오, 꼬끼오오오오." 하고 큰 소리를 질러 댔다. 그즈음 **본채**[*] 안에서도 나폴레옹은 다른 돼지들과 공간을 따로 쓴다는 소문이 나돌았다. 식사도 개 두 마리의 시중을 받으며 혼자 한다고 했다.

나폴레옹은 이제 그냥 '나폴레옹'이 아니었다. 스퀄러는 눈물까지 흘리며 나폴레옹의 현명함과 어진 마음씨에 대해 연설했다. 어느새 모든 성공과 행운은 나폴레옹의 공이 되었다.

한편 농장 생활은 고되기 짝이 없었다. 올겨울도 지난겨울만큼 추웠고, 식량 사정은 심지어 더 나빠졌다. 암만 봐도 식량은 부족해 보였지만 스퀄러는 식량은 절대 부족하지 않다고 동물들을 아주 간단히 **구워삶을**[*] 수 있었다. 동물들은 그 모든 말을 곧이곧대로 믿었다. 동물들이 아는 것은 지금의 생활이 너무나 힘겹고 **궁색**[*]하다는 것, 너무 자주 굶주리고 추위에 떨어야 한다는 것, 눈만 뜨면 일해야 한다는 것뿐이었다.

어휘사전
* **통보**(通 통할 통, 報 갚을 보) 지시나 소식 등을 알리는 것.
* **막연**(漠 사막 막, 然 그럴 연)**하다** 뚜렷하지 못하고 어렴풋하다.
* **본**(本 근본 본)**채** 여러 채로 된 주택에서 주가 되는 집.
* **구워삶다** 그럴듯한 말로 꾀어 자기의 말을 듣게 하다.
* **궁색**(窮 다할 궁, 塞 막힐 색) 아주 가난함.

1

글의
구조

이 글의 특징으로 알맞은 것은 무엇인가요?　(　　　　)

① 작가가 묻고 등장인물이 답하는 형식이다.

② 공간적 배경과 시간적 배경이 드러나지 않는다.

③ 작가가 직접 체험한 내용을 바탕으로 교훈을 전달한다.

④ 등장인물끼리 주고받는 대화를 통해서만 사건이 전개된다.

⑤ 마치 사람인 것처럼 표현된 동물들이 이야기를 이끌어 간다.

2

내용
이해

나폴레옹이 한 일이 <u>아닌</u> 것은 무엇인가요?　(　　　　)

① 일요일 아침마다 열리는 회의를 폐지하였다.

② 돼지들로 구성된 특별 위원회의 회장을 맡았다.

③ 다른 동물들과 자주 소통하기 위해 노력하였다.

④ 집 밖으로 나올 때면 개들과 검은 수탉까지 데리고 나타났다.

⑤ 특별 위원회에서 결정된 사항은 나중에 통보하겠다고 하였다.

3

비판
하기

나폴레옹의 성격을 알맞게 짐작한 친구의 이름에 ○표 하세요.

일요일 아침마다 열리는 회의는 쓸데없는 시간 낭비라고 한 것에서 시간을 절약하는 성격이라는 것을 알 수 있어.

하진

특별 위원회 모임은 비공개로 열고 결정된 사항은 통보하겠다고 한 것에서 권력을 마음대로 휘두르는 성격이 드러나.

민기

다른 돼지들과 공간을 따로 쓰고, 식사도 개 두 마리의 시중을 받으며 혼자 한다는 것으로 보아 다른 동물의 사생활을 존중하는 성격이야.

연우

4

추론
하기

　㉠　에 들어갈 낱말로 어울리는 것은 무엇인가요?　(　　　　)

① 달걀　　　　　② 눈사람　　　　　③ 병아리

④ 나팔수　　　　⑤ 빗자루

독재 정치의 역사

남을 복종시키거나 지배할 수 있는 힘인 권력은 우리 일상 곳곳에 존재한다. 가족과 학교, 직장에서도 권력을 찾아볼 수 있다. 그리고 그 권력을 정치에 적용하면 한없이 세질 수도 있다. 예를 들어, 고대 로마의 황제나 조선 시대의 왕은 최고 권력자였다. 누구나 그 말에 무조건 복종해야 했기 때문이다. 이처럼 권력은 눈에 보이지는 않지만 막강한 힘이 있어, 많은 사람들이 권력을 쥐기를 희망한다.

그런데 막강한 권력이 한곳에 너무 집중되면 **독재**[*]로 변질될 수 있다. 독재란 '개인 또는 집단이 모든 [㉠]을 쥐고 **독단**[*]적으로 지배하는 정치 형태'이다. 독재의 어원은 공화정 로마의 관직인 '독재관(dictator)'에서 유래한다. 독재관은 전쟁이나 **내란**[*] 등의 비상사태 때에만 6개월 정도 기간을 한정하여 정치적 권한을 한 사람에게 맡기는 제도였다.

역사적으로 독재 정치는 여러 시대와 지역에서 나타났다. 고대에는 여러 제국과 왕국에서 독재적인 통치자들이 등장했다. 이들은 왕이나 황제로서 권력을 독점하며, 신성한 권위를 내세워 국민을 통치했다. 20세기 초에는 근대적인 독재 체제가 나타났다. 이는 특히 세계 대전 이후에 확산되었는데, 독일의 히틀러, 소련의 스탈린 등은 강력한 통제와 폭력적인 수단을 사용하여 국가를 통치했다.

독재 정치는 통치하는 입장에서는 여러모로 효율적이고 편하지만, ㉡여러 가지 문제점이 있다. 우선 권력을 잡은 사람이 **부패**[*]하면 국민 전체의 이익보다는 개인이나 자신이 속한 집단의 이익을 우선하게 될 가능성이 높다. 또, 권력을 유지하기 위해 언론과 매체를 통제하고 검열한다. 그러면 국민들이 정책이나 정치에 대한 의견을 자유롭게 표현할 수 없게 된다.

이런 독재 정치를 막기 위해서는 한 사람이 권력을 휘두를 수 없도록 하는 정치 제도 정비가 필요하다. 또 사회적으로는 정치에 대한 국민의 참여와 관심이 중요하다.

▲ 소련의 독재자 스탈린 초상

어휘사전

* **독재**(獨 홀로 독, 裁 마를 재) 개인이나 소수의 집단이 권력을 잡고 나랏일을 마음대로 해 나가는 것.

* **독단**(獨 홀로 독, 斷 끊을 단) 남과 상의하지 않고 혼자서 판단하거나 결정함.

* **내란**(內 안 내, 亂 어지러울 란) 나라 안에서 정부에 대항하거나 정권을 잡으려고 일으킨 폭력 사태.

* **부패**(腐 썩을 부, 敗 패할 패) 도덕적으로 나쁘게 되는 것.

내용요약

글의 중심 내용을 생각하며 빈칸의 낱말을 써 보세요.

[ㄷ ㅈ]란 '개인 또는 집단이 모든 권력을 쥐고 독단적으로 지배하는 정치 형태'이다. 독재 정치는 여러 가지 문제점이 있기 때문에 한 사람이 권력을 휘두를 수 없도록 하는 정치 제도 정비가 필요하다. 또 사회적으로는 정치에 대한 국민의 참여와 관심이 중요하다.

1 이 글의 내용과 일치하는 것은 무엇인가요? (   )

내용이해

① 권력은 정치 상황에서만 존재한다.

② 많은 사람들은 눈에 보이지 않는 권력에 관심이 없다.

③ 고대 역사에서는 독재 정치의 모습을 찾아보기 힘들다.

④ 막강한 권력이 한곳에 집중되면 독재로 변질될 수 있다.

⑤ 통치하기 편한 독재 정치를 오늘날 많은 국가에서 선택하고 있다.

2 [㉠]에 들어갈 낱말로 알맞은 것은 무엇인가요? (   )

추론하기

① 권력   ② 복종   ③ 양심

④ 일상   ⑤ 희망

3 다음 보기는 무엇에 대한 예인지 빈칸에 들어갈 낱말을 이 글에서 찾아 두 글자로 쓰세요.

적용하기

┤ 보기 ├

• 스탈린은 1922년도부터 1953년까지 소련의 지도자로서 국가의 모든 권력을 독점하고, 개인의 자유를 완전히 말살하였다. 정치적 반대자들을 탄압하고, 수많은 국민을 학살하였다.

• 히틀러는 1933년도부터 1945년까지 독일의 지도자로서 정치적, 군사적으로 막강한 권력을 행사하였다. 유대인들을 대상으로 사회적 권리를 박탈하고, 재산을 몰수했으며, 강제 수용소로 보내 학살하였다.

(   )적인 통치자

4 ㉡의 내용을 알맞게 짐작하지 못한 것은 무엇인가요? (   )

비판하기

① 표현의 자유가 제한되어 인권 침해가 일어날 수 있다.

② 권력이 집중되면 이를 견제할 세력이 없어 부패하기 쉽다.

③ 권력자는 권력을 유지하기 위해 수단과 방법을 가리지 않는다.

④ 의사 결정에 참여하는 인원이 적어 효율적이고 편하게 통치할 수 있다.

⑤ 특정 집단에만 특권과 혜택을 부여하면 국민들 사이에 불만이 생길 수 있다.

주제 정리 **1** 생각주제와 관련된 앞의 두 글을 읽고 내용을 정리해 보세요.

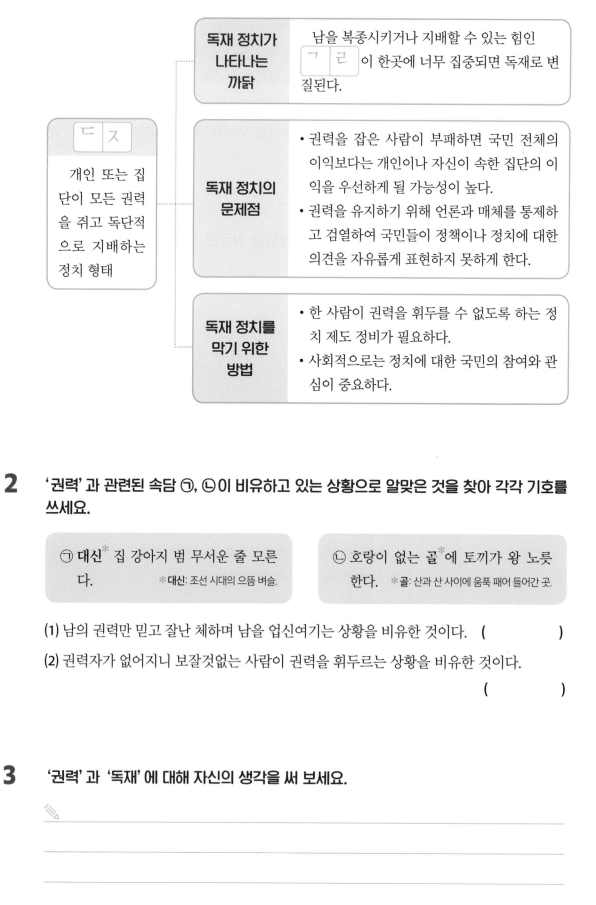

독재 정치가 나타나는 까닭	남을 복종시키거나 지배할 수 있는 힘인 ㄱㄹ 이 한곳에 너무 집중되면 독재로 변질된다.
독재 정치의 문제점	• 권력을 잡은 사람이 부패하면 국민 전체의 이익보다는 개인이나 자신이 속한 집단의 이익을 우선하게 될 가능성이 높다. • 권력을 유지하기 위해 언론과 매체를 통제하고 검열하여 국민들이 정책이나 정치에 대한 의견을 자유롭게 표현하지 못하게 한다.
독재 정치를 막기 위한 방법	• 한 사람이 권력을 휘두를 수 없도록 하는 정치 제도 정비가 필요하다. • 사회적으로는 정치에 대한 국민의 참여와 관심이 중요하다.

ㄷㅈ
개인 또는 집단이 모든 권력을 쥐고 독단적으로 지배하는 정치 형태

2 '권력'과 관련된 속담 ㉠, ㉡이 비유하고 있는 상황으로 알맞은 것을 찾아 각각 기호를 쓰세요.

> ㉠ 대신* 집 강아지 범 무서운 줄 모른다.
>   *대신: 조선 시대의 으뜸 벼슬.

> ㉡ 호랑이 없는 골*에 토끼가 왕 노릇 한다.   *골: 산과 산 사이에 움푹 패어 들어간 곳.

(1) 남의 권력만 믿고 잘난 체하며 남을 업신여기는 상황을 비유한 것이다. (   )

(2) 권력자가 없어지니 보잘것없는 사람이 권력을 휘두르는 상황을 비유한 것이다.

(   )

3 '권력'과 '독재'에 대해 자신의 생각을 써 보세요.

✎ _____

_____

_____

주제 어휘	통보	막연하다	독재	독단	부패

4 다음 **주제 어휘**와 뜻을 알맞게 연결하세요.

(1) 통보 •
(2) 막연하다 •
(3) 독단 •
(4) 부패 •

• ㉠ 도덕적으로 나쁘게 되는 것.
• ㉡ 지시나 소식 등을 알리는 것.
• ㉢ 뚜렷하지 못하고 어렴풋하다.
• ㉣ 남과 상의하지 않고 혼자서 판단하거나 결정함.

5 다음 빈칸에 들어갈 낱말을 **주제 어휘**에서 찾아 쓰세요.

(1) 나에게 물어보지도 않고 약속 시간과 장소를 (   )하였다.

(2) 다른 사람과 의논하지 않고 (   )으로 일을 처리하면 실수가 많다.

(3) 내가 화를 내는 이유가 너무 (   )는 말에 어이가 없었다.

(4) 조선 시대 암행어사는 바르지 못하고 (   )하거나 백성들에게 횡포를 부리는 관리를 잡아내는 임무를 맡았다.

6 다음 밑줄 친 '이것'이 공통으로 가리키는 낱말을 **주제 어휘**에서 찾아 쓰세요.

대부분 <u>이것</u> 하면 부정적인 사례를 떠올리지만, 꼭 그런 것만은 아니다. 싱가포르에서는 <u>이것</u>이 성공했기 때문이다. 민주주의 체제에서 선거에 나온 정치인들은 당장의 선거에 이기는 것이 중요하기 때문에 몇십 년에 걸친 장기 정책을 세우기 어렵다. 하지만 이 체제에서는 수십 년 앞을 내다보고 계획을 세우고 실행하는 것이 가능했기 때문에 싱가포르는 눈부신 경제 성장과 국가 발전을 이루어 냈다. 그러나 이는 아주 드문 사례로, <u>이것</u>이 시행되는 대부분의 나라는 여전히 사회적 갈등으로 고통받고 있다.

(   )

톰 소여의 MBTI

참을 수 없는
존재의 MBTI
글 임수현
디페랑스

「톰 소여의 모험」은 미국의 소설가 마크 트웨인이 1876년 출간한 장편 소설이다. 주인공 톰 소여는 폴리 이모, 그리고 이복동생 시드와 함께 살고 있는 10대 초반의 말 썽꾸러기 소년으로, 공부는 못하지만 머리 회전이 빠르고 **기지***가 넘치는 인물이다.

'문제아' 톰은 위기에 처할 때마다 ㉠번뜩이는 아이디어와 융통성으로 어려움을 보란 듯이 해결해 나간다. 그의 남다른 재치와 기지는 그가 폴리 이모로부터 벌을 받고 이에 대처하는 방식에서 여실히 드러난다. 친구와 싸운 톰에게 폴리 이모는 높이 3m, 길이 27m의 긴 울타리를 하얀 페인트로 빈틈없이 칠하라는 벌을 내리는데, 톰은 이러한 '귀찮고 짜증 나는 일'을 자기 손 더럽히지 않고 해치울 수 있는 방법을 알고 있었다. 바로 그 일에 '**희소성***'을 부여하여 남들이 원하도록 만드는 것. 톰은 자신을 놀리러 다가온 친구 벤 앞에서 짐짓 페인트칠이 즐겁고 흥미로운 일처럼 보이게끔 연기한다.

"이봐 톰, 지금 설마 이 일을 좋아하는 척하는 건 아니겠지?"

톰의 붓은 계속 움직이고 있었다.

"좋아하느냐고? 내가 이 일을 좋아하지 않을 이유도 없지. 우리 같은 꼬맹이들에게 담장에 페인트칠할 기회가 어디 매일 있을 것 같냐?"

이 말은 상황을 다른 **관점***으로 보게 하는 계기가 되었다. 그러는 동안 벤은 톰의 일거수일투족을 유심히 지켜보면서 점점 흥미를 느끼기 시작했고 차츰 그 작업에 빨려 들었다. 마침내 벤이 말했다.

"이봐, 톰. 나도 좀 칠해 보자. 이 사과 전부 줄게!"

톰은 마지못해 붓을 넘겨주는 표정을 지었지만 마음속으로는 빨리 넘겨주지 못해 **안달***이었다.

이처럼 톰은 굉장히 영악하며 자신에게 유리한 방향으로 상황을 유도해 갈 줄 안다. 당면한 문제의 핵심을 정확히 파악하고 효과적인 해결책을 도출해 내는 성향은 ESTP의 주기능인 **외향감각***과 부기능인 **내향사고***의 합작에 기반한다. ESTP 유형인 톰은 외향감각을 활용해 사람, 사물, 활동에 초점을 두고 감각적 정보를 즉각적으로 습득하는 데에 능하며, 내향사고의 기능을 발휘하여 습득한 정보를 빠르게 가공하고 처리하는 데에 강하다.

어휘사전

* **기지**(機 틀 기, 智 지혜 지) 형편에 맞추어 재치 있게 풀어 나가는 지혜.

* **희소성**(稀 드물 희, 少 적을 소, 性 성품 성) 사람이 필요로 하는 것에 견 주어 그것이 드물거나 모자란 상태.

* **관점**(觀 볼 관, 點 점 점) 사물이나 상태를 볼 때 그 사람이 보고 생각하 는 태도나 방향.

* **안달** 급하게 굴면서 안타깝게 마음 을 졸이는 일.

* **외향감각** 다른 사람들로부터 에너지를 얻고, 자신을 내세우거나 감정이나 생각을 밖으로 드러내는 성격.

* **내향사고** 여러 사람과 쉽게 잘 사귀지 못하고 자기 내부에 집중하며 조용한 성격.

1

중심 내용

이 글의 중심 내용은 무엇인가요? (   )

① '톰'의 행동이 옳은지 그른지 판단하기

② 소설 속 '톰'과 '벤'의 MBTI 성격 유형 비교하기

③ '톰'과 '벤'이 친한 까닭을 MBTI 성격 유형으로 알아보기

④ MBTI 성격 유형을 활용해 등장인물을 만들어 내는 법 알기

⑤ 울타리 사건 속 '톰'의 행동을 MBTI 성격 유형으로 살펴보기

2

추론하기

이 글에 나타난 ㉠의 내용은 무엇인가요? (   )

① 울타리를 빨리 칠할 수 있는 방법을 벤과 상의했다.

② 벤에게 사과를 주며 대신 울타리를 칠해 달라고 부탁했다.

③ 벤의 부탁을 한 가지 들어주기로 하고 페인트칠을 맡겼다.

④ 친구 벤이 페인트칠 하는 모습을 유심히 관찰하고 따라 했다.

⑤ 벤 앞에서 페인트칠이 재미있는 척하며 벤의 호기심을 자극했다.

3

내용이해

ESTP 유형인 '톰'의 성격에 대한 설명으로 알맞은 것 두 가지에 ○표 하세요.

(1) 남다른 재치와 기지를 가지고 있다. (   )

(2) 생각이 너무 많은 반면에 행동력이 부족하다. (   )

(3) 당면한 문제의 핵심을 파악하고 효과적인 해결책을 도출해 낸다. (   )

(4) 아름다운 자연을 바라보며 마음의 소리에 귀 기울이는 습관이 있다. (   )

4

비판하기

이 글의 내용을 알맞게 이해하고 말한 친구의 이름에 ○표 하세요.

ESTP 유형에 속하는 사람은 모두 톰처럼 공부는 못하지만 머리 회전이 빠른 말썽꾸러기라고 생각하면 되겠어.

민기

말썽꾸러기이지만 뛰어난 순발력으로 어려움을 보란 듯이 해결해 나가는 톰의 모습이 나와 닮은 것 같아.

지아

톰을 놀리러 왔다가 톰 대신 담장을 칠하는 아이가 되지 않도록, 앞으로 ESTP 유형은 피하는 것이 좋겠어.

도현

MBTI의 모든 것

잘 모르는 사람과 빨리 친해져야 할 때나 가까운 사이에서 재미 삼아 서로의 MBTI를 종종 물어본다. 가령 'ENFP'라고 하면 '핵인싸(사람들과 잘 어울리는 사람)구나.'라고 생각하는 식이다. 이렇게 상대방의 MBTI를 들으면 외향형인지 내향형인지, 계획적인지 **즉흥적**＊인지, 그리고 자신과 맞는지 아닌지도 조금은 알 수 있다.

MBTI란 무엇이며, 우리는 왜 이것을 흥미로워할까? MBTI는 심리학자 카를 융의 이론을 바탕으로 고안해 낸 성격 유형 검사이다. 카를 융은 사람들의 행동이나 생각은 다양한 것 같지만, 결국 '**인식**＊'과 '**판단**＊'의 경향에 따라 구분된다고 보았다. 이 경향을 알아보기 위해 서로 대립되는 결론이 나오는 4가지 검사 지표를 만들고, 결과의 조합에 따라 알파벳 네 글자로 표시되는 16가지 성격 유형을 분류하였다.

첫 번째 자리는 '외향형(E)'과 '내향형(I)'을 나타낸다. 흔히 활발하고 사람 만나는 것을 좋아하면 외향형, 조용하고 혼자 있기를 선호하면 내향형으로 구분한다. 두 번째 자리는 '감각형(S)'과 '**직관**＊형(N)'을 표시한다. 감각형은 자신의 감각으로 실제 경험한 것과 현재에 집중한다. 직관형은 영감이나 촉각에 의존하고 미래에 관심이 많다. 세 번째 자리는 '사고형(T)'인지 '감정형(F)'인지를 알려 준다. 사고형은 사실에 관심이 많고 논리적이며, 감정형은 인간관계와 감정을 중시한다. 마지막 자리의 '판단형(J)'은 목적을 가지고 계획하며 기한을 지키는 편이다. 반면 '인식형(P)'은 계획을 잘 세우지 않고 유연한 편이다. 이러한 네 가지 항목의 결과를 조합하여 가령 'ISTJ'는 '내향형(I), 감각형(S), 사고형(T), 판단형(J)'의 특성이 모여 '사실을 중시하며 믿음직하고 철저하며 성실하다.'라고 설명한다.

MBTI는 왜 인기가 많을까? 심리학자들은 사람들이 검사 결과를 보고 '맞아! 바로 이게 나야!'라고 흥미를 느끼는 심리가 있기 때문이라고 분석한다. 또 사람들이 어딘가에 속하고 싶어 하는 경향이 있다는 것도 인기의 원인이다. 그러나 MBTI는 스스로 평가하는 것이기에 '다른 사람이 보는 나'와 다를 수 있다. 그리고 시간이 흐르면서 성격 유형이 변하기도 한다. 이런 점을 고려하여 사람을 이해하는 기준의 하나 정도로 가볍게 받아들이는 것이 좋다.

어휘사전

＊ **즉흥적**(卽 곧 즉, 興 일어날 흥, 的 과녁 적) 미리 계획한 깃 없이 곧바로 일어나는 기분에 따라 하는 것.

＊ **인식**(認 알 인, 識 알 식) 사물을 분별하고 깨달아 아는 것.

＊ **판단**(判 판가름할 판, 斷 끊을 단) 여러 사정을 따져서 자기의 생각을 분명하게 정하는 것.

＊ **직관**(直 곧을 직, 觀 볼 관) 어떤 것을 곧바로 느껴서 깨닫는 것.

내용요약

글의 중심 내용을 생각하며 빈칸의 낱말을 써 보세요.

MBTI는 심리학자 카를 융의 이론을 바탕으로 개발된 것으로, 사람들의 '인식'과 '판단' 방법을 16가지 유형으로 구분하여 나타낸 | ㅅ | ㄱ | 유형 검사이다.

1 이 글을 읽고 대답할 수 있는 질문을 두 가지 고르세요. (   )

추론
하기

① MBTI 검사가 시작된 나라는 어디인가?

② MBTI 검사가 처음 개발된 때는 언제인가?

③ MBTI는 사람들의 성격 유형을 몇 가지로 나누었는가?

④ MBTI 이외에 성격 유형을 알 수 있는 검사에는 무엇이 있는가?

⑤ MBTI 성격 유형 중 감각형(S)과 직관형(N)의 차이점은 무엇인가?

2 다음 중 MBTI를 생활 속에서 알맞게 활용하지 <u>못한</u> 것에 ○표 하세요.

적용
하기

(1) 나와 잘 맞는 MBTI 성격 유형의 사람들과만 가깝게 지냈다.   (   )

(2) MBTI 성격 유형을 알고 그 사람의 말과 행동을 더 잘 이해하게 되었다.   (   )

(3) 나의 MBTI 성격 유형을 파악하여 장점은 살리고 단점은 고치려고 하였다.

(   )

(4) 감정형(F) 친구에게 객관적으로 충고하기보다 공감을 해 주었더니 대화가 더 잘되었다.

(   )

3 다음 보기에 나온 인물의 MBTI 성격 유형을 알맞게 짐작한 것은 무엇인가요?

적용
하기

(   )

┤ 보기 ├

⊙~㉣에서 인물의 성향과 관련된 유형을 각각 골라 네 자리로 조합하세요.

"혼자만의 시간을 보내는 동안 에너지가 충전돼."	"현실보다는 영감에 따라 행동하는 경우가 많아."	"사람들의 마음이나 감정이 중요하다고 생각해."	"미리 계획하고 그에 따라 움직이는 것이 좋아."
⊙ 외향형(E) -내향형(I)	㉡ 감각형(S) -직관형(N)	㉢ 사고형(T) -감정형(F)	㉣ 판단형(J) -인식형(P)

① ENTJ   ② ESTP   ③ INTP

④ INFJ   ⑤ ISFP

1 생각주제와 관련된 앞의 두 글을 읽고 내용을 정리해 보세요.

MBTI	사람들의 'ㅇ ㅅ'과 'ㅍ ㄷ' 방법을 16가지 유형으로 구분하여 나타낸 성격 검사이다.

'외향형(E)' 과 '내향형(I)'	활발하면 외향형, 조용하면 내향형이다.
'감각형(S)' 과 '직관형(N)'	실제 경험과 현재에 집중하면 감각형, 영감에 의존하고 미래를 중시하면 직관형이다.
'사고형(T)' 과 '감정형(F)'	사실에 관심이 많고 논리적 이면 사고형, 관계와 감정을 중시하면 감정형이다.
'판단형(J)' 과 '인식형(P)'	계획하고 지키면 판단형, 유연한 편이면 인식형이다.

「톰 소여의 모험」의 톰 소여

ESTP 유형
- 번뜩이는 아이디어와 융통성으로 어려움을 해결해 나간다.
- 남다른 재치와 기지가 넘친다.
- 당면한 문제의 핵심을 정확히 파악하고 효과적인 해결책을 도출해 낸다.
- 감각적 정보를 즉각적으로 습득하여 빠르게 가공하고 처리하는 데에 강하다.

2 다음 그림에서 설명하고 있는 현상으로 알맞은 것에 ○표 하세요.

(1) 사람들은 성격을 설명하거나 미래를 예측하는 일반적이고 공통적인 설명도 나의 경우에만 특별히 잘 맞는다고 느낀다.

(2) 약효가 없는 약도 진짜 약이라고 믿고 먹었을 때 실제로 치료 효과를 보이는 것처럼 믿음은 사람에게 긍정적인 영향을 끼친다.

3 MBTI가 인기가 많은 까닭에 대해 자신의 생각을 써 보세요.

주제 어휘	기지	관점	감각	인식	판단	직관

4 다음 뜻에 알맞은 **주제 어휘**에 ○표 하세요.

(1) 사물을 분별하고 깨달아 아는 것.   [인기] [인식]

(2) 어떤 것을 곧바로 느껴서 깨닫는 것.   [관심] [직관]

(3) 형편에 맞추어 재치 있게 풀어 나가는 지혜.   [기지] [기능]

(4) 여러 사정을 따져서 자기의 생각을 분명하게 정하는 것.   [판단] [조정]

5 다음 빈칸에 들어갈 낱말을 **주제 어휘**에서 찾아 쓰세요.

(1) (   )이 발달한 사람은 생각하기 전에 이미 알아차린다.

(2) 사람이 급한 상황에 처하다 보면 순간적으로 (   )를 발휘하게 된다.

(3) 한겨울에 밖에서 한참 놀다 보면 귓바퀴가 얼얼하고 (   )이 느껴지지 않는다.

(4) 빠르고 정확한 (   )으로 심정지 환자를 살려 낸 시민의 이야기가 뉴스에 나왔다.

6 다음 빈칸에 공통으로 들어갈 낱말을 **주제 어휘**에서 찾아 쓰세요.

[   ]은 사물이나 상태를 볼 때 그 사람이 보고 생각하는 태도나 방향을 가리키는 말이다. 산에 오를 때 "우아, 벌써 반이나 왔네."라고 말하는 사람도 있고, "아이고, 아직도 반이나 남았어."라고 말하는 사람이 있는 것처럼 같은 일도 [   ]에 따라 다르게 보인다. 한편 어떤 사물을 보는 [   ]에 따라 이렇게도 될 수 있고 저렇게도 될 수 있음을 비유적으로 이르는 속담으로 '귀에 걸면 귀걸이 코에 걸면 코걸이'가 있다.

(   )

너의 운명은

너의 운명은
글 한윤섭
푸른숲주니어

"언제 **만주**[*]로 가세요?" / "내일 일찍 떠난다."

"저도 데려가 주세요. 집에서 일하는 머슴처럼 무슨 일이든 같이할게요."

"이 집에 이제 머슴은 없다. 만주에 가서도 마찬가지다. 함께 나라를 되찾을 **동지**[*]가 필요하지, 하인은 필요하지 않다." / 사내의 말이 정말 멋지게 들렸다.

그길로 장터로 향했다.

"만주에 가기로 결정했어요. 내일 떠납니다."

"어린것이 장하구나. 만주는 춥다고 하던데, 털옷까지 다 챙겨 가라."

노인의 얼굴에는 미소와 걱정이 함께했다.

"힘들면 언제든 돌아와도 된다. 나라를 찾는 건 만주에서든 여기서든 어디서든 할 수 있다."

그게 칼갈이 노인의 마지막 말이었다.

집으로 돌아왔다. 저녁 내내 엄마에게 말을 꺼내려 했지만, 입이 떨어지지 않았다. 밤이 되면서 엄마는 **고단했는지**[*] 자리에 일찍 누웠다.

"가지 마라."

아이는 깜짝 놀랐다. 엄마가 알고 있었다.

"거기 가기에 넌 너무 어리다. 가지 마라, 수길아."

오랜만에 들어 보는 이름이었다. 엄마가 불러 주지 않으면 특별히 불러 줄 사람이 없었다.

"어머니, 죄송합니다. 내일 가지 않는다 해도 어차피 언젠가는 갈 겁니다."

"못된 놈. 누가 제 아버지 아들 아니랄까 봐."

그 후로 엄마는 더 말을 하지 않았다. 그렇게 잠이 들었다. 그리고 이른 새벽 눈을 떴다. 아이는 서둘러 옷을 입고, 간단하게 **봇짐**[*]을 쌌다.

그사이 엄마가 밥상을 들고 들어왔다. 밥그릇에 하얀 쌀밥이 수북이 담겨 있었다.

집을 나섰다. 밖은 아직 어둠이었다. 집을 나오면서 아버지 생각을 했다.

'아버지도 이 어둠 속을 걸었을까.'

안 부잣집 대문 앞에는 스무 명이 넘는 사람들이 모여 있었다. 그 광경을 보니 만주로 떠나는 것이 실감 났다. 그때 사람들 무리 속에서 떡을 준 사내가 걸어 나왔다.

"정말 왔구나." / "네."

사내가 아이에게 손을 내밀었다. 아이도 사내의 손을 잡았다.

아이는 태어나서 처음으로 손을 잡고 악수를 했다.

어휘사전

* **만주** 중국 둥베이 지방을 이르는 말.

* **동지**(同 같을 동, 志 뜻 지) 목적이나 뜻을 같이하는 사람.

* **고단하다** 몸이 지쳐서 피곤하고 힘이 없다.

* **봇짐** 등에 지려고 보자기에 싸서 꾸린 짐.

1 이 글에 대한 설명으로 가장 알맞은 것은 무엇인가요? (   )

글의 구조

① 만주로 떠나는 소년들을 말리기 위한 목적의 글이다.

② 모든 소년들에게 만주로 떠날 것을 권유하는 글이다.

③ 만주로 떠나는 소년의 모습을 객관적으로 설명하는 글이다.

④ 만주로 떠날 것을 결심한 소년의 상황과 마음이 드러난 글이다.

⑤ 머슴이 등장하는 것에서 신분 차별에 대한 문제를 제기하는 글이다.

2 수길이 만주로 떠나는 까닭은 무엇인가요? (   )

중심 내용

① 엄마와 함께 살고 싶어서   ② 헤어진 아버지를 찾기 위해서

③ 머슴으로 일할 집을 찾기 위해서   ④ 하얀 쌀밥을 마음껏 먹기 위해서

⑤ 나라를 되찾는 데 힘을 보태고 싶어서

3 이 글의 내용으로 미루어 짐작할 수 있는 것을 두 가지 고르세요. (   )

추론 하기

① 칼갈이 노인도 수길과 함께 만주로 떠날 예정이다.

② 수길의 아버지도 잃어버린 나라를 되찾기 위해 집을 떠났다.

③ 밥그릇에 하얀 쌀밥이 수북이 담긴 것으로 보아 수길이네는 못산다.

④ 안 부잣집은 독립운동을 지원하면서 나라를 되찾기 위해 노력하고 있다.

⑤ 많은 사람들이 만주로 떠나는 까닭은 만주가 살기 좋은 곳이기 때문이다.

4 다음은 만주에 간 수길이 어머니께 쓴 편지입니다. 이 편지에 담긴 수길의 마음으로 알맞은 것은 무엇인가요? (   )

감상 하기

> 몹시 보고 싶은 어머니께
>
> 저는 지금 만주에 와 있습니다. 신흥 무관 학교를 다녔고, 지금은 대한 북로 독군부 소속 장교가 되었습니다. 우리 부대는 지금 봉오동에서 왜놈들을 기다리고 있습니다. 오늘, 아니면 내일 왜놈들과 전투를 치를 겁니다. 꼭 살아서 집으로 돌아가겠습니다. 바느질하시던 어머니의 모습이 그립습니다.
>
> 어머니의 아들, 수길

① 그립다.   ② 서운하다.   ③ 통쾌하다.

④ 부끄럽다.   ⑤ 절망스럽다.

의병 운동

「너의 운명은」의 주인공 수길이 열한 살이 되던 1910년, 우리나라는 일본의 식민지가 되었다. 왜 이런 불행한 일이 일어났을까? 19세기 말에 세계 강대국들은 서로 더 많은 식민지를 차지하기 위해 싸움을 벌였다. 아시아 대륙 끄트머리에 자리한 조선 역시 이런 식민지 넓히기 경쟁에 휘말릴 수밖에 없었다. 왜냐하면 동북아시아의 우두머리 자리를 두고 청나라, 러시아, 일본이 전쟁을 벌였기 때문이다.

그중 가장 빠르게 세력을 확장한 것은 일본이었다. 당시 일본은 '**일본 제국**[*](줄여서 일제)'을 **자처**[*]하며 청일 전쟁과 러일 전쟁을 벌였고, 두 전쟁에서 승리를 거두며 세력을 키웠다. 당시 조선의 임금이었던 고종은 '대한 제국'을 선포하고 여러 가지 개혁안을 추진했지만, 결국 우리나라는 일제의 지배하에 들어가고 만다. 1910년 8월 22일 한일 합병 조약이 체결된 것이다.

▲ 일본군에 맞서 무장한 의병

그때 우리 백성들은 나라를 빼앗긴 것에 대한 **울분**[*]을 참을 수 없었지만 당장 할 수 있는 것이 없었다. 나라가 일제에 넘어가기 전에도 백성들의 삶은 충분히 고되고 힘들었기 때문이다. 그럼에도 용기를 갖고 나라를 되찾기 위해 앞장선 사람들이 바로 항일 독립운동가와 의병들이었다.

의병은 이름 없는 사람들이다. 즉 직업이 군인이 아니면서 백성들 스스로 나서서 나라를 지키겠다고 만든 군대다. 1907년 당시 활약한 의병은 전국적으로 무려 7만 명에 이르렀다. 1909년에 일제는 대대적인 의병 **토벌**[*] 작전을 펼쳤다. 국내 활동이 어려워진 의병들은 해외로 건너가 독립운동을 계속했다. 수길과 함께 길을 떠난 안 부잣집 사람들처럼 말이다.

만주로 떠난 사람들은 어떻게 되었을까? 이들은 주로 만주에 항일 독립운동 기지를 만들어 독립군을 **양성**[*]하며 일제와 크고 작은 전투를 벌였다. 1920년에 벌어진 봉오동 전투와 청산리 전투에서는 의병들이 크게 활약하여 일본군에 승리했다. 그들의 용기 있는 희생이 있었기에 결국 우리나라는 일제로부터 독립할 수 있었다.

어휘사전

＊ **일본 제국**(帝 임금 제, 國 나라 국) 우월한 군사력과 경제력으로 다른 나라나 민족까지 정벌하여 통치, 통제하려는 일본을 부르는 말.

＊ **자처**(自 스스로 자, 處 곳 처) 자기를 어떤 사람으로 여기고 스스로 그렇게 행동함.

＊ **울분**(鬱 막힐 울, 憤 성낼 분) 답답하고 분한 마음.

＊ **토벌**(討 칠 토, 伐 칠 벌) 적을 무력으로 쳐 없앰.

＊ **양성**(養 기를 양, 成 이룰 성) 가르쳐서 길러 내는 것.

내용요약

글의 중심 내용을 생각하며 빈칸의 낱말을 써 보세요.

우리나라는 1910년 8월 22일 한일 합병 조약으로 일제의 지배하에 들어가고 만다. 나라를 되찾기 위해 앞장선 항일 독립운동가와 ⟨ㅇ ㅂ⟩들이 생겨났고, 일제의 토벌 작전으로 국내 활동이 어려워지자 ⟨ㅁ ㅈ⟩로 떠나 독립운동을 계속했다. 이들의 용기 있는 희생으로 우리나라는 일제로부터 독립할 수 있었다.

1

중심
내용

이 글에서 가장 중요한 낱말은 무엇인가요? (   )

① 만주   ② 의병

③ 식민지   ④ 일본 제국

⑤ 청산리 전투

2

내용
이해

이 글의 내용과 일치하는 것은 무엇인가요? (   )

① 직업이 군인이었던 사람들이 모여 의병 활동을 하였다.

② 일본은 청일 전쟁과 러일 전쟁에서 패하며 세력이 약해졌다.

③ 의병들의 용기 있는 희생으로 일제로부터 독립할 수 있었다.

④ 나라를 빼앗긴 우리 백성들은 울분을 느꼈지만 현실을 받아들였다.

⑤ 일제의 토벌 작전으로 국내 활동이 어려워지면서 독립운동이 사라졌다.

3

추론
하기

다음은 「너의 운명은」에 나온 수길의 편지 내용 중 일부입니다. 수길이 참여한 전투 이름을 이 글에서 찾아 쓰세요.

> 우리 부대는 지금 봉오동에서 왜놈들을 기다리고 있습니다. 오늘, 아니면 내일 왜놈들과 전투를 치를 겁니다.

(   )

4

적용
하기

봉오동 전투와 청산리 전투에 대한 신문 기사의 제목으로 가장 어울리지 <u>않는</u> 것에 ○표 하세요.

(1) 만주 독립군, 봉오동, 청산리에서 일본군 연달아 격파! (   )

(2) 기다렸던 승리! 우리 의병, 대규모 일본군에 맞서 큰 승리! (   )

(3) 봉오동에서 패배한 일본, 청산리에서 또다시 독립군에게 참패! (   )

(4) 봉오동, 청산리 전투의 기운을 이어받아 러일 전쟁 승리를 향해 전진! (   )

주제 정리 **1** 생각주제와 관련된 앞의 두 글을 읽고 내용을 정리해 보세요.

> ### 의병 운동과 「너의 운명은」

1907년	당시 활약한 의병이 전국적으로 7만 명에 이르렀다.

↓

1909년	일제가 대대적인 의병 토벌 작전을 펼치자 국내 활동이 어려워진 의병들은 만주에 ㄷ ㄹ ㅇ ㄷ 기지를 만든다.

↓

1910년	한일 합병 조약으로 우리나라는 일본의 식민지가 되었다. 「너의 운명은」 열한 살 수길은 독립군이 되기 위해 만주로 떠날 것을 결심하였다.

↓

1920년	봉오동 전투와 청산리 전투에서 ㅇ ㅂ 들이 크게 활약하여 일본군과의 싸움을 승리로 이끌었다. 「너의 운명은」 신흥 무관 학교를 나온 스물한 살 수길은 대한 북로 독군부 소속 장교가 되어 봉오동 전투에 참가하였다.

2 다음은 역사 퀴즈의 한 장면입니다. 사회자가 들고 있는 답을 보고 빈 말풍선에 들어갈 내용으로 알맞은 것의 번호를 쓰세요.

사회자

(1) 의병들이 일본군을 무찌른 장소입니다.

(2) 만주에서 독립군 간부를 길러 낸 전문 학교입니다.

(3) 1919년 이곳에서 3·1 운동이 처음 시작되었습니다.

(   )

3 나라를 되찾기 위해 스스로 나선 의병에 대해 자신의 생각을 써 보세요.

✎ _____

_____

_____

| 주제 어휘 | 동지 | 자처 | 울분 | 활약 | 토벌 | 양성 |

4 다음 주제 어휘와 뜻을 알맞게 연결하세요.

(1) 동지 •
(2) 자처 •
(3) 활약 •
(4) 양성 •

• ㉠ 가르쳐서 길러 내는 것.

• ㉡ 목적이나 뜻을 같이하는 사람.

• ㉢ 기운차고 두드러지게 움직이는 것.

• ㉣ 자기를 어떤 사람으로 여기고 스스로 그렇게 행동함.

5 다음 빈칸에 들어갈 낱말을 주제 어휘에서 찾아 쓰세요.

(1) 우리 팀 선수들의 눈부신 (   )으로 우승을 하였다.

(2) 적을 (   )할 때에는 지형을 잘 알고 있는 것이 유리하다.

(3) 평소에 꼼짝도 안 하던 형이 심부름꾼 역할을 (   )하였다.

(4) (   )에 찬 연설을 듣고 있으니 내 가슴에도 답답하고 분한 마음이 일었다.

6 다음 대화에서 설명하고 있는 낱말을 주제 어휘에서 찾아 쓰세요.

'길러서 자라게 한다.'라는 뜻의 '육성'과 비슷한 말이야.

'AI 기술자 육성, 인재 육성, 디자이너 육성' 등에서 '육성'과 바꿔 쓸 수 있겠구나.

(   )

무한 리필 식당의 비밀

다들 한 번쯤 **무한 리필*** 식당에 가 본 적이 있을 것이다. 고기 **뷔페***같이 한 종류의 음식을 주는 곳부터 여러 가지 음식을 차려 놓은 뷔페까지 다양하다. 무한 리필 식당에서 손님은 정해진 입장료를 **지불***하고, 원하는 만큼 계속해서 음식을 먹을 수 있다. 그런데 모든 손님이 마음껏 먹는다면 식당은 큰 손해를 보는 것 아닐까? 어떻게 무한 리필 식당은 망하지 않고 계속 운영될까?

보통 우리는 뷔페에 가면서 돈을 낸 만큼 많은 음식을 먹고 나오겠다고 다짐한다. 전날부터 쫄쫄 굶거나, 초밥 같은 비싼 음식만 먹겠다는 계획을 세우기도 한다. 하지만 막상 식당에 가면 자신이 목표했던 양만큼 많은 음식을 먹기 힘들다는 것을 깨닫는다. 첫 번째 접시와는 다르게 두 번째, 세 번째에는 처음 먹었던 양만큼 많이 먹지 못하기 때문이다.

첫 접시를 먹을 때는 맛을 **음미***하며 즐겁게 먹는다. 하지만 같은 음식이라도 두 번째 접시 때는 배가 어느 정도 불러서 맛이 덜 느껴진다. 뒤로 갈수록 점점 배가 부르고, 음식 맛에도 질려 만족감이 뚝 떨어진다. 결국 눈앞에 아무리 좋아하는 음식이 가득해도 더 먹지 못하게 된다.

무한 리필 식당이 유지되는 또 다른 이유는 값비싼 한 종류의 음식만 먹기가 쉽지 않기 때문이다. 계산상으로는 뷔페에 비싼 돈을 낸 만큼 가장 비싼 음식만 골라 먹는 것이 이득이다. 하지만 같은 음식을 계속 먹는 것보다 새로운 음식을 먹는 것이 만족감이 더 크기 때문에, 우리는 다양한 음식을 고루 먹게 된다. 따라서 식당은 비싼 음식뿐 아니라 다양한 가격의 음식을 제공하여 **수지 타산***을 맞추는 것이다.

결국 아무리 비싼 음식이 많은 무한 리필 식당이라 하더라도, 손님은 여러 가격대의 음식을 자신의 평소 양만큼만 먹게 된다. 하지만 사람들은 각각의 음식값을 따로 냈을 때보다 [㉠   ] 생각하기 때문에 다시 식당을 찾게 된다. 그래서 무한 리필 식당은 망하지 않고 잘 운영되는 것이다.

어휘사전

* **무한**(無 없을 무, 限 한할 한) **리필**(refill) 끝이 없이 계속 추가로 제공하는 것.

* **뷔페**(buffet) 여러 가지 음식을 큰 식탁에 차려 놓고 손님이 스스로 선택하여 덜어 먹도록 한 식당.

* **지불**(支 지탱할 지, 拂 떨칠 불) 돈을 내어 값을 치르는 것.

* **음미**(吟 읊을 음, 味 맛 미) 즐기면서 맛을 느끼거나 생각함.

* **수지 타산**(收 거둘 수, 支 가를 지, 打 칠 타, 算 셀 산) 어떤 일이 이익이 될지 손해가 될지를 따져 보는 것.

내용요약

글의 중심 내용을 생각하며 빈칸의 낱말을 써 보세요.

손님은 자기가 낸 금액만큼 많은 음식을 먹을 수 있다는 기대로 무한 리필 식당에 간다. 하지만 음식을 먹을수록 느끼는 [ㅁ][ㅈ][ㄱ] 이 떨어지기 때문에 무한 리필 식당은 망하지 않는다.

1 이 글의 내용과 일치하지 <u>않는</u> 것은 무엇인가요?   (   )

내용
이해

① 사람들은 많이 먹겠다고 다짐하며 무한 리필 식당에 간다.

② 무한 리필 식당은 원하는 만큼 음식을 먹을 수 있는 곳이다.

③ 무한 리필 식당은 값비싼 음식만 제공해야 유지가 가능하다.

④ 무한 리필 식당에서 먹는 첫 번째 접시의 만족감이 가장 크다.

⑤ 뷔페에서 값비싼 한 가지 음식만 계속해서 먹는 것은 쉽지 않다.

2 이 글에 따르면 무한 리필 식당이 망하지 않는 까닭은 무엇인가요?   (   )

중심
내용

① 다양한 음식을 끝까지 맛있게 먹을 수 있기 때문이다.

② 음식의 종류가 많을수록 입장료를 비싸게 받기 때문이다.

③ 손님이 여러 가격대의 음식을 자신의 양만큼만 먹게 되기 때문이다.

④ 값싼 음식을 마음껏 먹을 수 있는 식당을 찾는 사람들이 많기 때문이다.

⑤ 손님이 너무 많이 먹지 않도록 식당에서 음식의 양을 제한하기 때문이다.

3 ⊙ 에 들어갈 내용으로 알맞은 것에 ○표 하세요.

추론
하기

(1) 더 비싼 돈을 내고 식사했다고   (   )

(2) 분위기 좋은 곳에서 식사하는 것이 중요하다고   (   )

(3) 무한 리필 식당에서 먹었을 때 훨씬 적은 돈을 냈다고   (   )

4 다음 보기에 나타난 현상을 알맞게 이해한 것은 무엇인가요?   (   )

적용
하기

┤ 보기 ├

　아이스크림 한 통을 앉은자리에서 다 먹어 치웠다. 너무 맛있고 만족스러웠다. 그런데 엄마가 같은 아이스크림을 또 사 오셔서 그것도 먹기 시작했다. 반쯤 먹었는데 더 이상 못 먹겠다는 생각이 들었다. 엄마가 아이스크림 대장이 어쩐 일이냐고 하셨다.

① 비싼 음식일수록 맛이 좋고 영양이 풍부하다.

② 가진 돈을 생각하며 소비하는 습관을 지녀야 한다.

③ 무엇이든 새로운 마음가짐으로 시작하는 것이 좋다.

④ 같은 것을 반복해서 소비할수록 만족감이 줄어든다.

⑤ 같은 경험을 반복하면 더 현명한 선택을 할 수 있다.

한계 효용 체감의 법칙

무더운 여름, 땀을 뻘뻘 흘리며 체육을 하고 교실에 왔을 때 누군가 시원한 물을 건넨다면 아주 기쁜 마음으로 마실 것이다. 그런데 물을 한 잔 더 마셔야 한다면? 두 번째 잔도 무리 없이 마시겠지만, 처음 마신 물보다는 만족감이 떨어질 것이다. 세 번째, 네 번째 물을 **연거푸**[*] 계속 마셔야 한다면? 만족도는 점점 낮아지고 더 이상 물을 마시고 싶지 않을 것이다.

이런 현상을 경제학에서는 ㉠'한계 **효용**[*] **체감**[*]의 법칙'이라고 한다. 어떤 **재화**[*]나 서비스를 소비할수록 만족감이 줄어드는 현상을 가리킨다. 즉 어떤 물건을 반복해서 소비하면 첫 번째 소비한 물건보다 마지막에 소비한 물건에서 얻게 되는 만족감이 훨씬 낮아지는 것이다. 예를 들어, 정말 갖고 싶었던 게임기를 처음 가지게 되었을 때의 만족감이 100이라면, 두 번째, 세 번째 게임기에 대한 만족감은 그보다 낮아져 70, 30으로 떨어지는 것이다.

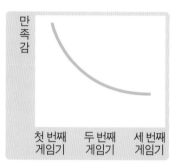

흥미롭게도 한계 효용 체감의 법칙은 사랑의 감정에도 적용된다. 우리는 첫사랑에 관한 소설이나 드라마, 영화를 쉽게 접할 수 있다. 사람들은 왜 유독 첫사랑과 관련된 이야기를 좋아하는 것일까? 첫사랑은 모든 것이 처음이기 때문에 더 특별하고, 기억에도 오래 남는다. 그래서 사람들이 느끼는 감정의 강렬함도 매우 크다. 하지만 사랑을 경험하는 횟수가 늘어날수록, 특별하게 느껴지지 않고 만족감도 점차 줄어든다.

하지만 한계 효용 체감의 법칙이 적용되지 않는 경우도 있다. 어떤 행동을 계속 반복해도 질리지 않고 오히려 그 행동을 그만두기 어려운 경우이다. 이때 우리는 그 대상에 '중독되었다'고 말한다. 일상생활에 **지장**[*]이 있는데도 밤새 게임을 하는 '게임 중독'이나, 건강을 해칠 만큼 약을 먹는 '약물 중독' 등이 그 예이다. 이런 사례를 보면, 한계 효용 체감의 법칙은 우리가 무엇이든 적당히 즐기며 현명하게 살아갈 수 있도록 돕는, 우리 삶에 꼭 필요한 법칙이다.

어휘사전

* **연거푸** 여러 번 반복하여.

* **효용**(效 본받을 효, 用 쓸 용) 유익하고 보람 있게 쓰거나 쓰이는 것.

* **체감**(體 몸 체, 感 느낄 감) 몸으로 직접 느껴서 앎.

* **재화**(財 재물 재, 貨 재물 화) 사람이 원하는 것을 만족시켜 주는 물건.

* **지장**(支 지탱할 지, 障 가로막을 장) 문제를 일으키거나 방해가 되는 사실.

내용요약

글의 중심 내용을 생각하며 빈칸의 낱말을 써 보세요.

[ㅎ][ㄱ][ㅎ][ㅇ] 체감의 법칙은 어떤 재화나 서비스를 소비할수록 만족감이 줄어드는 현상을 말한다. 우리가 무엇이든 적당히 즐기는 생활을 할 수 있도록 돕는, 우리 삶에 꼭 필요한 법칙이다.

1

내용
이해

㉠에 대한 설명으로 알맞지 <u>않은</u> 것은 무엇인가요? (   )

① ㉠은 사랑의 감정에도 적용할 수 있다.

② 게임 중독은 ㉠이 적용되지 않는 예이다.

③ ㉠에 따르면 처음 소비한 물건에서 얻는 만족감이 가장 크다.

④ ㉠은 무엇을 소비할수록 만족감이 줄어드는 현상을 가리킨다.

⑤ ㉠에 따르면 사랑을 많이 경험할수록 좋은 사람을 만날 확률이 높아진다.

2

추론
하기

다음은 네 개의 사과를 연속해서 먹었을 때의 만족감을 나타낸 것입니다. ㉮~㉰에 들어갈 숫자를 ㉠에 알맞게 짐작하여 차례대로 나열한 것에 ○표 하세요.

	첫 번째 사과	두 번째 사과	세 번째 사과	네 번째 사과
만족감	100	㉮	㉯	㉰

(1) 20 – 50 – 80   (   )   (2) 80 – 50 – 20   (   )

(3) 80 – 100 – 80   (   )   (4) 100 – 100 – 100   (   )

3

적용
하기

한계 효용 체감의 법칙의 예로 알맞은 것을 보기에서 골라 번호를 쓰세요.

┤ 보기 ├

(1) 한 시간 동안 열심히 운동을 했더니 힘들었지만 기분은 상쾌했다.

(2) 마음에 드는 티셔츠가 있어서 계속 그것만 입었더니 금방 낡았다.

(3) 친구가 놀자고 해도 빨리 집에 가서 스마트폰을 하고 싶다는 생각만 들었다.

(4) 처음에는 엄청 긴장되고 재미있어서 바이킹만 계속 탔더니 나중에는 시시한 느낌이
    들었다.

(   )

4

비판
하기

이 글을 읽은 뒤의 반응으로 알맞은 것에 ○표 하세요.

(1) 무슨 일이든 마지막이 제일 만족스러우니 앞으로는 여러 번 해야겠다.   (   )

(2) 한계 효용 체감의 법칙은 대체로 우리 몸과 마음을 보호해 주는 것 같다.   (   )

자란다 문해력

1 생각주제와 관련된 앞의 두 글을 읽고 내용을 정리해 보세요.

무한 리필 식당의 비밀	한계 효용 체감의 법칙
1 무한 리필 식당은 손님이 원하는 만큼 음식을 계속 제공하는데도 망하지 않는 까닭이 궁금하다.	**1** 아무리 목이 말라도 연거푸 계속 물을 마시면 만족도는 점점 낮아진다.
2 막상 무한 리필 식당에 가면 목표했던 양만큼 많이 먹기 힘들다.	**2** 한계 효용 체감의 법칙은 어떤 재화나 서비스를 반복해서 소비할수록 만족감이 줄어드는 현상을 가리킨다.
3 음식을 먹으면서 느끼는 ㅁㅈㄱ 이 첫 접시 이후부터는 뚝 떨어지기 때문이다.	**3** 한계 효용 체감의 법칙은 첫사랑의 예처럼 ㅅㄹ 의 감정에도 적용할 수 있다.
4 값비싼 음식도 계속 먹으면 만족감이 떨어져, 다양한 가격의 음식을 고루 먹게 된다.	**4** 한계 효용 체감의 법칙은 우리가 무엇이든 적당히 즐기며 현명하게 살아갈 수 있도록 돕는, 꼭 필요한 법칙이다.
5 손님은 가격 대비 만족감을 느끼기 때문에 또 ㅁㅎ ㄹㅍ 식당을 찾게 된다.	

2 한계 효용 체감의 법칙이 나타나는 까닭으로 알맞은 것에 ○표 하세요.

(1) 무엇이든 많으면 많을수록 좋기 때문이다.

(2) 처음 접할 때의 느낌이 가장 강렬하고, 반복될수록 무뎌지기 때문이다.

(3) 사람들은 자신이 가진 것의 가치를 더 높게 평가하기 때문이다.

(4) 반복해서 소비할수록 아껴 쓰는 습관이 저절로 생기기 때문이다.

3 무한 리필 식당에 갔을 때, 음식을 먹을수록 어떤 생각이 들었는지 써 보세요.

| 주제 어휘 | 지불 | 음미 | 효용 | 체감 | 재화 |

4 다음 **주제 어휘**와 뜻을 알맞게 연결하세요.

(1) 지불 •　　　　　　　　　　　　　• ㉠ 몸으로 직접 느껴서 앎.

(2) 음미 •　　　　　　　　　　　　　• ㉡ 돈을 내어 값을 치르는 것.

(3) 효용 •　　　　　　　　　　　　　• ㉢ 즐기면서 맛을 느끼거나 생각함.

(4) 체감 •　　　　　　　　　　　　　• ㉣ 유익하고 보람 있게 쓰거나 쓰이는 것.

5 다음 빈칸에 들어갈 낱말을 **주제 어휘**에서 찾아 쓰세요.

(1) 숲의 (　　　　　　) 가치를 잊지 말고 꾸준히 가꾸어야 한다.

(2) 시장이나 마트에 쌓여 있는 (　　　　　　)는 풍요로움의 상징이다.

(3) 친구들과 먹은 떡볶이값을 우연히 만난 선생님께서 (　　　　　　)하셨다.

(4) 텃밭에서 직접 딴 재료로 요리하여 자연의 맛을 마음껏 (　　　　　　)했다.

6 다음 밑줄 친 내용과 바꿔 써도 뜻이 통하는 낱말을 **주제 어휘**에서 찾아 쓰세요.

　심리학자 피터 망간은 시간에 대한 실험을 진행했다. 그는 20대 청년들과 60대 노인들에게 시계 없이 3분이 되었다고 생각할 때 버튼을 누르게 했다. 실험 결과 20대 청년들은 비교적 정확한 시간에 버튼을 눌렀지만, 60대 참가자들은 대부분 40초 이상 더 지난 후에야 버튼을 눌렀다. 이를 통해 나이에 따라 <u>몸으로 느끼는</u> 시간의 흐름이 다르다는 것을 알 수 있다.

(　　　　　　)하는

셰익스피어의 햄릿

셰익스피어
이야기

글 찰스 램·메리 램
비룡소

햄릿은 사자처럼 용감해져서 말리려고 안간힘을 쓰는 두 사람을 뿌리치고, 영*이
이끄는 곳으로 따라갔다.

둘만 있게 되자 영은 침묵을 깼다.

"나는 네 아버지 햄릿의 영이다. 나는 잔인하게 살해당했다. 그 범인은 바로 내 동
생이자 네 **숙부***인 클로디어스다. 내 침대와 왕관을 다 차지하고 싶은 욕심 때문
에 저지른 짓이다."

햄릿이 이미 의심한 그대로였다.

"나는 버릇대로 오후에 정원에서 낮잠을 즐기고 있었지. 그때 동생이 몰래 다가오
더니 독이 있는 사리풀 즙을 내 귀에 붓더구나. 사람의 생명이 몹시 싫어하는 독
이지. 이 독이 수은처럼 빠르게 몸의 모든 핏줄을 타고 돌면서 피를 끓게 하여, 나
병에 걸린 것처럼 온몸에 **헌데***가 생겼다. 이렇게 나는 잠을 자다 동생 손에 왕관,
왕비, 거기에 목숨까지 다 잃고 말았구나. 아들아, 네가 나를 사랑했다면, 나의 이
비참한 죽음에 복수해 다오. 그런데 네 어머니는 여자의 덕이 무엇인지 다 잊은
사람이더냐. 어떻게 자신과 결혼한 첫 남편을 저버리고 남편을 죽인 살인자와 결
혼할 수 있단 말이냐. 하지만 아들아, 네가 어떤 식으로 네 사악한 숙부에게 복수
하든, 절대 네 어머니는 다치게 하지 마라. 네 어머니는 하늘에 맡겨라. 양심의 바
늘과 가시에 찔리게 놓아두어라."

"모든 일을 아버지가 시키는 대로 하겠습니다."

햄릿이 그렇게 약속하자 유령은 사라졌다.

그러나 햄릿의 병은 왕비가 생각하는 것보다 깊었으며, 왕비가 생각하는 방식으
로 치료될 수 있는 것도 아니었다. 그가 보았던 아버지의 유령은 계속 그의 상상을
쫓아다녔다. 살인자에게 복수하라는 ㉠신성한 명령을 이행하기 전에는 **안식***을 얻
을 수 없을 것 같았다. 복수를 늦추는 매시간이 죄이고, ㉡아버지의 명령에 대한 **불
이행***인 것 같았다. 그러나 늘 호위병들에게 둘러싸여 있는 왕을 죽인다는 것은 쉬
운 일이 아니었다. 설사 쉽다 해도, 왕과 늘 함께 있는 왕비, 그러니까 햄릿 어머니의
존재가 햄릿의 행동을 억누르고 있었다. 인간으로서 인간을 죽인다는 행동 자체도
햄릿처럼 천성이 부드러운 사람에게는 가증스럽고 무시무시한 일이었다. 그의 우울
증, 거기에서 오랫동안 헤어 나오지 못하고 있는 의기소침한 상태도 ㉢**우유부단***한
태도를 낳았고, 그 바람에 ㉣목적이 흔들렸다. 햄릿은 어떤 ㉤과격한 행동으로 나
아갈 수가 없었다.

어휘사전

* 영(靈 신령 영) 죽은 사람의 넋.

* 숙부(叔 아재비 숙, 父 아버지 부) 아
버지의 결혼한 남동생. 작은아버지.

* 헌데 살갗이 헐어서 상한 자리.

* 안식(安 편안할 안, 息 숨쉴 식) 몸과
마음이 편안한 것.

* 불이행(不 아닐 불, 履 신 이, 行 다닐
행) 약속이나 계약을 따르지 않음.

* 우유부단(優 넉넉할 우, 柔 부드러
울 유, 不 아닐 부, 斷 끊을 단) 어물
어물 망설이기만 하고 얼른 결정하
거나 행동하지 못함.

1 이 글의 내용과 일치하는 것은 무엇인가요? (   )

내용 이해

① 햄릿은 부모님이 모두 돌아가셨다.

② 햄릿은 숙부 클로디어스와 같은 편이다.

③ 햄릿의 아버지를 죽인 범인이 햄릿의 어머니와 결혼했다.

④ 햄릿의 아버지는 자신을 죽인 사람이 누구인지 알지 못한다.

⑤ 햄릿의 아버지는 햄릿이 어머니에게도 복수할 것을 부탁했다.

2 다음 중 햄릿이 복수를 망설인 까닭과 거리가 먼 것은 무엇인가요? (   )

추론 하기

① 어머니의 존재가 자신의 행동을 억누르고 있었기 때문에

② 자신이 아버지를 사랑하지 않았다는 것을 뒤늦게 깨달았기 때문에

③ 오랫동안 우울증에서 헤어 나오지 못해 의기소침한 상태였기 때문에

④ 인간으로서 인간을 죽인다는 행동 자체가 무시무시한 일로 느껴졌기 때문에

⑤ 호위병들에게 둘러싸여 있는 왕을 죽인다는 것이 쉬운 일이 아니었기 때문에

3 밑줄 친 ㉠~㉤ 중 의미하는 것이 다른 하나를 찾아 기호를 쓰세요.

감상 하기

(   )

4 이 글로 영화를 만들려고 합니다. 내용을 알맞게 이해하고 말한 친구의 이름을 보기에서 찾아 쓰세요.

적용 하기

| 보기 |

소연: 햄릿의 아버지가 독이 묻은 화살을 맞을 때의 표정을 강조해야 해.

도현: 햄릿의 아버지가 죽임을 당하는 순간은 어두운 밤에 촬영해야겠어.

영지: 유령이 된 아버지와 만난 후 햄릿이 갈등하는 모습을 잘 연기해야 해.

민태: 햄릿이 유령이 되어 아버지 유령과 함께 왕비의 주변을 떠도는 장면이 필요해.

세린: 촬영 세트장은 밝고 흥겨운 분위기를 물씬 풍기는 성의 모습으로 하면 될 것 같아.

(   )

비극적 주인공 햄릿

내가 사랑한
서양 고전

글 김욱동
연암서가

셰익스피어는 당대 사회의 각계계층을 **총망라***하여 작품에서 다루지 않는 인물 유형이 거의 없다시피 하다. 만약 그에게 ㉠인간에 대한 흥미와 호기심이 없었더라면 아마 그 작품이 지금처럼 서양과 동양을 가리지 않고 남녀노소의 구별 없이 그렇게 큰 공감을 주지는 못할 것이다.

셰익스피어의 작품 중에서 가장 사랑을 받는 것은 역시 **비극***이다.

그의 비극 중에서도 네 편이 가장 유명하여 흔히 '셰익스피어의 4대 비극'이라고 부른다. 『햄릿』, 『맥베스』, 『오셀로』, 『리어 왕』이 그것이다.

고대 그리스 비극은 소포클레스의 『오이디푸스 왕』에서 볼 수 있듯이 주로 **신탁***과 같은 운명에 맞서 싸우는 주인공들을 즐겨 다룬다. 그래서 이 당시의 극은 흔히 '운명극'이라고 부른다. 그러나 셰익스피어의 비극에서 주인공은 외부의 힘보다는 내면적인 힘, 즉 운명보다는 성격의 결함 때문에 비극적 결말을 맺는다. ㉡셰익스피어의 비극을 흔히 '성격극'이라고 부르는 까닭이 바로 여기에 있다. 그의 비극적 주인공은 하나같이 어떤 성격적 결함을 지니고 있다.

『햄릿』에서 덴마크의 왕자 햄릿은 비텐베르크대학에서 유학하던 중 아버지가 사망했다는 소식을 듣고 급히 고국으로 돌아온다. 삼촌이 왕위를 노리고 아버지를 살해하고 어머니를 아내로 맞이한 사실을 알게 된 햄릿은 복수하기로 결심한다. 이 과정에서 햄릿은 **줏대*** 없는 재상 폴로니어스를 살해하고, 애인인 폴로니어스의 딸 오필리어는 자살한다. 우유부단한 햄릿은 복수할 기회를 놓치고 새 왕은 그를 영국으로 유배를 보낸다. 유배 길에서 왕이 자신을 죽이려고 한다는 음모를 알아차린 햄릿은 ㉢구사일생으로 위기를 **모면***하고 다시 고국으로 돌아온다. 아버지와 누이동생 오필리어의 죽음에 격분한 폴로니어스의 아들 레어티스는 햄릿과 결투를 벌이고 두 사람은 모두 사망하고 만다.

죽느냐 사느냐, 그것이 문제로다.
가혹한 운명의 돌팔매와 화살을 맞으면서
그냥 참고 견디는 것이 더 고귀한 마음일까?
아니면 성난 파도처럼 밀려드는 재앙에 맞서
무기를 들고 용감히 맞서 싸우는 것이 더 고귀한 마음일까? (3막 1장)

햄릿은 이렇게 고민하고 갈등만 하지 ㉣막상 행동으로 옮기는 데는 주저한다.

어휘사전

* **총망라**(總 거느릴 총, 網 그물 망, 羅 그물 라) 전체를 모아서 포함시킴. ('망라'는 물고기나 새를 잡는 그물이라는 뜻.)

* **비극**(悲 슬플 비, 劇 연극 극) 죽음이나 이별 같은 것으로 슬프게 끝나는 극.

* **신탁**(神 귀신 신, 託 부탁할 탁) 신이 사람의 물음에 답하거나 예언하는 말.

* **줏대** 자기의 처지나 생각을 꿋꿋이 지키고 내세우는 태도.

* **모면**(謀 꾀할 모, 免 면할 면) 어려운 상황이나 책임을 겨우 벗어나는 것.

1 이 글을 읽고 알 수 있는 내용이 <u>아닌</u> 것은 무엇인가요?　(　　　　　)

내용
이해

① 햄릿은 레어티스와의 결투 끝에 죽음을 맞이한다.

② 햄릿은 고민하고 갈등만 하다가 아무도 살해하지 못한다.

③ 고대 그리스 비극은 운명에 맞서 싸우는 주인공들을 다룬다.

④ 셰익스피어의 비극적 주인공은 하나같이 성격적 결함을 지니고 있다.

⑤ 셰익스피어의 작품은 동서양을 가리지 않고 누구에게나 큰 공감을 준다.

2 다음 중 '셰익스피어의 4대 비극'이 <u>아닌</u> 것은 무엇인가요?　(　　　　　)

내용
이해

① 『햄릿』　　　　② 『맥베스』　　　　③ 『오셀로』

④ 『리어 왕』　　　⑤ 『로미오와 줄리엣』

3 다음 보기에 나타난 사건을 일이 일어난 순서대로 나열해 보세요.

글의
구조

┤ 보기 ├

(1) 레어티스와의 결투　　　　　　(2) 햄릿 아버지의 사망

(3) 영국으로 유배 가는 햄릿　　　(4) 폴로니어스와 오필리어의 죽음

(5) 유학 중 급히 고국으로 돌아온 햄릿

(　　　) → (　　　) → (　　　) → (　　　) → (　　　)

4 밑줄 친 ㉠~㉣에 대한 설명으로 알맞은 것 두 가지에 ○표 하세요.

추론
하기

(1) ㉠ 때문에 셰익스피어의 작품에 공감하는 사람이 많다.　(　　　)

(2) ㉡은 주인공의 건강이 좋지 않아 비극적 결말을 맺기 때문이다.　(　　　)

(3) ㉢은 죽을 고비를 여러 차례 넘기고 겨우 살아남았다는 뜻이다.　(　　　)

(4) ㉣은 햄릿이 결단력이 있고 바로 실행하는 성격이기 때문이다.　(　　　)

주제
정리

1 생각주제와 관련된 앞의 두 글을 읽고 내용을 정리해 보세요.

셰익스피어의 작품 세계

인간에 대한 흥미와 호기심을 담고 있는 셰익스피어의 작품은 지금도 큰 공감을 준다.	**1** 햄릿의 아버지는 유령이 되어 햄릿 앞에 나타나 자신을 죽인 범인이 숙부임을 알린다.
작품 중에서 가장 사랑을 받는 '셰익스피어의 4대 비극'은 『ㅎ ㄹ』, 『맥베스』, 『오셀로』, 『리어 왕』이다.	『햄릿』　**2** 햄릿의 아버지는 햄릿에게 자신을 죽인 사악한 숙부에게 ㅂ ㅅ할 것을 부탁한다.
셰익스피어의 비극에서 주인공은 외부의 힘보다는 내면적인 힘, 즉 운명보다는 성격의 결함 때문에 비극적 결말을 맺는다.	**3** 아버지의 유령이 햄릿의 상상을 쫓아다니지만, 우유부단한 햄릿은 복수를 망설이며 행동으로 옮기지 못한다.

2 햄릿의 성격으로 알맞은 것 두 가지를 찾아 ○표 하세요.

(1) 생각이 너무 많다.　　(2) 욕심이 많고 겁이 없다.　　(3) 생각보다 행동이 앞선다.

(4) 남의 잘못을 잘 용서한다.　　(5) 내성적이고 우유부단하다.

3 나라면 어떻게 했을지 우유부단한 햄릿에게 해 주고 싶은 말을 써 보세요.

✎ _____

_____

_____

| 주제
어휘 | 우유부단 | 비극 | 결함 | 줏대 | 모면 |

4 다음 주제 어휘와 뜻을 알맞게 연결하세요.

(1) 비극 •

(2) 결함 •

(3) 줏대 •

(4) 모면 •

• ㉠ 어려운 상황이나 책임을 겨우 벗어나는 것.

• ㉡ 죽음이나 이별 같은 것으로 슬프게 끝나는 극.

• ㉢ 온전하지 않고 모자라거나 잘못되어 흠이 되는 것.

• ㉣ 자기의 처지나 생각을 꿋꿋이 지키고 내세우는 태도.

5 다음 빈칸에 들어갈 낱말을 주제 어휘에서 찾아 쓰세요.

(1) (   )으로 끝나는 영화를 본 뒤에는 한동안 우울하다.

(2) 이쪽 편들었다 저쪽 편들었다 (   ) 없이 행동하다가 큰코다친다.

(3) 한 걸음 차이로 눈앞에서 사고를 (   )하고 나서 놀란 가슴을 쓸어내렸다.

(4) (   )한 성격으로 이랬다저랬다 결정을 못하니 친구들이 답답
해했다.

6 다음 밑줄 친 말과 공통으로 바꿔 쓸 수 있는 낱말을 주제 어휘에서 찾아 쓰세요.

'똥 묻은 개가 겨 묻은 개 나무란다'라는 속담은 자기는 더 큰 흠이 있으면서 도리어
남의 작은 결점을 흉본다는 말이다. 비슷한 뜻을 가진 속담으로 '그슬린 돼지가 달아맨
돼지 타령한다', '뒷간 기둥이 물방앗간 기둥을 더럽다 한다' 등이 있다.

(   )

📷 사진 출처

국립중앙박물관	www.museum.go.kr
문화재청	www.cha.go.kr
한국방송광고진흥공사	www.kobaco.co.kr
셔터스톡	www.shutterstock.com/ko
연합뉴스	www.yna.co.kr

달콤한 문해력 기획진 소개

진짜 문해력을
키우는 독해 학습이 필요합니다.

문해력은 책을 읽고 문제를 푸는 기술이 아닙니다.
진짜 문해력은 글을 읽고 이해하는 것을 넘어
세상을 읽고 이해하는, '생각하고 표현하는 힘'입니다.
〈달콤한 문해력 독해〉는 문해력을
키우는 독해 학습이 가능합니다.
하나의 주제로 연결된 2개의 글을 읽으면 세상을 읽고
이해하는 지식과 관점의 변화가 나타날 것입니다.
〈달콤한 문해력 독해〉로 아이들에게 좋은 글을
달달 읽을 '기회'와 곰곰 생각하고 표현하는
'경험'을 선물해 주세요.

서울교육대학교 국어교육과 교수
초등 국어 교과서 기획위원
방은수

독서교육을 지도한 교사로서
최신 문학과 다양한 비문학을 교과와
연계하여 수록했습니다.

인제남초등학교 교사
독서교육 전문가
Yes24 한 학기 한 권 읽기 선정위원
최고봉

생각주제와 연결된 2개의 글을
읽으면 생각이 쌓이고 학습 효과가
두 배 이상입니다.

경희사이버대학교 한국어문화학부 교수
경인교육대학교 유아교육과 강사
전국교사교육마술연구회 스텝매직 대표
(전) 초등학교 교사
김택수

문해력을 완성하기 위해서는
자기 생각을 표현하는 단계까지
학습이 이어져야 합니다.

광명서초등학교 교사
참쌤스쿨 대표
경기실천교육 교사모임 회장
(전) 경기도교육청 장학사
김차명

아이들의 생각이 확장되도록
흥미를 가질 만한 생각주제로 구성하여
몰입할 수 있습니다.

서울시교육청 자문관
(독서토론 분야)
(전) 중학교 국어 교사
정미선

달달 읽고 곰곰 생각하는

주제 연결 X 독해 학습

NE 능률

달 달 읽고 곰곰 생각하는

달곰한 문해력

초등 독해

5~6학년 추천

6단계 **A**

정답 및 해설

달 달 읽고 **곰 곰** 생각하는

달곰한
문해력

초등 독해

생각글 1 먹방에 열광하는 사람들

10~11쪽

우리는 다른 사람들이 먹는 모습을 보고 즐기는 먹방(먹는 방송)의 시대에 살고 있어요. 사람들이 먹방에 열광하는 이유는 혼자 사는 사람이 많아지면서 외로움을 해소하기 위해서, 그리고 다른 사람이 먹는 것을 보면서 마치 자신이 먹는 것 같은 대리 만족을 느끼기 때문입니다.

> **내용요약** 먹방
> **1** ③, ⑤   **2** ①   **3** 해솔, 연수

1 사람들이 먹방에 열광하는 이유가 외로움 때문이라는 내용은 3문단에 나옵니다. 먹방에서 음식 먹는 소리는 ASMR이 되어 사람들에게 안정감을 준다는 내용은 2문단에 나옵니다.

2 이 글의 마지막 부분에서 사람들이 지금도 먹방에 열광하고 있다는 내용을 통해, 그 인기가 반짝하고 사라지는 게 아니라 계속될 것임을 짐작할 수 있습니다.

> **오답풀이**
> ② 현대인들이 정서적으로 외로움을 느낀다는 내용이 나옵니다.
> ③ 3문단에 혼자 밥을 먹으면서 먹방을 보는 사람들이 많아지고 있다는 내용이 나와 있습니다.
> ④ 음식은 맛으로만 먹는 게 아니라 눈으로 보고 소리로 즐기기도 합니다. 먹방도 마찬가지입니다.
> ⑤ 1인 가구가 늘어나면서 혼밥의 허전함을 해소하기 위해 먹방을 본다고 하였습니다.

3 사람들이 먹방에 열광하는 이유는 크게 두 가지입니다. 첫 번째는 현대인의 정서적 허기, 즉 외로움 때문이라고 했는데 이 내용은 해솔의 댓글 내용과 일치합니다. 두 번째는 먹방 유튜버들이 먹는 모습만 봐도 기분이 좋아지는 대리 만족 효과입니다. 이것은 장염에 걸려서 아픈데, 먹는 모습만 봐도 행복하다고 한 연수의 댓글에 나타나 있습니다.

> **배경지식**
> **1인 가구**
> 부모나 형제, 자녀 없이 혼자 사는 사람들을 1인 가구라고 합니다. 현재 우리나라의 네 가구 중 한 가구는 1인 가구일 정도로 그 수가 빠르게 늘어나고 있습니다. 그 이유는 결혼을 하지 않거나 늦은 나이에 하는 사람들이 많아졌기 때문입니다. 그리고 전체 인구에서 노인의 비율이 높은 '인구의 고령화' 역시 빠르게 진행 중입니다. 그래서 젊은 1인 가구뿐만 아니라 노인 1인 가구도 증가하고 있습니다.

생각글 2 초정상 자극

12~13쪽

'초정상 자극'은 원래 동물이 인위적이고 과장된 모조품에 더 강하게 반응하는 데서 나온 말입니다. 그런데 사람도 이와 비슷하게, 과장되고 자극적인 상황에 더 쉽게 빠지는 현상이 나타나고 있습니다. 최근 유행하는 먹방도 이에 해당하는데, 초정상 자극에 중독되지 않도록 주의할 필요가 있습니다.

> **내용요약** 초정상 자극
> **1** ②   **2** (3)○   **3** ④   **4** (4)

1 초정상 자극은 일상 속에서 느낄 수 있는 자연스러운 자극이 아니라, 실제보다 더 과장되고 강렬한 상황에서 느끼는 자극을 의미합니다.

> **오답풀이**
> ① 동물의 행동을 관찰하여 초정상 자극을 최초로 발견한 이는 니콜라스 틴베르헌이라는 내용이 2문단에 나옵니다.
> ③ 초정상 자극은 갈매기가 배고플 때 어미의 부리를 쪼는 게 아니라, 막대기에 그려진 큰 점을 쪼는 것과 같은 동물의 행동을 관찰해서 발견하였습니다.
> ④ 자극적인 방송이나 SNS 게시물 등이 인기를 얻는 현상이 1문단에 나타나 있습니다.
> ⑤ 초정상 자극에 대한 정의는 2문단에 잘 나와 있습니다.

2 마지막 문단에서 글쓴이는 실제보다 강렬한 자극에 반복되어 노출되면, 그것에 푹 빠져 중독될 수 있으므로 주의해야 한다고 말하였습니다.

3 현실에서 일어나기 힘든 사건으로 이루어진 자극적인 내용의 TV 드라마에 빠지는 것이 초정상 자극의 예로 가장 알맞습니다.

> **오답풀이**
> ② 음식에 소금을 조금 뿌리면 단맛이 오히려 강하게 느껴지는 것은 단맛을 짠맛이 보완해 주는 미각 관련 현상입니다.
> ⑤ 알을 깨고 나온 새가 처음 본 대상을 어미로 여기는 것은 '각인'이라고 합니다. 이는 동물이 태어난 직후에 배우는 행동 양식에 해당합니다.

4 '과유불급'은 지나침은 모자람과 같다는 뜻입니다. 강렬한 자극을 경험하다 보면 더 강한 자극을 원하게 되고 결국 중독에 이르므로, 너무 치우치지 말고 적당히 즐겨야 한다는 충고하는 말을 할 때 사용할 수 있습니다.

자란다 문해력

14~15쪽

1

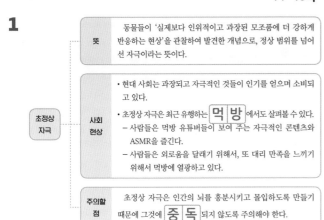

초정상 자극	뜻	동물들이 '실제보다 인위적이고 과장된 모조품에 더 강하게 반응하는 현상'을 관찰하여 발견한 개념으로, 정상 범위를 넘어선 자극이라는 뜻이다.
	사회 현상	• 현대 사회는 과장되고 자극적인 것들이 인기를 얻으며 소비되고 있다. • 초정상 자극은 최근 유행하는 **먹방** 에서도 살펴볼 수 있다. – 사람들은 먹방 유튜버들이 보여 주는 자극적인 콘텐츠와 ASMR을 즐긴다. – 사람들은 외로움을 달래기 위해서, 또 대리 만족을 느끼기 위해서 먹방에 열광하고 있다.
	주의할 점	초정상 자극은 인간의 뇌를 흥분시키고 몰입하도록 만들기 때문에 그것에 **중 독** 되지 않도록 주의해야 한다.

2 (1) ○ (4) ○

3 예시답안 밤에 공부하다가 배가 너무 고플 때 유튜버의 라면 먹방을 본 적 있는데, 너무 맛있게 먹는 모습에 처음에는 대리 만족을 느꼈다. 하지만 계속 보다 보니까 나도 라면이 먹고 싶어져서 곤란했다. 먹방에 너무 빠지는 것도 안 좋은 것 같다.

채점 Tip ▶

1) 먹방이 무엇을 뜻하는지, 그 의미를 정확하게 알고 있는지 확인해 보아요.
2) 먹방을 보면서 얻을 수 있는 효과는 무엇인지, 또 안 좋은 점은 무엇인지 등을 다양하게 서술하면 좋아요.
3) 만약 먹방을 본 경험이 없다면, 과장된 자극에 노출된 다른 상황을 예로 들어도 좋습니다.

4 (1) ㉠ (2) ㉣ (3) ㉢ (4) ㉡

5 (1) 과장 (2) 중독 (3) 자극 (4) 열광

6 (1) 과장된 (2) 열광하며
'열광하다'는 '아주 기쁘거나 좋아서 마구 날뛰다.'라는 뜻이므로, (2)의 '마구 날뛰며'는 '열광하며'로 바꾸어 쓸 수 있습니다.

일하지 않고 살 수 있을까?

생각글 1 인공 지능이 차지한 일자리

16~17쪽

최근 기술의 발전으로 인간의 노동을 대신하는 로봇이나 인공 지능이 논란거리가 되고 있습니다. 이로 인해 미래의 인류는 모두 일자리를 잃고 실업자가 될 것인지, 일에서 해방되어 여가를 즐기며 살게 될 것인지 궁금해집니다. 인공 지능의 발달로 위협받는 노동 현실에 대해 알아봅시다.

내용요약 인공 지능
1 ④　**2** 지수　**3** ⑤　**4** (1) 증가 (2) 감소

1 은행의 업무를 비대면으로 볼 수 있게 되면서, 은행들은 비용이 많이 드는 지점과 직원 수를 점차 줄여 나가고 있다는 내용이 3문단에 나타나 있습니다.

오답풀이

① 첨단 기술의 활용은 기업 입장에서 인건비를 줄일 수 있다고 했습니다.
② 제조업 분야에서 이미 로봇과 자동화 시스템이 많은 일자리를 차지하고 있다고 하였습니다.
③ 세계 경제 포럼은 인간의 일자리를 인공 지능이 대체하면서 일자리가 사라질 것이라고 전망했다는 내용이 5문단에 나옵니다.
⑤ 컴퓨터 제조 회사 아이비엠은 고객과 직접 대면하지 않는 업무에 종사하는 사람의 30퍼센트는 인공 지능과 자동화 시스템으로 대체할 것이라고 하였습니다.

2 지수가 말한 '기계와 로봇이 인간의 일자리를 위협하고 있어.'가 이 글에서 제기하려는 문제입니다.

오답풀이

민기 → 인류는 늘 풍요롭고 편리한 미래를 꿈꾸었다는 내용이 1문단에 나오는데, 그것이 옳지 않다는 내용은 나타나 있지 않습니다.
하율 → 기계나 로봇이 모든 일에서 인간보다 나은지, 그렇지 않은지는 글에 나타나 있지 않습니다.

3 인공 지능이 발달하면 할수록 인간이 하는 일을 대신하는 부분이 많아지고, 일자리는 점점 줄어들게 될 것으로 짐작할 수 있습니다.

4 인공 지능과 첨단 기술의 발달로 기계와 로봇이 활용되는 일이 많아지고 있으므로 (1)은 '증가', 미래에 인간의 일자리가 줄어들 전망이라고 했으므로 (2)는 '감소'가 알맞습니다.

생각글 2 노동의 종말이 아닌, 미래의 노동

18~19쪽

기계나 인공 지능이 사람의 일을 대신하면, 단순히 여가가 늘어나고 풍족한 삶을 누리는 데 그치지 않고 노동자의 일자리를 뺏는 역효과가 나타납니다. 이는 과거에 일어났던 영국의 러다이트 운동 등에서 찾아볼 수 있습니다. 하지만 첨단 기술의 발달로 새로운 일자리가 등장하는 긍정적인 측면도 생각해 봅시다.

내용요약 러다이트

1 부정적 　**2** (2)○ 　**3** ⑤ 　**4** (1), (3)

1 제러미 리프킨은 첨단 기술의 발전이 인간의 일자리를 빼앗는다고 경고하였으므로, 미래 인류의 노동에 대해 부정적인 관점을 갖고 있다고 볼 수 있습니다.

2 19세기 영국에서는 산업 혁명으로 인해 공장에 기계가 도입되면서 대량 생산이 가능해지고, 많은 노동자가 실업자가 되었습니다. 이때 실업자들이 공장으로 몰려가 항의하며 기계를 부순 사건을 러다이트 운동이라고 합니다.

오답풀이
(1) 기계를 움직일 수 있는 기술자가 부족했다는 내용은 나와 있지 않습니다.
(3) 노동자들이 힘을 합쳐 기계를 몰아내려 하였고, 공장 주인은 오히려 기계를 반겼을 것입니다.

3 글의 마지막 부분에서 첨단 기술의 발전이 반드시 인간의 일자리를 위협하는 것은 아니며, 오히려 새로운 일자리가 생겨난다고 했습니다. 일자리가 줄어드는 것이 아니라, 변화하는 것이라는 결론을 제시하였습니다.

오답풀이
① 기계로 인한 대량 생산으로 인해 많은 노동자가 일자리를 잃고 실업자가 되었습니다.
④ 첨단 기술이 발달한다고 해서 인간이 일에서 완전히 해방될 수는 없습니다. 인간만이 할 수 있는 일이 많기 때문입니다.

4 러다이트 운동은 노동자가 기계를 부수려고 했던 사건입니다. 오늘날에 적용하면, (1)에서 미국 작가들이 인공지능의 도서 불법 복제에 대해 항의했다는 내용과 (3)에서 사람들이 인공 지능이 만든 작품의 등록 금지를 요구하는 시위를 벌였다는 내용이 관련 있습니다.

익힘학습 자란다 문해력

20~21쪽

1

인공 지능이 차지한 일자리
1 무인 매장의 모습은 인류가 꿈꾸던 미래의 모습이다.
2 첨단 기술의 발달로 **기계** 가 인간을 대신하여 여러 가지 일을 수행하게 되었다.
3 첨단 기술의 활용으로 기업은 인건비를 절감할 수 있다.
4 아이비엠은 인공 지능으로 대체할 수 있는 업무에는 사람을 뽑지 않겠다고 선언했다.
5 기계와 로봇이 인간의 일자리를 위협하고 있다.

노동의 종말이 아닌, 미래의 노동
1 제러미 리프킨은 책에서 미래에 인간의 **일자리** 가 점점 사라질 것이라고 전망했다.
2 20세기 초 미국에서는 사람들이 기계 때문에 일자리를 잃었다.
3 19세기 영국에서도 기계를 파괴하는 러다이트 운동이 일어났다.
4 첨단 기술의 발달로 러다이트 운동이 오늘날에도 일어날 가능성이 커지고 있다.
5 첨단 기술의 발달이 꼭 인간의 일자리를 위협하는 것은 아니라는 관점이 필요하다.

2 믿기

3 **예시답안 1** 사람은 일을 하지 않고 살 수 없다. 우리 사회는 각자 맡은 분야에서 열심히 일하는 사람들 덕분에 유지되고 운영되는 것이라고 생각한다. 미래에도 지금과 직업의 종류는 달라지겠지만 여러 새로운 분야에서 열심히 일하며 살 것 같다.

예시답안 2 미래에는 일하는 사람보다 일하지 않아도 되는 사람이 더 많을 것 같다. 첨단 기술이 지금보다 더욱 발달하면서 사람이 하기 힘든 일은 모두 인공 지능과 로봇에게 맡기고, 사람은 그 편리함을 누리며 여유롭게 살 것 같다.

채점 Tip
1) 미래에는 '일하지 않고 살 수 있을까?'에 대한 의견을 정리해 봅니다.
2) 왜 그렇게 생각하는지 의견을 뒷받침하는 근거를 구체적으로 적는 것이 좋습니다.

4 (1) 첨단 (2) 대체 (3) 자동화 (4) 노동

5 (1) 비대면 (2) 대체

6 자동화
사과 생산이 기계화된다는 의미는, 사과를 따는 기계 등을 도입해서 사람이 해야 할 일을 기계가 자동으로 해 주는 것을 뜻합니다. 따라서 '자동화'가 들어가기에 알맞습니다.

생각글 1 불을 이기는 사람들

22~23쪽

뉴스에서 소방관이 불길이 치솟는 건물 속으로 용감하게 들어가는 모습을 본 적 있나요? 소방관이 입는 방화복은 불과 열뿐 아니라 물에도 강해야 하므로 특수한 소재로 만들어집니다. 또 세 겹으로 되어 있어 안쪽, 가운데, 바깥쪽 옷감의 역할이 각기 다릅니다. 여기에는 열의 이동을 막는 '단열'의 원리도 적용되었답니다.

내용요약 열
1 ② **2** (1) ① (2) ③ (3) ② **3** (2), (4) **4** ④

1 방화복은 불 속에서도 강해야 하므로 열을 잘 견딜 수 있는 특수한 소재로 만들어지며, 단열의 원리가 적용됩니다. 그런데 방화복을 입는다고 해서 불 속에서 마냥 견딜 수 있는 것은 아니며, 아주 무겁다는 단점이 있습니다.

2 이 글의 3문단에는 불로부터 소방관의 몸을 보호하기 위해 방화복이 세 겹으로 만들어진다는 내용이 나옵니다. 가장 바깥 부분은 열에 잘 견디는 소재로 되어 1차로 몸을 보호하고, 가운데 부분은 뜨거운 증기를 막고 몸의 수분을 배출하며, 안쪽 부분은 단열재가 있어 열기가 몸에 전달되지 않도록 해 줍니다.

3 단열은 열이 전달되지 않는 소재를 통해 열의 이동을 막는 원리입니다. 따라서 밖의 열이나 냉기를 차단하는 보온병과 겨울철 외투가 단열을 사용한 예입니다.

오답풀이
(1) 뜨거운 물에 얼음이 녹는 것은 어떤 물질이 다른 물질에 녹는 현상인 '용해'에 해당합니다.
(3) 냉장고에 미지근한 물을 넣어 두었더니 점점 시원해진 것은 '열의 이동'이 일어났기 때문입니다.

4 방화복에 단열재를 사용하지 않으면, 열의 이동이 일어나서 바깥의 뜨거운 열기가 소방관의 몸에 그대로 전달될 것입니다.

생각글 2 열의 이동 현상

24~25쪽

온도가 다른 두 물체가 맞닿아 있을 때, 온도가 높은 물체는 점점 온도가 낮아지고, 온도가 낮은 물체는 점점 온도가 높아지는 '열의 이동' 현상이 일어납니다. 열의 이동이 고체에서 일어나면 '전도', 액체나 기체에서 일어나면 '대류'라고 합니다. 또 열의 이동을 막는 '단열'은 우리 주변에서 흔히 볼 수 있는 현상입니다.

내용요약 높은, 낮은
1 ① **2** ② **3** (1) ③ (2) ② (3) ① **4** 서진

1 고체에서 일어나는 열의 이동 현상에 대해서는 3문단에 나와 있습니다. 두 물체가 맞닿아 있을 때 열이 전달되고, 계속 있으면 둘의 온도가 점점 비슷해집니다. 또 고무, 유리는 열이 전달되지 않는 물질이고, 구리, 철 같은 금속은 열이 잘 전달됩니다.

2 고체 중에서 고무나 나무는 전도가 잘 일어나지 않는 물질이기 때문에 냄비의 손잡이 부분에 사용합니다.

3 열의 이동에는 고체에서 일어나는 전도와 액체에서 일어나는 대류가 있습니다. 뜨거운 찌개에 쇠숟가락을 담가 놓으면 뜨거워지는 것은 전도입니다. 또 뜨거운 물 위에 차가운 물을 담았을 때 열이 이동하는 것은 대류에 해당합니다. 이러한 열의 이동을 막기 위해서는, 즉 단열을 위해서는 열이 전달되지 않는 소재로 된 벽이나 창문을 설치합니다.

4 집 안을 따뜻하게 만드는 가전 제품은 기체에서 일어나는 열의 이동 현상을 이용한 것입니다. 뜨거운 공기는 위로 올라가려는 성질이 있으므로, 전기 히터와 같은 난방 기구는 바닥에 놓고 사용하는 것이 좋습니다.

배경지식
물질의 변화
세상의 모든 물질은 고체, 액체, 기체 세 가지 상태 중 하나로 존재합니다. 딱딱한 연필이나 숟가락은 고체, 우리가 마시는 물이나 주스는 액체, 우리가 눈으로 볼 수 없는 산소는 기체에 속합니다. 어떤 물질의 상태는 온도에 따라 변하기도 하는데, 가령 물은 얼음일 때는 고체, 녹으면 액체, 수증기가 되면 기체로 변합니다. 여름철에 아이스크림을 먹으면 빠르게 녹아서 고체에서 액체로 변하는데, 이는 주변의 온도가 높기 때문입니다.

26~27쪽

1

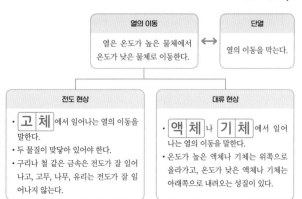

열의 이동		단열
열은 온도가 높은 물체에서 온도가 낮은 물체로 이동한다.	↔	열의 이동을 막는다.

전도 현상
• 고체 에서 일어나는 열의 이동을 말한다.
• 두 물질이 맞닿아 있어야 한다.
• 구리나 철 같은 금속은 전도가 잘 일어나고, 고무, 나무, 유리는 전도가 잘 일어나지 않는다.

대류 현상
• 액체 나 기체 에서 일어나는 열의 이동을 말한다.
• 온도가 높은 액체나 기체는 위쪽으로 올라가고, 온도가 낮은 액체나 기체는 아래쪽으로 내려오는 성질이 있다.

2 (1) ○
프라이팬의 손잡이는 보통 나무나 고무로 만들어서 뜨거운 불 위에 있어도 손잡이는 뜨겁지 않습니다. 이는 열의 이동을 막는 단열 현상을 이용한 것입니다. 소방관의 방화복에도 같은 원리가 적용되어 있습니다.

3 (예시답안) 추운 겨울날 엄마가 목도리를 꼭 하고 나가라고 하셨는데 그냥 나갔다가 너무 추웠다. 다음 날에는 목도리를 하고 나갔는데, 찬바람을 따뜻한 털로 된 목도리가 막아 주어 훨씬 덜 추웠던 경험이 있다. 또, 컵에 든 차가운 음료수를 마실 때 종이로 된 홀더를 끼우니 손이 시리지 않아서 좋았다.

(채점 Tip)
1) 단열은 열이 잘 전달되지 않는 소재를 이용하여 차갑거나 뜨거운 것을 막아 주는 원리입니다. 이를 알고 주변에서 겪은 경험을 쓰면 됩니다.
2) 뜨거운 것을 막는 것뿐 아니라, 차가운 것을 막는 것도 단열에 해당합니다.

4 (1) ㉠ (2) ㉢ (3) ㉣ (4) ㉡

5 (1) 단열 (2) 전도 (3) 대류 (4) 방화복

6 대류
대류 현상은 지구에서 여러 가지 기상 현상을 만들어 냅니다. 공기의 이동을 통해서는 바람을 만들어 내고, 바다에서는 온도 차에 의해 바닷물이 이동하는 현상인 해류를 일으킵니다.

생각글 1 **전시된 바나나를 꿀꺽**

28~29쪽

마우리치오 카텔란의 미술 작품 「코미디언」의 소재인 바나나를 실제로 어떤 관람객이 먹어 버린 사건이 있었습니다. 이를 초등학생이 겪은 경험담으로 꾸민 글입니다. 공공장소인 미술관에서 벌어진 소동으로 인해 작품을 감상하는 데 방해를 받은 초등학생의 마음이 잘 그려져 있습니다.

1 감상	**2** ②	**3** 연아	**4** (2) ○

1 나는 이모와 함께 1억이 넘는 바나나 작품을 보러 마우리치오 카텔란의 미술 전시회에 갔습니다. 하지만 어떤 형이 그 바나나를 먹어 버리는 바람에 작품을 제대로 감상하지 못하고 돌아와야 했습니다.

2 어떤 형이 벽에 붙은 바나나 작품을 먹어 버린 행동은 장난일지 모르지만, 그 작품을 만든 작가나 작품을 보기 위해 모인 관람객에게는 큰 피해를 끼친 일입니다. 따라서 내가 속상함을 느낀 이유는 '다 같이 보는 미술 작품을 함부로 망가뜨려서'입니다.

(오답풀이)
① 바나나를 먹은 형이 불쌍했다는 내용은 나와 있지 않습니다.
③ 바나나를 먹어 버려서 더 이상 작품을 감상할 수 없었기 때문이지, 1억 넘는 바나나가 작품 가격 때문은 아닙니다.
④ 바나나가 어떤 맛일지 궁금했다는 내용은 나오지 않습니다.
⑤ 이모가 미술 작품을 먹어 버린 형의 행동을 이해하라고 한 내용은 나와 있지 않습니다.

3 이 글은 실제 미술 작품인 바나나를 먹는 행동이 다른 관람객에게 피해를 준다는 에피소드를 통해, 공공장소인 미술관에서는 관람 예절을 지켜야 한다는 교훈을 전달하고 있습니다.

4 마우리치오 카텔란은 바나나를 그대로 설치하면 재미있겠다고 생각했고, 누군가가 바나나를 먹는다면 그것도 재미있는 일이라고 생각했습니다. 이는 작품에 대한 해석을 관람객이 자유롭게 할 수 있고, 심지어 작품을 '먹는 행위'까지도 예술 감상의 하나라고 여긴 것입니다.

고흐의 작품은 과거 고흐가 살았을 당시에는 인정받지 못하다가 현대에 와서 많은 사람들의 사랑을 받고 있습니다. 현대 미술은 개인이 각자 자유롭게 작품을 감상하고 해석하는 것을 중요하게 생각합니다. 미술 작품을 잘 감상하기 위해서는 미리 전시회에 대한 정보를 찾아보고, 관람 예절을 지켜야 합니다.

내용요약 관람 예절

1 ③   2 ②   3 ④

1 ㉠의 뒷부분에는 미술 작품을 좀 더 잘 감상할 수 있는 여러 가지 방법이 나타나 있습니다. 따라서 ㉠에 들어갈 내용은 '더 잘 이해하고 감상할'이 알맞습니다.

2 현대 미술 작품 중에는 바나나를 그대로 전시하는 것처럼 일반인의 눈으로는 이해하기 어려운 작품들도 많이 있습니다. 따라서 이해하기 어려운 작품을 미술관에서 전시하지 않는다는 내용은 알맞지 않습니다.

오답풀이
① 전시된 작품을 손으로 만지면 안 된다는 내용은 마지막 문단에 나옵니다.
③ 3문단에는 미술 작품을 잘 감상하기 위해서 미술관 홈페이지를 찾아볼 것을 권하는 내용이 나옵니다.
④ 미술 작품을 먼저 본 다음에, 제목이 무엇인지 상상해 보는 것도 좋은 감상법이라는 내용이 4문단에 나옵니다.
⑤ 작품을 관람할 때 도슨트의 작품 해설을 미리 신청하여 들으면 도움이 된다는 내용이 나타나 있습니다.

3 '스트리트 노이즈' 전시회에서 어떤 관람객이 그림 앞에 붓과 페인트가 있는 것을 보고, 참여형 작품으로 오해하여 페인트를 칠하는 사건이 있었습니다. 이는 바나나 작품을 먹어 버린 사건과 비슷합니다. 이 두 사건은 작품의 해석을 자유롭게 하는 것은 좋지만, 다른 관람객이 해당 작품을 감상하는 것을 방해하였으므로 문제가 됩니다. 우리는 공공장소인 미술관에서 관람 예절을 잘 지켜야 합니다.

1

미술 작품 관람 방법	
미술관에 가기 전	미술관에 간 후

미술관에 가기 전
• 미술관 홈페이지나 인터넷 등을 검색하여 전시회나 작가에 대한 **정 보** 를 미리 찾아본다.
• 도슨트의 작품 해설을 미리 신청해 둔다.
→ 사전 관람 계획을 세우면 작품을 감상하는 데 도움이 된다.

미술관에 간 후
• 전시 안내물을 받아서 살펴본다.
• 미술 작품을 보고 제목이 무엇인지 상상해 본다.
• 작가가 왜 이런 소재를 사용했는지, 어떤 생각으로 그림을 그렸을지 생각해 본다.
• 인상 깊은 작품이 있으면 **감 상** 을 간단히 기록하는 것도 좋다.
• 다른 사람의 관람을 방해하지 않도록 관람 **예 절** 을 지킨다.

2 지윤, 도현

3 **(예시답안)** 미술 작품 앞에서 사진을 찍는다고 한참 동안 작품을 가리고 서 있는 사람들이 있었다. 작품을 관람한 것인지, 그 앞에 선 사람들의 모습을 관람한 것인지 알 수 없는 기분으로 미술관을 나와야 했다. 아무리 사진 촬영이 허락되었다고 해도 그런 모습은 다른 관람객을 전혀 배려하지 않는 행동이었다. 여러 사람이 즐겁게 작품을 감상할 수 있도록 서로 조심하였으면 좋겠다.

채점 Tip
1) 미술관에서 지켜야 할 관람 예절에는 떠들거나 뛰어다니지 않기, 휴대폰 꺼 두기, 작품을 만지거나 망가뜨리지 않기 등이 있습니다. 그 중 하나를 쓰면 됩니다.
2) 만약 실제로 본 경험이 없다면, 미술관 외에 다른 공공장소에서 경험한 비슷한 사례를 떠올려 보세요.

4 (1) ㉢ (2) ㉡ (3) ㉠ (4) ㉣

5 (1) 감상 (2) 훼손 (3) 관람 (4) 전시

6 (1) 훼손되어 (2) 도슨트
도슨트는 박물관이나 미술관 등에서 관람객들에게 전시물을 설명하는 안내인을 뜻합니다. 도슨트(docent)는 '가르치다'라는 뜻의 라틴어 'docēre'에서 유래한 용어로, 작품에 대한 지식을 갖춘 안내인을 말합니다.

생각글 1 재미있는 빅 데이터 이야기

34~35쪽

　인터넷의 발달로 수많은 데이터들이 실시간으로 생산되고 있고, 이렇게 생산된 빅 데이터는 인공 지능의 발전을 가속화시키고 있습니다. 영화 「머니볼」에서는 데이터의 중요성을, 「서치」에서는 빅 데이터 기술이 어떻게 활용되는지 알 수 있습니다. 미래 사회를 이끌어 갈 빅 데이터의 무한한 가능성에 대해 생각해 봅니다.

내용요약 빅 데이터
1 ⑤　　2 ⑤　　3 (2)　　4 (1)○

1 　이 글은 영화 속에 나오는 빅 데이터의 의미와 활용을 흥미롭게 알려 주고 있으며, 빅 데이터는 미래를 이끌어 갈 무한한 가능성을 가지고 있다고 하였습니다. 따라서 이 글에서 중심이 되는 낱말은 '빅 데이터'입니다.

2 　영화 「서치」에서 딸이 사라지자 아버지는 딸의 노트북에 들어 있는 여러 가지 정보, SNS 기록 등을 통해 딸의 행방을 추적합니다. 이는 빅 데이터가 유용하게 활용된 사례이므로, 중요한 정보를 노트북에 남기면 안 된다는 교훈과는 관계가 없습니다.

　오답풀이
① 빅 데이터는 기존의 방법으로 수집, 저장, 분석하기 어려운 방대한 데이터를 의미한다는 내용이 2문단에 나옵니다.
② 「머니볼」의 구단주 빌리 빈은 모든 경기와 선수들의 기록을 데이터로 만들어 경기에서 승리할 수 있었습니다.
③ 마지막 문단에서 빅 데이터는 미래를 이끌어 갈 무한한 가능성을 가지고 있다고 하였습니다.
④ 사람들이 인터넷에 올리는 사소한 정보와 지식이 빅 데이터로 축적된다는 내용이 2문단, 3문단에 나옵니다.

3 　'플랫폼'이 쓰인 문장의 앞뒤 내용을 통해 낱말의 뜻을 짐작할 수 있습니다. '구글 같은', '사람들이 인터넷에 올리는'에서 '플랫폼'이 (2)의 뜻으로 쓰였음을 알 수 있습니다.

4 　영화 「이글 아이」 속 주인공은 핸드폰, 현금 지급기 등 여러 가지 전자 장치에 의해 감시를 당합니다. 모든 정보를 독점하며 사회를 통제하는 권력이 얼마나 위험한지 보여 주고 있습니다. 그러므로 '빅 데이터가 잘못 활용되면 우리를 감시하는 데 사용될 수 있다.'가 알맞습니다.

생각글 2 빅 데이터의 활용과 데이터 마이닝

36~37쪽

　빅 데이터는 '규모를 가늠할 수 없을 정도로 많은 양의 데이터'를 뜻합니다. 빅 데이터의 특징은 양이 많고, 빠르고, 형태가 다양하다는 것으로 요약됩니다. 이렇게 축적된 빅 데이터 속에서 유용한 정보를 찾아내어 활용하는 기술이 '데이터 마이닝'입니다. 이를 통해 빅 데이터는 우리 생활에 더 의미 있게 활용될 수 있습니다.

내용요약 마이닝
1 ②　　2 (4)　　3 ③

1 　데이터 마이닝은 빅 데이터의 규칙과 패턴을 분석하여, 의미 있게 활용하는 기술입니다. 미국의 한 대형 할인점에서 기저귀를 구매하는 고객이 맥주를 함께 구매한다는 분석을 통해 매출을 올린 것이 그 예입니다. 빅 데이터 속에서 필요 없는 정보를 삭제한다는 내용은 해당되지 않습니다.

2 　'구슬이 서 말이라도 꿰어야 보배'라는 말은 아무리 훌륭하고 좋은 것이라도 다듬고 정리하여 쓸모 있게 만들어 놓아야 가치가 있다는 뜻입니다.

　오답풀이
(1) '백지장도 맞들면 낫다'는 쉬운 일이라도 협력하면 훨씬 더 쉬워진다는 뜻입니다.
(2) '가랑비에 옷 젖는 줄 모른다'는 아무리 사소한 것이라도 그것이 거듭되면 무시하지 못할 정도로 크게 됨을 뜻합니다.
(3) '개똥도 약에 쓰려면 없다'는 평소에 무척 흔하던 것도 막상 필요하여 쓰려고 하면 없다는 말입니다.

3 　데이터 마이너는 빅 데이터를 분석하여 의미 있는 정보를 찾아내는 데이터 마이닝을 하는 사람을 뜻합니다. 따라서, 여러 증거들(빅 데이터)을 가지고 범인을 찾아내기 위해 정보를 분석(데이터 마이닝)하는 과학 수사대(데이터 마이너)가 여기에 해당합니다.

　배경지식
데이터 마이닝 활용 사례
• 마케팅: 고객의 연령, 성별, 취향 등의 관계를 분석하여 개인별 맞춤 상품을 추천할 수 있습니다.
• 의료: 신체 검사, 의료 기록, 치료 패턴 등 환자의 모든 정보를 바탕으로 보다 효과적인 치료법을 찾고, 질병을 예측할 수 있습니다.
• 범죄 예방: 범죄 관련 정보 분석을 통해 범죄 유형, 행동 및 동향을 파악하여 범죄 발생 가능성이 가장 높은 장소와 시기를 찾아 경찰 인력을 배치할 수 있습니다.

익힘학습 자란다 문해력

38~39쪽

1

빅 데이터	규모를 가늠할 수 없을 정도로 많은 양의 데이터

재미있는 빅 데이터 이야기
- 영화 「머니볼」은 우리에게 데이터 활용의 중요성을 보여 준다.
- 영화 「서치」는 빅 데이터가 우리 생활 속에 얼마나 깊숙이 들어와 있는지 보여 준다.

데이터 마이닝
빅 데이터 속에 존재하는 관계, 패턴, 규칙 등을 탐색하여 유용한 정보를 찾아서 다양한 의사 결정에 활용하는 것을 말한다.

빅 데이터의 활용
- 빅 데이터는 미래 사회를 이끌어 갈 무한한 가능성을 가지고 있다.
- 빅 데이터에 있어 중요한 것은 데이터의 양이 아니라 그 데이터를 얼마나 잘 **활용** 하는가에 있다.

2 예슬, 준수

3 (예시답안) 유튜브에서 영상을 보다 보면 내가 관심 있는 영상들이 밑에 쭉 뜨는 게 신기한 적이 있었다. 주로 게임이나 과학 쪽에 관심이 있어서 찾아보는데, 따로 안 찾아봐도 되어서 편리했다. 하지만 때로는 내가 보는 모든 영상이 다 기록되고 있는 것 같아 마음이 불편할 때도 있다.

(채점 Tip)
1) 빅 데이터의 의미를 정확히 알고 있는지 평가해 봅시다.
2) 빅 데이터가 어떻게 활용되면 편리한지, 불편한 점에는 무엇이 있는지 두 가지 측면을 모두 적으면 좋아요.

4 (1) 활용 (2) 채굴 (3) 부작용 (4) 데이터

5 (1) 활용 (2) 탐색
'탐색'은 '드러나지 않은 사물이나 현상 등을 찾아내거나 밝히기 위하여 살피어 찾음.'이라는 뜻입니다. 어떤 사물을 찾을 때나 진로나 직업같이 눈에 보이지 않는 것을 찾을 때 모두 사용할 수 있습니다.

6 (1) 채굴했다 (2) 부작용

생각글 1 프랑켄슈타인 이야기

42~43쪽

프랑켄슈타인은 전기를 이용하여 인간을 창조하겠다는 계획을 세웁니다. 그런데 프랑켄슈타인이 만든 생명체는 몸이 커지고 외모도 흉측하게 되어 마치 괴물 같았습니다. 사람들에게 외면당한 이 괴물은 자신을 창조한 프랑켄슈타인에게 복수를 하려고 프랑켄슈타인의 친구와 신부를 살해하지만, 마지막에는 자신의 행동을 후회합니다.

1 ①	2 ⑤	3 ③

1 프랑켄슈타인은 죽은 개구리를 살려 내는 실험을 한 것이 아니라, 죽은 개구리에게 전기 충격을 주자 경련이 일어난 실험 이야기를 들었다고 1문단에 나와 있습니다.

2 괴물은 자신을 창조한 프랑켄슈타인에게 복수하려는 마음을 갖고 그를 쫓아갔지만, 자신을 창조한 것에 대한 고마운 마음과 그의 주변 사람들을 죽인 것에 대한 미안한 마음, 그리고 자신을 흉측한 괴물로 태어나게 만든 것에 대한 원망 등 여러 가지 마음을 가지고 있었을 것입니다.

(오답풀이)
① 괴물이 프랑켄슈타인의 죽음을 슬퍼했다는 내용이 마지막에 나옵니다.
② 괴물은 프랑켄슈타인을 증오하는 마음과 여러 사람을 죽일 정도로 잔혹한 마음을 가지고 있었습니다.
③ 괴물이 앞으로 프랑켄슈타인과 함께 살아갈 일이 막막했다는 내용은 나타나 있지 않습니다.
④ 괴물이 프랑켄슈타인에게 직접 복수하지 못해 화가 났다는 내용은 나타나 있지 않습니다.

3 피노키오는 목수 제페토 할아버지가 아들 대신 만든 나무 인형이었는데, 마치 사람처럼 말하고 행동할 수 있었습니다. 프랑켄슈타인이 창조한 괴물 역시 사람처럼 생각하고 감정을 느낀다는 점이 피노키오와 비슷합니다.

작품읽기

프랑켄슈타인
글 메리 셸리

책 소개
무생물에 생명을 부여할 수 있는 방법을 알아낸 물리학자 프랑켄슈타인이 괴물에 생명을 불어넣습니다. 인간 이상의 힘을 발휘하는 괴물은, 자신을 만들었지만 자신을 버린 프랑켄슈타인에 대한 증오심에서 복수를 꾀합니다.
이 작품은 다양한 공상 과학 소설과 영화에 영향을 준 고전입니다.

인간을 닮은 존재

44~45쪽

기술의 발달로 기계 장치를 삽입한 인간, 마치 인간 같은 외모와 사고력을 갖춘 인공 지능 등 기존의 인간이라는 범위를 벗어난 존재가 탄생하게 되었습니다. 이는 인간과 기계의 구분을 모호하게 하였고, '포스트휴먼'이라는 개념이 등장하게 되었습니다. 인간을 뛰어넘는 존재 포스트휴먼을 어떤 관점에서 보아야 할지 생각해 봅니다.

내용요약 포스트휴먼

1 ⑤   **2** (2)○   **3** ⑤

1 인공 지능과 첨단 기술의 발달로 인간보다 더 인간 같은 존재인 포스트휴먼이 등장하였습니다. 포스트휴먼을 연구하는 사람들은 인간은 물론, 기계나 동물 등 다양한 형태의 존재에 대한 존중이 필요하다고 주장합니다.

오답풀이

① 기계로 만든 신체를 가진 인간도 존중해야 한다고 말하였습니다.

② 인공 지능은 몸이 없어도 존재할 수 있고, 로봇 같은 기계의 몸을 가질 수도 있습니다.

③ 인간과 기계, 동물 모두를 존중해야 한다고 마지막 문단에서 주장하였습니다.

④ 포스트휴먼은 '다음의 인간'이라는 의미가 있으며, 우리가 그동안 생각해 온 인간보다 더 확장된 존재를 의미합니다.

2 포스트휴먼이라는 말이 생겨난 것은 인간처럼 생각할 수 있는 인공 지능과 로봇의 등장, 그리고 신체 일부를 기계로 대체하는 의술 등의 영향입니다.

3 튜링 테스트는 사람이 모니터를 통해 대화를 해 보고 나서 기계인지, 인간인지 맞히는 테스트입니다. 이 테스트가 1950년에 이루어졌으므로, 당시에도 인간처럼 생각하는 능력이 있는 기계에 대한 연구가 있었음을 짐작할 수 있습니다.

배경지식

튜링 테스트

인간처럼 사고할 수 있는 인공 지능에 대한 연구가 시작되던 시기인 1950년에 영국의 수학자 앨런 튜링이 고안한 테스트입니다. 기계(컴퓨터)가 인공 지능을 갖추었는지를 판별하기 위해 컴퓨터와 대화를 나누어 인간의 반응과 구별할 수 있는지 없는지 실험을 하였습니다. 튜링은 50년 뒤에는 사람들이 컴퓨터와 5분 동안 대화한 뒤 진짜 정체를 알아낼 수 있는 확률이 70퍼센트가 안 될 정도로 프로그래밍 기술이 발전할 것을 예견하였습니다.

1

인공 지능의 등장	인간의 신체에 포함되는 **기계** 장치
인간 처럼 생각할 수 있는 기계가 나타났다.	신체 기능이 좋지 않은 사람은 인공 장기, 스마트 의족이나 의수의 도움을 받는다.

인간을 닮은 존재

• 포스트휴먼: 인간보다 더 확장된 능력을 갖췄거나, 인간을 뛰어넘는 존재이다.

• 인간만이 절대적인 존재가 아니다. 다양한 형태의 생명체를 모두 존중해야 한다.

「프랑켄슈타인」의 박사가 창조한 존재

외형은 흉측한 '**괴물**'이지만, 인간 이상의 신체적 능력을 가진 존재이다.

2 (3)○ (4)○

3 **예시답안 1** '포스트휴먼'이라고 정한 새로운 인간의 범위가 아직 낯설기는 하지만, 미래에는 더 많은 '포스트휴먼'이 나타날 것임은 분명하다. 인간이 아니지만 인간처럼 생각하고 감정이 있는 존재라면 함부로 대해서는 안 된다. '포스트휴먼'도 인간에 포함시켜 똑같이 인정하고 존중해야 한다고 생각한다.

예시답안 2 인간처럼 생각하고 감정이 있다고 해도 기계는 기계이지 인간이 될 수 없다. 왜냐하면 그 생각과 감정도 결국은 인간이 만들어 낸 것이기 때문이다. '포스트휴먼'은 인간을 뛰어넘는 어떤 능력을 가졌을 수는 있지만, 인간과 동등한 대상으로 인정하고 존중하게 되면 사회가 오히려 혼란스러울 것 같다.

채점 Tip

1) 포스트휴먼의 개념과 그것이 지칭하는 범위를 알고 썼는지 확인해 봅니다.

2) 포스트휴먼의 존재에 대한 자신만의 관점과 생각이 드러나도록 써야 합니다. 무조건 두려워하거나 부정적인 관점으로 바라보기보다는 모든 존재를 존중하는 태도를 가져 봅시다.

4 (1) ㉢ (2) ㉡ (3) ㉠ (4) ㉣

5 (1) 흡사 (2) 창조

6 몰두

'몰두'는 어떤 일에 온 마음과 정신을 쏟는다는 의미로, '집중하다', '전념하다'와 바꾸어 사용할 수 있습니다.

생각주제 07
위험 사회란 무엇인가?

생각글 1 **체르노빌의 아이들**

48~49쪽

소설은 1986년 4월 26일, 우크라이나의 밤하늘에 거대한 폭발음과 함께 불기둥이 솟구치는 장면으로 시작합니다. 발전소 책임자인 안드레이의 가족을 비롯해 사람들은 방사능 사고로부터 벗어나기 위해 필사적으로 몸부림칩니다. 체르노빌의 현장에 있었던 사람들이 얼마나 비참하고 무기력하게 죽어 갔는지 묘사하며 핵의 위험성을 알리고 있습니다.

| 1 ① | 2 ② | 3 ② | 4 ③ |

1 이 글은 실제로 있었던 사건인 체르노빌 원자력 발전소 폭발 사고를 글감으로 하여 쓴 소설입니다. 그곳에 있었던 사람들이 어떤 피해를 입었는지 묘사하면서 원자력 발전의 위험성을 경고하고 있습니다.

2 체르노빌 원자력 발전소가 폭발하자 아빠 안드레이와 엄마 타냐, 아들 이반이 충격을 받고 당황하여 대피를 준비하는 과정이 생생하게 나타나 있습니다. 이 부분의 중심 사건은 원자력 발전소 폭발입니다.

3 이반이 털썩 주저앉은 이유는 오래 서 있었기 때문이 아니라, 발전소가 불바다가 된 것을 보고 큰 충격에 빠져서입니다.

오답풀이
① '무서운 사고'는 바로 체르노빌 원자력 발전소 폭발 사고입니다.
③ 타냐가 아들을 달래지 않고 내버려 둔 이유는 너무나 큰 재난 앞에서 아들을 달랠 엄두가 안 났기 때문으로 짐작할 수 있습니다.
④ 서로 불안한 눈길을 주고받은 이유는 앞으로 닥쳐올 재난이 두려웠기 때문입니다.
⑤ 바로 앞에 나오는 "이게 우리가 믿어 왔던, 세계에서 가장 안전한 발전소였단 말인가요?"라는 타냐의 말에 믿음에 대한 배신감이 나타나 있습니다.

4 원자력 발전소 폭발 사고는 너무나 큰 재앙이며, 그것이 미치는 범위도 넓고 사람의 몸에 끼치는 피해는 엄청납니다. 따라서 사람들이 대피를 하고, 그 과정에서 방사능에 노출되어 죽어 가는 장면이 이어질 것임을 알 수 있습니다. 또한 나라에서 혼란을 통제하려고 했을 것임을 짐작할 수 있습니다. 하지만 이반네 가족이 행복하게 사는 모습을 예측하기는 어렵습니다.

생각글 2 **위험 사회**

50~51쪽

울리히 벡은 『위험 사회』에서 현대 사회가 과학 기술과 산업의 발전으로 인해 '위험이 사회의 중심 현상이 되는' 위험 사회가 되어 가고 있다고 말하였습니다. 위험 사회의 특징으로는 위험의 평등화, 전 지구화가 있습니다. 이러한 위험 사회를 극복하기 위해서는 사람들 간, 나라 간의 소통과 협력이 중요합니다.

내용요약 위험 사회
| 1 ② | 2 (3)○ | 3 ② | 4 **2** |

1 위험 사회를 극복하는 방안은 마지막 문단에 잘 나타나 있습니다. 그 방법으로는 사람들이 서로 소통하고 협력해야 하며, 우리 사회에서 무엇이 위험이 될지 관심을 가지고 해결하려는 노력이 중요하다고 하였습니다.

오답풀이
① 울리히 벡이 위험이 현대 사회의 중심 현상이라고 주장했다는 내용이 1문단에 나옵니다.
③ 위험 사회의 특징 중에 전 지구화는, 한 지역에서 발생된 문제가 전 지구로 확산된다는 내용입니다.
④ 마지막 문단에서 소통과 신뢰, 협력이 위험 사회 극복에 중요하다고 하였습니다.
⑤ 위험 사회의 특징 중 하나인 위험의 평등화에 해당하는 내용이 2문단에 나옵니다.

2 과학 기술의 발전이 인간의 삶을 풍요롭게 만드는 좋은 점도 있지만 새로운 위험을 만들어 낸다고 하였습니다. 인간이 만든 과학 기술이 환경 오염, 기후 위기 등의 위험이 되어 인간에게 되돌아오는 것이므로 '부메랑 효과'에 해당합니다.

3 ⓒ 앞에 나온 환경 오염과 기후 위기, 뒤에 나온 원자력 폭발 위험과 방사능 문제는 서로 비슷한 내용이므로, '그리고'로 연결해야 합니다. ⓒ의 앞에서는 과거의 위험은 불평등한 분배 때문에 생겨났다고 설명하였고, 뒤에서는 현대의 위험은 누구에게나 적용된다고 설명하였으므로 서로 반대되는 내용을 이어 주는 '하지만'이 적당합니다.

4 **보기**는 자동차 매연과 같은 위험으로부터 누구나 자유롭지 못하다는 것으로, 이는 위험의 평등화에 대해 설명한 2문단의 내용에 해당합니다.

11

자란다 문해력

1

| 위험 사회 | 과학 기술과 산업의 발전은 우리의 삶을 풍요롭게 만들어 주는 동시에 새로운 **위** **험** 도 계속 만들어 내고 있다. |

위험 사회의 특징 ① – 위험의 평등화	위험 사회의 특징 ② – 위험의 전 지구화
위험 사회에서는 위험이 모든 사람에게 평등하게 적용되어 그 누구도 안전하지 않다.	한 지역에서 발생한 문제일지라도 위험은 전 지구로 확산된다.

| 위험 사회 극복 방법 | **소** **통** 을 통해 사람들이 서로 신뢰하고 협력해야만 위험을 극복할 수 있다. |

2 도현
위험 사회는 과학 기술과 산업이 발전할수록 점점 더 새로운 위험이 생겨나는 것입니다. 위험은 일부 지역의 문제라는 서영의 말과, 위험은 사람의 힘으로 극복할 수 없다는 민기의 말은 잘못된 내용입니다.

3 (예시답안 1) 원자력 발전소 폭발 사고 영상을 본 적이 있는데 정말 무시무시하게 느껴졌다. 또 방사능은 우리 몸에 심각한 병을 일으킨다고 들었다. 하지만 무조건 발전소 설치를 반대하기보다는 사고를 예방할 수 있도록 최선의 노력을 다하는 것이 중요할 것이다.

(예시답안 2) 과학 기술의 발달로 생겨나 저렴한 가격으로 전기를 공급해 주는 원자력 발전소가 우리의 삶을 위협하는 재앙이 될 수 있다는 사실을 알게 되었다. 무분별하게 개발에만 집중할 것이 아니라 그 이면에 있는 위험에도 관심을 가지고 문제를 해결하기 위해 모두가 힘을 합쳐야겠다.

(채점 Tip)
1) 원자력 발전소 폭발이 사람에게 끼치는 여러 가지 영향을 알고 있는지 확인해 봅시다.
2) 원자력 발전소를 무조건 반대할 것이 아니라 서로 신뢰하고 문제를 해결하려는 자세를 보여 주는 것이 좋습니다.

4 (1) ㉠ (2) ㉡ (3) ㉣ (4) ㉢

5 (1) 소통 (2) 공존 (3) 폭발 (4) 대피

6 위험
위험과 비슷한말로는 위기, 위급, 위해 등이 있고, 그 반대말로는 안전, 안녕, 안락 등이 있습니다.

어떤 에너지를 사용해야 할까?

신재생 에너지

석탄, 석유 등의 화석 연료가 환경 문제를 일으키면서 환경을 오염시키지 않을 새로운 에너지가 필요해졌습니다. 앞으로는 어떤 에너지를 사용하게 될까요? 화석 연료를 대체하는 신재생 에너지에는 연료 전지, 수소 에너지, 태양광, 풍력, 수력 등이 있습니다. 이러한 에너지는 미래 세대까지 생각하는 지속 가능한 발전을 위해 필요합니다.

내용요약 신재생

1 ③   2 ④   3 예슬   4 ③

1 신재생 에너지는 신에너지와 재생 에너지를 합쳐서 부르는 말입니다. 신에너지는 연료 전지, 수소 에너지 등 새롭게 개발된 에너지이며, 재생 에너지는 태양광, 태양열, 풍력, 수력 등의 에너지를 뜻합니다.

(오답풀이)
① 사람들은 기후 위기의 원인을 화석 에너지에서 찾았습니다.
② 화석 연료에서는 환경 오염의 주범인 이산화 탄소가 배출됩니다.
④ 신재생 에너지는 초기 투자 비용이 많이 든다는 단점이 있지만, 친환경적이므로 점차 그 사용이 늘어나는 추세입니다.
⑤ 공장에서 제품을 생산하기 위해서는 이산화 탄소가 아니라, 많은 양의 에너지가 필요합니다.

2 석탄과 석유 등의 화석 연료를 대체할 신재생 에너지의 원료는 수소 에너지, 태양광, 태양열, 풍력, 수력, 바이오 가스 등이 있습니다.

3 지속 가능한 발전이란, 미래 세대의 환경을 생각하면서 우리 세대의 생활도 함께 발전시킬 수 있는 개발을 의미합니다. 따라서 재활용과 분류 배출을 실천하고 친환경 제품을 선택한다고 말한 내용이 알맞습니다.

4 '친환경적'과 '환경친화적'은 서로 비슷한 뜻의 낱말입니다. ③의 '대체 – 교체'가 비슷한말입니다. '대체'는 '다른 것으로 대신함.', '교체'는 '사람이나 사물을 다른 사람이나 사물로 대신함.'이라는 뜻입니다.

2 에너지 하베스팅

56~57쪽

　에너지 하베스팅이란 버려지는 에너지를 수확하여 사용하는 신기술입니다. 집에서 사용되는 조명에서 빛 에너지가 나오는데 이때도 손실되는 에너지가 있습니다. 광 에너지 하베스팅은 버려지는 태양광을 이용하여 에너지를 수집하고, 신체 에너지 하베스팅은 사람 몸의 움직임을 전기로 바꾸어 이용하는 방식입니다.

내용요약 하베스팅
1 ⑤　**2** ④　**3** (3)○　**4** ①, ③

1 에너지 하베스팅 중에 가장 오래전부터 생활에 이용된 것은 광 에너지라는 내용이 4문단에 나옵니다.

　오답풀이
　① 에너지 하베스팅이라는 용어를 처음 사용한 사람에 대한 내용은 나타나 있지 않습니다.
　② 중력 에너지 하베스팅 기술에 관한 내용은 나오지 않습니다.
　③ 진동 에너지와 위치 에너지 하베스팅 기술에 관한 내용은 나오지 않습니다.
　④ 에너지 하베스팅을 활발하게 활용하는 나라에 대한 내용은 찾아볼 수 없습니다.

2 에너지 하베스팅의 에너지원으로는 사람의 체온, 정전기 등이 있다고 5문단에서 설명하였습니다. 또 4문단에서는 바람이나 물의 흐름을 전기 에너지로 바꾸어 활용할 수 있다고 하였습니다.

3 **보기**의 사례는 사람의 몸을 이용하여 에너지 하베스팅을 하는 사례입니다. 몸의 열이나 숨쉬기 활동, 체온 등을 활용하므로 신체 에너지 하베스팅에 해당합니다.

4 ㉠의 앞부분에는 '버려지는 에너지만 잘 모아도 지금보다 훨씬 더 효율적'이라는 내용이 있습니다. 에너지 하베스팅은 환경 오염과 에너지 부족 문제 둘 다에 도움이 되는 기술입니다.

　오답풀이
　② 운동 부족 문제를 해결해 주지는 못합니다.
　④ 스마트폰 중독과 에너지 하베스팅은 전혀 관련이 없습니다.
　⑤ 오히려 쓰레기 분리수거가 에너지 하베스팅에 도움을 줍니다.

자란다 문해력

58~59쪽

1

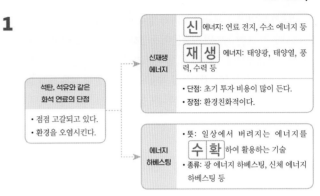

석탄, 석유와 같은 화석 연료의 단점
· 점점 고갈되고 있다.
· 환경을 오염시킨다.

신재생 에너지
신에너지: 연료 전지, 수소 에너지 등
재생에너지: 태양광, 태양열, 풍력, 수력 등
· 단점: 초기 투자 비용이 많이 든다.
· 장점: 환경친화적이다.

에너지 하베스팅
· 뜻: 일상에서 버려지는 에너지를 **수확**하여 활용하는 기술
· 종류: 광 에너지 하베스팅, 신체 에너지 하베스팅 등

2 (1)○
　사진 속 에너지 개발 방법은 재생 에너지인 풍력 발전과 태양광 발전에 해당합니다. 따라서 미래 환경을 생각하면서 지속 가능한 발전을 위한 에너지 개발 모습이라고 할 수 있습니다.

3 **예시답안1** 신체 에너지 하베스팅이라는 것이 무척 흥미로웠다. 왜냐하면 몸을 움직이고 걷는 것만으로도 에너지를 모아서 사용할 수 있기 때문이다. 환경을 생각한다면 작은 실천도 소중하니, 나도 이번 기회에 간단하게 실천할 수 있는 방법을 찾아봐야겠다.
　예시답안2 버려지는 에너지 자원이 이렇게 많다는 것과 그것을 실제로 활용할 수 있다는 것을 처음 알게 되었다. 에너지 하베스팅에 대해 알고 나서는 내 움직임 하나하나가 모두 에너지원이 될 수 있다는 생각에 지금도 버려지고 있는 것이 너무 아까웠다. 신체 에너지 하베스팅 기술이 더욱 발달하여 실생활에서 널리 활용되면 좋겠다.

　채점 Tip
　1) 에너지 하베스팅의 개념을 알고 쓰는 것이 좋습니다.
　2) 실제로 자신이 실천할 수 있는 방법을 떠올려 보도록 해 주세요.
　3) 미래의 환경 문제와 연관시켜 정리하면 더욱 좋은 답안이 됩니다.

4 (1) ㉢ (2) ㉠ (3) ㉣ (4) ㉡

5 (1) 전환 (2) 유용 (3) 고갈 (4) 축적

6 수확
　'거두어들이다'라는 말은 '곡식이나 열매 등을 따서 담거나 한데 모아서 들이다.'라는 뜻으로, '수확'과 비슷한 말입니다.

생각글 1 표현의 자유

60~61쪽

시대가 변하면서 예술의 의미와 범위도 점점 확장되고 있으며, 이에 따라 다양한 표현 기법의 작품들이 등장하였습니다. 그렇다면 어디까지가 예술 작품일까요? 살바도르 달리의 초현실주의 그림들, 변기를 전시한 마르셀 뒤샹의 「샘」, 기성품을 작품으로 만든 앤디 워홀 등을 통해 현대 미술의 의미와 범위에 대해 생각해 봅시다.

> **내용요약** 시대, 표현
> **1** (2)○ (3)○ **2** 샘 **3** ④ **4** (3)

1 초현실주의 화가들은 녹아내리는 시계, 공중에 떠 있는 바위처럼 현실에서 볼 수 없는 상상 속 장면을 주로 그렸습니다. 앤디 워홀과 제프 쿤스는 세제를 담는 상자, 명품 가방 등 기성품을 활용하여 작품으로 전시하였습니다.

> **오답풀이**
> (1) 인상주의 이전 화가들은 실내에서 상상 속의 풍경을 그렸다면, 인상주의 화가들은 밖으로 나가 빛과 색의 변화를 풍경화 속에 담았다는 내용이 1문단에 나옵니다.

2 마르셀 뒤샹은 소변기를 그대로 전시회에 출품하여 현대 미술에 큰 전환을 가져왔고, 표현의 자유를 확장시켰습니다. 이 작품의 제목은 「샘」입니다.

3 일상 속 물건을 작품으로 만든 사례는 우리가 흔히 볼 수 있는 전화기가 알맞습니다.

> **오답풀이**
> ① 현실에 존재하지 않는 녹아내리는 시계를 그린 초현실주의 작품입니다.
> ② 수성 잉크를 사용한 추상화입니다.
> ③ 코끼리를 화려한 색의 유화로 그린 그림입니다.

4 앤디 워홀의 작품 「브릴로 상자」는 비누를 포장하는 상자를 그대로 본떠서 만들어 쌓은 것에 불과합니다. 하지만 현대 미술에서는 이것도 예술 작품으로 바라봅니다. 평론가가 말한 '예술의 종말'은 예술에 대한 기존의 생각이 더 이상 적용되지 않는다는 의미로 해석할 수 있습니다.

생각글 2 자유로운 현대 미술

62~63쪽

현대 미술 작품을 처음 접할 경우 당황할 수도 있습니다. 그냥 페인트를 흩뿌려 놓은 그림, 콘크리트 덩어리, 동물의 사체나 해골까지도 예술 작품으로 인정하고 전시하기 때문입니다. 현대 미술은 대상을 그대로 재현하기보다는, 생각과 느낌을 자유롭게 표현하는 데 집중하므로 이를 인정하고 자유롭게 해석하는 안목이 필요합니다.

> **내용요약** 현대 미술
> **1** ⑤ **2** ⑤ **3** ①, ④ **4** (3)○

1 현대 미술은 대상을 사실적으로 표현하고 재현하기보다는, 작가가 자유로운 상상력을 발휘하여 표현하는 방식으로 창작되고 있습니다. 따라서 같은 작품이라도 보는 사람에 따라 다르게 해석하고 감상하는 것이 필요합니다.

2 레오나르도 다빈치는 르네상스 시대의 화가로, 「모나리자」, 「최후의 만찬」 등의 작품을 통해 대상을 있는 그대로 묘사하고 재현하였습니다.

3 이전과 다른 주제를 새로운 방법으로 표현한 작품으로는 양 같은 동물을 그대로 전시한 데미안 허스트의 작품, 바스키아의 자유로운 낙서 같은 그림 등이 해당됩니다.

> **오답풀이**
> ② 레오나르도 다빈치의 「모나리자」는 어떤 부인의 모습을 그린 초상화로, 대상을 있는 그대로 그린 작품입니다.
> ③ 장 프랑수아 밀레의 「이삭 줍기」는 해질녘 이삭을 줍고 있는 여인들의 모습을 사실적인 기법으로 표현하였습니다.

4 현대 미술은 생각과 느낌을 자유롭고 새롭게 표현하는 데 집중하기 때문에 그에 어울리는 전시회 주제를 붙여야 합니다.

> **오답풀이**
> (3) '같은 생각, 같은 느낌'보다는 '다른 생각, 다른 느낌'이 현대 미술 전시회를 알리는 주제로 알맞습니다.

익힘 학습 자란다 문해력

64~65쪽

1

현대 미술
• 20세기 이후의 미술을 일컫는다.
• 대상을 있는 그대로 재현하는 것이 아니라 새로운 **주 제**를 새로운 방법으로 표현한다.

| 현대 미술의 특징 | • 소변기, 비누 세제를 담는 상자, 코카콜라 광고 전단지, 풍선, 명품 가방, 청소기, 농구공 등을 활용하여 작품을 만들고 전시했다.
• 더 이상 아름답지 않아도, 직접 만들지 않아도 **예 술**이 될 수 있다는 것을 보여 주었다.
• 쓰레기 더미처럼 보이는 것들, 동물의 사체나 해골, 낙서한 것 같은 자유분방한 작품들이 신선한 충격으로 다가온다. |
| --- | --- |
| 현대 미술의 감상 | • 같은 작품이라도 사람마다 다르게 느끼고 달리 해석할 수 있다.
• 각자의 **상 상 력**과 새로운 시각으로 작품을 즐길 수 있다. |

2 (1)○ (3)○

3 〔예시답안 1〕 잭슨 폴록의 작품은 특별한 대상을 그린 게 아니라 여러 가지 색의 물감을 흩뿌려 놓기만 한 것 같다. 가만히 바라보면 엉켜 있고, 헝클어져 있는 작가의 감정이 전해져 오는 것 같기도 하고, 좀 어렵게 느껴진다.

〔예시답안 2〕 페인트를 붓고 떨어뜨리고 뿌려서 만든 작품이라고 한다. 이렇게 우연히 만들어진 어지럽고 정신없는 무늬가 유명한 미술 작품이라니 놀라웠다. 재미있을 것 같아서 나도 이런 작품을 흉내 내어 만들어 보고 싶어졌다. 내가 만약 이 작품에 제목을 붙인다면 「이렇게 어지르면 엄마한테 혼난다」로 정하겠다.

〔채점 Tip〕
1) 현대 미술은 표현에 자유가 많고, 대상을 있는 그대로 그리지 않기 때문에 어렵게 느껴질 수 있다는 특성이 있습니다. 이를 이해하고 작성하면 됩니다.
2) 현대 미술 작품에 대한 감상이나 평가는 특별한 답이 있는 게 아니므로 자유롭게 표현해도 됩니다.

4 (1) 기성품 (2) 해석 (3) 출품 (4) 재현

5 (1) 출품 (2) 당혹감

6 해석
친구와 같은 만화 영화를 보았는데, 결말에 대한 의견이 전혀 달랐던 경험을 이야기하고 있습니다. 이렇게 같은 작품도 사람마다 다른 감상과 해석을 할 수 있으며, 문장 속 '뜻풀이'는 '해석'으로 바꾸어 쓸 수 있습니다.

생각글 **1** 진달래꽃

66~67쪽

시인은 시를 쓸 때 특별한 형식을 통해 말하고자 하는 주제를 효과적으로 드러냅니다. 김소월의 시 「진달래꽃」은 향토적인 풍물을 소재로 삼아 반어법의 형식을 빌려 사랑하는 임과의 이별에서 오는 슬픔을 절제하여 표현하고 있습니다. 우리 시의 아름다운 리듬을 느낄 수 있는 작품입니다.

1 ②	**2** (3)○	**3** ⑤	**4** 진달래꽃	**5** (1), (3)

1 김소월의 시는 민요조로 노래하여 리듬감이 느껴집니다. 시조처럼 엄격한 규칙을 따르지는 않으나, 어느 정도 일정한 규칙이 있습니다. 「진달래꽃」의 모든 연은 3행으로 되어 있고, 각 연의 각 행의 글자 수가 비슷합니다. 또 마지막 행에서 '─ 우리다'라는 말을 반복적으로 사용한 것도 리듬감을 느끼게 합니다.

2 이 시의 화자(말하는이)는 사랑하는 사람을 떠나보내기 싫은 마음을 갖고 있지만, 겉으로는 떠나는 임의 앞길에 진달래꽃을 뿌리겠다고 노래하고 있습니다.

3 이 시의 말하는이는 임이 떠난다고 하면 영변에 피는 진달래꽃을 한아름 따다 임이 가는 길에 뿌려 주겠다고 하였습니다. 이는 마음은 아프지만 임의 앞길을 축복해 주겠다는 의미입니다.

〔오답풀이〕
이 시의 말하는이는 떠나가는 임이 원망스럽지만, 조금도 그런 마음을 드러내지 않고 있습니다. 따라서 ①, ③, ④는 말하는이의 마음으로 알맞지 않습니다.

4 이 시의 중심 글감인 '진달래꽃'은 떠나는 임에 대한 사랑과 축복, 희생을 의미합니다.

5 '죽어도 아니 눈물 흘리우리다.'는 눈물이 많이 날 것 같다는 뜻을 담고 있어 반어법이 사용되었습니다.

〔오답풀이〕
(1) 토끼가 거북에게 말한 진짜 의미는 '참 느리다'라는 뜻입니다.
(3) '잘했다'는 장난감을 망가뜨린 아이가 못마땅하다는 뜻을 나타내는 표현입니다.

2 김소월의 작품 세계

68~69쪽

김소월은 우리 민족 고유의 정서를 노래한 한국의 대표 시인입니다. 그의 시집 『진달래꽃』은 그의 시 세계에서 중요한 의미를 지닙니다. 김소월 시의 특징으로는 우리의 자연을 노래하는 향토성, 반어법의 사용, 우리 겨레의 보편적인 정서를 표현한다는 점 등이 있습니다.

> **내용요약** 향토성, 반어법
> 1 ③   2 (1) ○   3 서연   4 ⓛ

1 시집 『진달래꽃』을 분수령으로 해서 그 이전의 시와 이후의 시가 크게 달라진다고 하였으므로, 더 이상 작품 활동을 하지 않았다는 내용이 잘못되었습니다.

오답풀이
① 2문단에 『진달래꽃』이 전반기 창작을 총결산한 시집이라는 내용이 나옵니다.
② 김소월이 흙냄새 풍기는 토착어로 노래하였다는 내용은 1문단에 나옵니다.
④ 김소월의 시가 향토적인 풍물과 자연, 설화나 민담을 소재로 했다는 내용은 4문단에 나옵니다.
⑤ 김소월의 시의 밑바닥에 흐르는 정감은 전통 민요에서 물려받았다는 내용이 6문단에 나옵니다.

2 ㉮의 '명수' 자리에 주어진 낱말의 뜻을 차례대로 넣어 읽어 봅니다. (1)의 뜻을 넣어 읽어 보면 '김소월은 반어법에 뛰어난 솜씨를 가진 사람이기도 하다.'가 됩니다.

3 떠나가는 임에 대한 원망을 직접적으로 표현했다는 서연의 말은 시를 잘못 이해한 것입니다. 「진달래꽃」의 말하는이는 떠나가는 임에게 진달래꽃을 뿌리며 축복하겠다고 말하고 있습니다.

오답풀이
민기 → 떠나가는 임에 대한 원망을 담담한 어조로 노래하여, 더 슬프게 느껴집니다.
도현 → '죽어도 아니 눈물 흘리우리다.'는 반어법을 사용하여 슬픈 마음을 더욱 강조하였습니다.

4 김소월의 다른 시 「엄마야 누나야」는 민요조의 리듬감이 느껴지는 시입니다. 강변, 뜰, 금모래, 갈잎 같은 우리의 자연을 노래하였고, 엄마, 누나와 강변에 살고 싶다는 우리 민족의 정서를 표현하였습니다. 하지만 민족주의적인 색채와 현실 인식은 찾아볼 수 없습니다.

익힘학습 자란다 문해력

70~71쪽

1 (1) ⓛ (2) ㉠
㉠ '영변에 약산 / 진달래꽃'에는 향토적인 자연의 모습이 드러납니다.
ⓛ '죽어도 아니 눈물 흘리우리다.'는 너무 슬픈 마음을 반어법으로 표현한 것입니다.

2 (2) ○
이 시에서 '잊었노라'는 실제로 임을 잊고 있었다는 뜻이 아니라 임을 잊지 못한 간절한 그리움을 반어법으로 표현한 것입니다.

3 **예시답안** 사실 사랑하는 임이 떠났다가 돌아오면 반갑기도 하지만 나를 떠났다는 사실이 원망스럽기도 할 것 같다. 사실은 잊지 못했지만 그렇게 말하기는 자존심도 상하고, 상대방의 마음을 아프게 하고 싶은 마음도 들 것 같다. 하지만 시에서는 반복적으로 사용된 '잊었노라'가 결코 잊을 수 없는 임을 향한 애틋한 그리움으로 읽힌다. 헤어진 임을 잊지 못하는 간절한 마음이 더 강조되어 느껴진다.

채점 Tip
1) '잊었노라'에 담긴 의미를 알맞게 해석하였는지 체크해 봅시다.
2) 이 시에 쓰인 반어법이 어떤 의미와 효과를 가지는지 알고 있어야 합니다.
3) 자신이 겪은 비슷한 사례에 빗대어 설명하여도 좋습니다.

4 (1) ⓛ (2) ㉠ (3) ⓒ (4) ㉡ (5) ㉣

5 (1) 사뿐히 (2) 정서 (3) 체념 (4) 토착어 (5) 분수령

6 (1) 정서 (2) 토착어
'토착어'는 본디부터 있던 말이나 그것에 기초하여 새로 만들어진 말을 뜻하며, '순우리말', '토박이말', '고유어' 등으로 바꾸어 쓸 수 있습니다.

생각주제 11
소셜 네트워크 서비스란?

생각글 1 온라인 속 세상, SNS
74~75쪽

최근 우리는 SNS(소셜 네트워크 서비스)와 떼려야 뗄 수 없는 일상을 살아가고 있습니다. 우리의 일상이나 맛집을 온라인상에 올리고, 다른 사람들의 일상을 SNS로 확인하고 있습니다. 이미 많은 사람들이 사용하고 있는 SNS는 과연 무엇일까요? SNS의 정의와 특징, 장단점 등에 대해 알아봅시다.

내용요약 인터넷

1 ③ **2** ④ **3** ① **4** (1) ○

1 이 글은 온라인에서 이용자들이 관계를 형성하는 서비스인 SNS(소셜 네트워크 서비스)에 대해 설명하고 있습니다. SNS의 정의, 장점, 여러 가지 기능과 사회적 변화에 대해 알려 주고 있습니다.

2 SNS는 시간과 공간의 제약 없이 온라인에서 여러 사람들과 만나서 관계를 맺을 수 있는 서비스입니다.
오답풀이
① SNS는 스마트폰이 대중화되면서 급속도로 성장하고 있다고 4문단에 나와 있습니다.
② 대표적인 SNS 서비스로 유튜브, 인스타그램, 페이스북 등이 있습니다.
③ SNS는 개인이 중심이 되어 자신의 관심사와 개성을 공유한다는 내용이 3문단에 나옵니다.
⑤ 2문단에 SNS의 영향으로 온라인과 오프라인의 경계가 점차 없어진다는 내용이 나타나 있습니다.

3 기업에서 SNS를 통한 광고를 열심히 하는 이유는 빠르게 정보 공유가 가능하기 때문에 제품에 대한 입소문을 내기 좋아서라는 내용이 4문단에 나옵니다.

4 스마트폰 과의존 청소년 비율이 점점 높아지고 있는 그래프를 바탕으로 짐작해 보면, SNS 사용자는 계속 늘어날 것입니다. 또한 SNS를 통한 온라인 왕따, 사생활 침해 같은 다양한 문제들이 발생할 수 있습니다.

생각글 2 SNS의 바른 사용
76~77쪽

SNS에는 여러 가지 기능과 장점이 많지만, 다양한 문제가 발생할 수 있습니다. 개인 정보 유출이나 SNS 중독 현상이 대표적입니다. 또한 최근 사회 문제로 떠오르고 있는 온라인 왕따, 사이버불링 문제도 심각합니다. 이러한 문제들의 심각성을 인식하고 건전한 사이버 생활에 대해 생각해 봅니다.

내용요약 사이버불링

1 ⑤ **2** ④ **3** (2) ○ (4) ○ **4** 서윤

1 이 글은 SNS를 사용할 때 생길 수 있는 개인 정보 유출, SNS 중독이나 우울증, 사이버불링 문제에 대해 나열식으로 설명하고 있습니다.

2 사이버불링은 온라인 공간에서 타인을 지속적으로 괴롭히는 행위입니다. 타인이 원하지 않는 사진을 올리는 것도 온라인 괴롭힘에 해당하며 언제, 어디서든, 누구에게나 발생할 수 있는 사이버 범죄입니다. 피해자는 이를 적극 알리거나 신고하여 더 이상 이런 범죄가 일어나지 않도록 해야 합니다.

3 사이버불링의 피해가 커지는 까닭은 익명성이 보장되는 SNS를 통해 불특정 다수에게 빠르게 번지기 때문입니다.

4 만약 사이버불링의 피해자가 된다면, 주변 어른에게 빨리 알리고 도움을 요청하는 것이 좋습니다. 숨기는 사이에 그 피해가 더욱 커질 수 있기 때문입니다.
오답풀이
찬규 → SNS에서는 개인 정보가 노출될 수 있고 악용될 수 있으므로 최대한 개인 정보를 적게 올리는 것이 좋습니다.
아름 → 다른 사람의 사진을 허락 없이 친구에게 보내는 것은 문제가 될 수 있는 행동입니다.

배경지식
개인 정보
어떤 개인의 이름, 생년월일, 전화번호 등 살아 있는 한 사람에 관한 고유한 정보를 '개인 정보'라고 합니다. 더 넓게 보면 키와 몸무게, 가족 관계, 출신 학교 등도 개인 정보에 해당합니다. 이런 정보들이 이름, 생년월일 등과 합쳐지면 그 사람이 누구인지 정확히 특정할 수 있기 때문입니다. 인터넷의 발전으로 개인 정보 관리의 중요성이 커지고 있습니다.

익힘학습 자란다 문해력

78~79쪽

1

소셜 네트워크 서비스(SNS)
인터넷에서 이용자들이 관계를 맺을 수 있는 서비스를 뜻한다.

SNS의 특징	SNS로 인해 생기는 문제
• SNS의 영향으로 온라인과 오프라인의 경계가 점차 없어지고 있다. • SNS는 누구나 쉽게 이용할 수 있고 다양한 정보를 얻을 수 있다. • 시·공간 의 제약 없이 다양한 사람들과 연결되어 관계를 맺을 수 있다.	• 개인 정보 노출 문제: 개인 신상 정보나 사생활이 노출될 수 있다. • SNS 중독 이나 SNS 우울증이 생길 수 있다. • 사이버불링: 온라인 공간에서 다른 사람을 괴롭히거나 괴롭힘을 당할 수 있다.

2 (3) ○

이 공익 광고에서는 온라인에서 다른 사람에 대해 나쁜 말을 전파하는 일이 괴롭힘을 당하는 사람의 마음을 죽이는 나쁜 범죄라고 경고하고 있습니다.

3 (예시답안 1) SNS는 친구들과 일상을 공유하고 소통하는 좋은 도구라고 생각한다. 다만, 학교나 집 주소, 얼굴 사진같이 개인 정보를 함부로 공개하면 범죄에 이용될 수 있으므로 조심해야 한다. 또 메신저에서 특정 친구를 괴롭히거나 왕따시키는 행동은 절대로 해서는 안 될 범죄라고 생각한다.

(예시답안 2) 올바르게 SNS를 사용하기 위해서는 온라인상에서 만난 잘 모르는 사람이라도 존중하는 마음을 가지고 공손한 말을 사용하여야 한다. 또한 익명이라도 내가 한 말에 책임감을 가져야 한다. 그리고 다른 사람의 개인 정보나 사진 등을 허락 없이 공유하면 안 된다. 우리 삶의 일부가 되어 버린 SNS를 올바르게 사용하여 모두가 편안하고 즐거운 생활을 했으면 좋겠다.

(채점 Tip)
1) SNS의 장점과 기능에 대해 잘 알고 있는지 체크해 봅시다.
2) SNS를 잘못 사용했을 때 생길 수 있는 문제의 심각성을 알고, 그에 대처할 수 있는 올바른 SNS 사용법이 잘 드러나도록 쓰는 것이 좋습니다.
3) 주변에서 보거나 자신이 실제 겪은 사례를 소개해도 좋아요.

4 (1) ㉡ (2) ㉢ (3) ㉠ (4) ㉣

5 (1) 유출 (2) 공유

6 제약
'제한'은 어떤 일을 하거나 생각하는 데 조건이나 한계가 있다는 뜻으로, '제약'과 바꾸어 쓸 수 있습니다.

생각주제 12
4차 산업혁명은 왜 4차일까?

생각글 1 「마이너리티 리포트」의 미래 사회

80~81쪽

영화 「마이너리티 리포트」는 2054년의 미래를 배경으로 하여 투명 디스플레이, 사물 인터넷, 음성 인식, 생체 인식, 자율 주행 자동차 등 첨단 기술이 대거 등장하여 놀라움을 안겨 주었습니다. 이러한 기술들은 현재 대부분 개발되어 영화 속 미래의 모습이 현실이 되었답니다.

(내용요약) 미래, 기술
1 ④   2 (1)○ (2)○   3 (1) 자율 주행 자동차
(2) 사물 인터넷 기술   4 설아

1 이 글은 영화 속에 나오는 미래 최첨단 기술들을 소개하면서 그 기술들이 실생활에서 어떻게 이용되고 있는지 소개하고 있습니다. 3문단에서는 음성 인식 스피커와 집 안의 전자 기기를 연결한 사례, 4문단에서는 스마트폰에서의 안구 인식 등을 설명하였습니다.

2 「마이너리티 리포트」 영화 제작 과정에 미래학자들이 참여하여 미래상을 만들었다는 내용이 2문단에 나옵니다. 또 이 영화의 배경인 2054년에 등장하는 미래 기술들 가운데 이미 실현된 것이 있다는 내용은 2~5문단에 전체적으로 나와 있습니다.

(오답풀이)
(3) 안구 인식 기술이 자칫하면 통제와 감시로 이어질 수 있다고 하였지만, 현재 그렇게 사용되고 있지는 않습니다.
(4) 사전에 범죄를 예측하고 범죄자를 찾아낸다는 내용은 영화의 줄거리에 해당합니다.

3 (1)은 운전자 없이 인공 지능이 스스로 운전하는 '자율 주행 자동차'에 대한 설명입니다.
(2)는 집 안의 가전 기기를 인터넷으로 연결하여 집 밖에서도 조작하는 '사물 인터넷 기술'에 대한 내용입니다.

4 생체 인식 기술은 자칫하면 통제와 감시로 이어질 수 있으므로, 첨단 기술의 발전에 대응하여 우리는 이러한 부작용을 조심해야 합니다. 따라서 개인 얼굴 자동 인식 기능이 감시와 추적에 악용될 수 있다고 말한 설아의 말이 알맞습니다.

(오답풀이)
보민 → 생체 인식 기술에도 한계가 있으니 보완해야 한다는 내용입니다.
도현 → 생체 정보를 유출하면 큰 피해를 입을 수 있으니 각자 정보 보안에 주의해야 한다는 내용입니다.

2 4차 산업 혁명

82~83쪽

전 세계적으로 산업과 사회의 모습을 급격히 변화시킨 산업 혁명은 1차부터 4차까지 진행되어 왔습니다. 그중 인공 지능, 로봇 기술, 가상 현실 등이 주도하는 차세대 산업 혁명을 4차 산업 혁명이라고 합니다. 4차 산업 혁명의 가장 큰 특징은 정보 통신 기술을 기반으로 한다는 점입니다.

내용요약 산업 혁명

1 ⑤　　**2** (1) ③ (2) ② (3) ④ (4) ①　　**3** ④

1 4차 산업 혁명은 인공 지능, 사물 인터넷 같은 정보 통신 기술을 기반으로 한다는 점이 가장 큰 특징이라는 내용이 1문단, 3문단에 각각 나와 있습니다.

오답풀이

① 전기를 이용한 대량 생산은 2차 산업 혁명의 내용입니다.

② 인간이 했던 많은 일을 기계가 대신하고 있지만, 모든 일을 대신하지는 못합니다.

③ 공장에서 대량으로 생산한 물건을 소비하는 시대는 2차~3차 산업 혁명 시기입니다.

④ 4차 산업 혁명은 시대 변화를 이끌 중요한 기술 혁신들을 포함하고 있습니다.

2 (1)의 인터넷과 포털 사이트의 등장은 3차 산업 혁명과 관련 있습니다. (2)의 자동차 대량 생산은 2차 산업 혁명 때 일어난 일입니다. (3)의 인공 지능 챗봇은 가장 첨단 기술로 4차 산업 혁명에 해당합니다. (4)의 증기 기관차 발명은 1차 산업 혁명 시기의 일입니다.

3 산업 혁명은 시대별 기술 혁신과 관련이 있으며 지금은 4차 산업 혁명 시대입니다. 하지만 앞으로 어떤 기술 혁신이 일어나서 5차, 6차 산업 혁명이 일어날지는 아무도 모르는 일입니다.

오답풀이

① 산업 혁명은 시기별로 일어난 기술 혁신을 통해 우리 삶을 크게 변화시켰습니다.

② 산업 혁명은 기술 변화로 인하여 산업에 먼저 영향을 주지만, 그 다음으로는 사회와 일상생활에도 크나큰 혁신을 가져옵니다.

③ 기계화로 인해 대량 생산이 가능해져서 삶이 풍요로워졌지만, 그 부작용으로 환경이 오염되었습니다.

⑤ 산업 혁명으로 인해 새로운 직업이 창출된다는 내용이 마지막 문단에 나옵니다.

84~85쪽

1

산업 혁명이란, 전 세계적으로 **산 업** 과 사회, 경제 분야에서 매우 큰 변화가 일어나는 것

1차 산업 혁명	18세기 영국에서 시작되었으며, 증기 기관과 기계화로 대표된다.

↓

2차 산업 혁명	19세기 전기를 이용한 대량 생산이 본격화된 시기를 의미한다.

↓

3차 산업 혁명	20세기 중반 인터넷이 이끈 정보화 및 자동화 생산 시스템이 주도했다.

↓

4차 산업 혁명	• 정보 통신 기술을 기반으로 하여 **인 공 지 능**, 사물 인터넷, 로봇 기술, 드론, 자율 주행차, 가상 현실 등이 주도한다. • 연결과 자동화로 효율성이 높아지고, 맞춤형 생산과 소비가 가능해졌다. 또 인간이 해 왔던 일부 직업을 기계나 인공 지능이 대체하고 있다.

2 (2) ◯

3 **예시답안** 4차 산업 혁명은 현재 진행되고 있고 앞으로 더욱 발전할 것이다. 내가 제일 관심 있는 것은 가상 현실과 자율 주행 자동차이다. 가상 현실은 가상의 세계를 눈으로 보기만 하는 것에서 냄새도 맡고 촉감을 느낄 수도 있도록 계속 발전해 가고 있다고 한다. 자율 주행 자동차는 어린이들도 혼자 탈 수 있을 정도로 안전하게 만들어지면 좋겠다. 나중에 자율 주행 자동차를 타고 자유롭게 가고 싶은 곳이 많기 때문이다.

채점 Tip

1) 4차 산업 혁명이 무엇을 의미하는지, 어떤 기술 혁신이 포함되는지 알고 있어야 합니다.

2) 최첨단 기술이 적용된 사례 중에 자신이 겪었거나 주변에서 볼 수 있었던 경험을 찾아 써 봅시다.

3) 4차 산업 혁명에 대한 기대감이나 장점을 적어도 되고, 우려되는 점이나 단점을 적어도 좋습니다.

4 (1) ⓒ (2) ⓒ (3) ㉠ (4) ㉢

5 (1) 지목 (2) 접목 (3) 혁신 (4) 실현

6 기반

'바탕'은 '사물이나 현상의 근본을 이루는 것'이라는 뜻으로, '기초가 되는 바탕'이라는 뜻의 '기반'과 바꾸어 쓸 수 있습니다.

생각글 1 엘니뇨와 라니냐

86~87쪽

최근 들어 지구 곳곳에서 기록적인 폭염과 가뭄, 폭우 같은 기상 이변 현상이 늘고 있는데, 이는 엘니뇨, 라니냐와 관련이 있습니다. 엘니뇨는 적도 부근 태평양 바닷물의 온도가 비정상적으로 높은 현상, 라니냐는 이와 반대로 비정상적으로 낮은 현상을 의미합니다. 왜 부쩍 이런 현상이 심해지고 있는지 살펴봅시다.

내용요약 엘니뇨, 라니냐
1 ⑤   2 ①   3 (1)①,③ (2)②,④

1 이 글은 엘니뇨와 라니냐라는 두 가지 기상 현상의 특징을 비교하면서 공통점과 차이점을 설명하고 있습니다.

오답풀이
①, ② 시간이나 공간의 순서에 따라 설명하는 '순서 짜임'에 대한 설명입니다.
③ 전체를 여러 부분으로 나누어 설명하는 방법은 '분석'이라고 합니다.
④ 해결할 문제와 그에 대한 해결 방법을 제시하는 '문제와 해결 짜임'에 대한 설명입니다.

2 엘니뇨와 라니냐는 보통 2~7년을 주기로 반복하여 일어나는 현상이라고 하였습니다. 이 둘은 태평양의 바닷물 온도 변화에 따른 기후 현상이며, 각각 '남자아이'와 '여자아이'를 뜻하는 어원을 가지고 있는 서로 반대되는 개념입니다.

3 엘니뇨 현상이 일어나면 바닷물의 온도가 높아져 물고기가 많이 잡히지 않아 수산물 가격이 올라갑니다. 또한 바닷물의 온도가 평년보다 높으면 겨울철에도 따뜻한 날씨가 이어집니다.
이와 반대인 라니냐 현상이 발생하면 영양분이 풍부한 차가운 해수가 위로 상승하여 동태평양 인근에서 오징어 어획량이 증가하고, 주변 나라에는 강한 추위가 찾아옵니다.

생각글 2 해류 현상

88~89쪽

부서진 배가 다른 동력 없이도 바다를 떠돌아다닐 수 있는 이유는 해류 때문입니다. 해류는 일정한 방향으로 이동하는 바닷물의 흐름으로, 바람의 힘에 의해 생기는 현상입니다. 해류는 지구 전체를 이동하며 기후에 영향을 미치고, 바닷물의 온도에 따라 한류와 난류로 나뉩니다. 한류와 난류가 만나면 물고기가 많이 모이는 황금 어장이 만들어집니다.

내용요약 해류, 바람
1 ④   2 ②,④   3 황금 어장   4 지연

1 깊은 바닷속에 있는 바닷물은 위아래로 움직이면서 해류라는 움직임을 만들어 낸다는 내용이 2문단에 나옵니다.

오답풀이
① 바닷물의 온도가 낮고 염분이 높으면 무거워지고, 온도가 높고 염분이 낮으면 가벼워진다고 2문단에서 말하였습니다.
② 바닷물은 무게가 무거운 쪽에서 가벼운 곳으로 흐른다는 내용이 2문단에 나옵니다.
③ 해류는 지구 전체를 이동하면서 기후에 영향을 미치며 열에너지를 골고루 나눠 준다고 3문단에 나와 있습니다.
⑤ 2문단에서 바람이 일정한 방향으로 계속 불면서 바닷물의 표면을 움직여 해류가 생겨난다고 하였습니다.

2 '한류'와 '난류'는 그 뜻이 서로 정반대되는 관계에 있는 반대말입니다. '따뜻한−찬', '무거운−가벼운' 역시 서로 반대말의 관계에 있습니다.

3 한류와 난류가 만나면 플랑크톤이 많아지고 이에 따라 다양한 어종의 물고기가 몰려들어 황금 어장이 만들어집니다.

4 해류는 바람의 방향에 따라 일정하게 움직이므로, 바다 위의 물체가 어디로 흘러갈지 예측할 수 있습니다.

오답풀이
태리 → 지구 온난화가 심해지면 한류와 난류가 만나는 곳이 점점 북쪽으로 올라간다는 내용이 마지막 문단에 나옵니다. .
민수 → 해류는 지구 전체를 돌아다니며 열에너지를 골고루 나누어 준다고 했으므로, 해류가 없으면 추운 곳은 더 추워지고 더운 곳은 더 더워질 것입니다.

90~91쪽

1

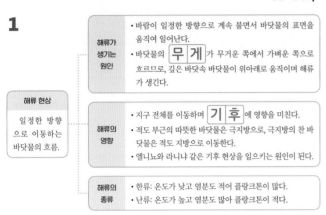

해류가 생기는 원인	• 바람이 일정한 방향으로 계속 불면서 바닷물의 표면을 움직여 일어난다. • 바닷물의 **무 게** 가 무거운 쪽에서 가벼운 쪽으로 흐르므로, 깊은 바닷속 바닷물이 위아래로 움직이며 해류가 생긴다.
해류의 영향	• 지구 전체를 이동하며 **기 후** 에 영향을 미친다. • 적도 부근의 따뜻한 바닷물은 극지방으로, 극지방의 찬 바닷물은 적도 지방으로 이동한다. • 엘니뇨와 라니냐 같은 기후 현상을 일으키는 원인이 된다.
해류의 종류	• 한류: 온도가 낮고 염분도 적어 플랑크톤이 많다. • 난류: 온도가 높고 염분도 많아 플랑크톤이 적다.

해류 현상
일정한 방향으로 이동하는 바닷물의 흐름.

2 (2) ○

바닷물은 바람의 힘 때문에, 그리고 바닷물의 온도와 무게 차이로 인해 일정한 방향으로 계속 움직이며, 이것을 해류라고 부릅니다. 일본 바다에 띄워 보낸 병 속 편지가 하와이에 도착한 것이나, 바다에 버려진 플라스틱이 돌아다니다가 한곳에 모이는 것은 모두 해류 현상 때문입니다.

3 (예시답안) 지구의 3분의 2를 차지하는 바다에 대해 좀 더 자세히 알게 된 것 같다. 그동안 바닷물은 짜고, 밀물, 썰물이 있다는 것 정도만 알고 있었는데, 지구 전체를 이동하며 열에너지를 지구 곳곳에 나누어 주고, 그러면서 기후에도 영향을 미친다는 사실이 놀라웠다. 자연은 자연 그대로 자신의 역할을 충실히 하고 있다는 것을 깨달았다.

(채점 Tip)
1) 해류가 어떤 현상을 뜻하는지 정확히 알고 쓰는 것이 좋습니다.
2) 해류가 생기는 원인이나 해류의 영향, 해류의 종류 등에 대해 새로 알게 된 내용이나 관련 있는 경험 등을 써 봅시다.

4 (1) ② (2) ⑦ (3) © (4) ㉃

5 (1) 해류 (2) 어장 (3) 이변 (4) 기후

6 폭염

생각주제 14
여성의 지위는 어떻게 변화했을까?

생각글 1 **담을 넘은 아이**

92~93쪽

아들은 귀한 대접을 받고, 딸이라는 이유로 이름도 지어 주지 않을 정도로 여성을 차별하던 조선 시대가 이 책의 배경이에요. 신분과 남녀 차별이라는 담을 넘으려 애쓴 푸실이는 양반가의 아가씨를 만나 글을 익히고 세상에 눈을 뜨게 됩니다. 푸실이의 삶을 응원하며, 지금의 우리는 어떤 담을 마주하고 있는지 생각해 보아요.

1 ⑤ **2** ② **3** 퇴계 이황 **4** ①, ②

1 아가씨 어머니(마님)의 비석에는 여인이라는 이유로 누군가의 처, 누군가의 딸로만 남아 있다고 하였습니다.

2 "밤새워 서책을 읽고 글을 쓰라 하였느냐?"라는 아가씨의 질문에 푸실이가 고개를 끄덕인 것으로 보아, 푸실이는 여자도 책을 읽고 글을 써야 한다고 생각합니다.

(오답풀이)
① 푸실이는 책을 쓴 여군자처럼 앞으로 나아가길 바라고 있습니다.
③ "내 어머니께서는 뛰어난 학자셨다. 남자로 태어났다면 이름을 남기셨을 텐데……."라는 아가씨의 말에 어머니가 여자라는 이유로 이름을 남기지 못한 것에 대한 아쉬움이 드러납니다.
④ 아가씨의 할아버지는 여인네가 쓰는 글이 나돌면 아니 된다 하면서 아무도 몰래 태워 버리셨습니다.
⑤ 푸실이가 글을 읽는 즐거움을 알게 될까 봐 아가씨가 걱정한다는 내용은 나타나 있지 않습니다.

3 이 글의 마님은 더 멀리 나아가고 싶어서 열심히 서책을 읽고 글을 썼습니다. 임윤지당, 이빙허각, 신사임당 모두 조선 시대의 남녀 차별이라는 담을 넘은 분들입니다.

4 '나아가다'는 '목표를 향해 힘쓰다.'라는 뜻을 가진 낱말입니다. 이 글에서는 '자신 앞에 놓인 역경을 이겨 내는 일', '여자로서 받는 차별을 뛰어넘는 일'이 '목표'에 해당합니다.

작품읽기

담을 넘은 아이
글 김정민
비룡소

책 소개
가난한 집 맏딸로 태어난 푸실이는 우연히 『여군자전』이라는 책을 줍게 되고, 효진 아가씨와의 만남을 계기로 글을 배우면서 점차 세상에 눈을 뜨게 됩니다. 여성에 대한 차별이 심했던 조선 시대에, 차별과 관습이라는 담 앞에서 주저하지 않고 있는 힘껏 뛰어넘으려는 푸실이에 대한 이야기입니다.

생각글 2 시대에 따른 여성의 삶

94~95쪽

어느 시대이든 인구의 절반은 여성입니다. 그런데 왜 유독 조선 시대에 남녀 차별이 심했던 것일까요? 고려 시대부터 조선 시대와 1870년대 근대화를 거쳐 오늘날에 이르기까지 여성의 지위는 계속 변해 왔습니다. 어떻게 여성의 지위와 삶의 모습이 향상되어 왔는지 알아보아요.

내용요약 유교, 교육

1 ② **2** ④ **3** ⑤

1 고려 시대에는 여성이 가정 내에서 남성과 거의 동등한 위치에 있어서 여성도 한집안의 주인이 될 수 있었다는 내용이 2문단에 나옵니다.

오답풀이
① 최초의 근대 여성 학교는 1886년에 세워진 이화 학당입니다.
③ 조선 중기 이후에 유교 규범이 확대되면서 남성 중심의 문화가 강해졌습니다.
④ 1870년대에 근대화가 되고 서양 문물이 들어오면서 여성에게도 교육이 필요하다는 인식이 생겨났습니다.
⑤ 고려 시대는 조선 시대에 비해 여성의 지위가 높은 편이었지만, 그때도 여성이 관직에 진출하거나 사회 활동을 할 수는 없었습니다.

2 허난설헌은 여성을 차별하는 시대 상황에서도 예술 창작 활동을 하였고 작품을 남겼습니다.

오답풀이
① 남동생 허균이 누이의 글을 모아 『난설헌집』을 펴낸 것으로 보아 재능을 마음껏 펼치지 못한 누이를 안타까워했을 것임을 짐작할 수 있습니다.
② 허난설헌의 아버지는 딸의 재능을 알아보고 유명한 시인에게 글을 배울 수 있는 기회를 마련해 주었습니다. 여성은 글조차 배울 수 없던 시대에 생각이 깨어 있던 분입니다.

3 5문단에서 광복 후에는 여성도 남성과 동등한 교육을 받았고 사회적 지위도 크게 향상되었다고 하였습니다.

배경지식

허난설헌의 삶
허난설헌(1563~1589년)의 본명은 초희입니다. 열 살이 좀 넘어 유명한 시인 이달에게 시를 배운 뒤 신동으로 일컬어지며 장안에 소문이 날 정도였습니다. 하지만 초희도 나이가 차자 시집을 가 남편을 받들며 시집살이를 해야 했는데, 남편 김성립은 아내의 창작 활동에 무관심했고 부부는 화목하지 못했습니다. 딸과 아들을 두었는데 어린 남매도 해를 연이어 죽고 맙니다. 이런 슬픔은 허난설헌을 더욱 외롭게 했고 그 한을 시에 담아 노래했습니다.

96~97쪽

1

시대에 따른 여성의 삶	
고려 시대	여성들은 가정 내에서 남성과 거의 동등한 위치에 있었다. 호적과 재산 분배에서 차별이 없었다.
조선 시대	조선 중기 이후 유교 규범이 확대되면서 남성 중심의 문화가 강해졌다. 여성이 지켜야 할 덕목이 많았다.
1870년대 이후	근대화가 되면서 여성에게도 교육이 필요하다는 인식이 생겨났고, 여성들도 처음으로 제대로 된 교육을 받게 되었다.
광복 후 ~ 오늘날	여성도 남성과 동등한 교육을 받을 수 있게 되었고, 여성의 사회적 지위도 크게 향상되었다.

2 (2) ○ (3) ○

3 **예시답안** 지금도 어른들이 "여자답게, 어디서 여자가." 이런 말씀을 하시면 속상한데 조선 시대 여성들은 정말 얼마나 답답한 삶을 살았을까. 정말 안타깝다는 생각이 먼저 들었다. 오늘날에는 여성들도 남성 못지않게 다양한 분야에서 활약하며 동등하게 지내고 있다. '여자답게', '남자답게'가 아닌 '사람답게'라는 말이 당연한 사회가 되도록 모두가 노력했으면 좋겠다.

채점 Tip
1) 고려 시대부터 조선 시대와 근대화를 거쳐 오늘날에 이르기까지 여성들의 지위가 어떻게 변해 왔는지 이해하고 써 보세요.
2) 각 시대에 따라 여성의 지위가 어떻게 달랐는지, 그에 따라 여성의 삶의 모습은 어떠했는지 오늘날과 비교하여 생각해 봅니다.
3) 아직도 남녀 차별이 있는지 내가 겪은 일을 중심으로 그에 대한 생각을 써 보는 것도 좋아요.

4 (1) ㉝ (2) ㉠ (3) ㉢ (4) ㉣

5 (1) 동등 (2) 성취 (3) 지위 (4) 역력하다
'역력하다'는 '모습이나 상태, 기억 따위가 환히 알 수 있게 또렷하다.'라는 뜻입니다.

6 (1) 성취하기 (2) 역력해서

지속 가능한 지구란?

생각글 1 모두를 위한 적정 기술

98~99쪽

나라마다 기술 수준의 격차가 벌어져 모든 사람이 고른 혜택을 누리지 못하고 있습니다. 이러한 문제를 해결하기 위해 그 기술이 사용될 지역의 자연환경과 생활 모습을 고려한 '적정 기술'이 떠오르고 있습니다. 이동형 물통 '큐드럼'이나 전기를 만들어 내는 축구공 등이 그 예입니다. 적정 기술은 친환경적이고 그 지역에 혜택을 주는 따뜻한 기술입니다.

내용요약 적정 기술

1 ② **2** ① **3** ④

1 이 글은 슈마허의 '중간 기술'에서 유래한 적정 기술에 대해 설명하고 있습니다. 적정 기술은 그 지역에서 구할 수 있는 재료를 활용해 개발 비용을 낮추고, 친환경적입니다. 그 예로 큐드럼과 소켓볼을 소개하였습니다.

2 소켓볼을 차면 축구를 즐기면서 전기도 만들어진다는 내용이므로, 한 가지 일로 두 가지 이익을 얻는다는 뜻의 '꿩 먹고 알 먹는다.'가 알맞습니다.

오답풀이
② '소 잃고 외양간 고친다'라는 속담은 일이 잘못된 뒤에는 후회해도 소용 없다는 뜻입니다.
③ '배보다 배꼽이 더 크다'라는 속담은 주된 것보다 딸린 것이 더 크거나 많음을 뜻합니다.
④ '지렁이도 밟으면 꿈틀한다'라는 속담은 약자라도 너무 업신여기면 가만히 있지 않는다는 뜻입니다.
⑤ '사공이 많으면 배가 산으로 간다'라는 속담은 여러 사람이 주장하고 간섭하면 일이 제대로 되지 않는다는 뜻입니다.

3 '라이프스트로'라는 휴대용 정수 빨대는 물 부족 국가 사람들을 위해 발명된 것입니다. 그런데 저개발국 사람들이 이용하기에는 너무 비싸다는 문제점이 있었습니다. 따라서 적정 기술을 활용한 물건을 만들 때는 그 지역 사람들의 상황을 고려해야 합니다.

배경지식

중간 기술

'중간 기술(Intermediate Technology)'이란 영국의 경제학자인 슈마허가 1973년 출간한 『작은 것이 아름답다』에서 제안한 개념입니다. 슈마허는 개발도상국의 성급한 공업화의 문제점을 비판하며 대량 생산 기술이 생태계를 파괴하고 희소한 자원을 낭비한다고 지적하였습니다.

생각글 2 새로운 경영 방식 ESG

100~101쪽

과거에는 무조건 이익을 많이 내는 것이 기업의 목표였으나, 환경, 사회, 지배 구조를 고려하는 ESG 경영 방식이 새로운 지표로 떠오르고 있어요. ESG 경영이란 친환경을 실천하기 위해 노력하는가, 사회적으로 좋은 영향력을 끼치는가, 기업 운영을 투명하게 공개하고 다 함께 성장하는가 등을 고려합니다.

내용요약 환경, 사회

1 ②, ④ **2** (1) ①, ④ (2) ③ (3) ②, ⑤ **3** ⑤

1 ESG 경영은 눈에 보이는 이익보다는 장기적인 평판과 사회적 영향력을 더 중시하는 방식입니다. 이 경영 방식은 사회와 환경에는 물론, 기업에도 긍정적인 영향을 끼칩니다.

오답풀이
① 환경, 사회, 지배 구조의 각 영어 앞 글자를 따서 ESG 경영이라고 지칭합니다.
③ ESG 경영의 근본적인 목적은 다 같이 발전 가능한 '지속 가능한 발전'을 이루는 것입니다.
⑤ 기업이 도움이 필요한 곳에 가서 봉사 활동을 하는 것은 선한 사회적 영향력을 행사하는 ESG 경영의 조건에 해당합니다.

2 ESG 경영의 세 가지 조건인 환경, 사회, 지배 구조를 찾는 문제입니다. 친환경 에너지를 사용하는 것, 플라스틱 쓰레기를 줄이는 것은 '환경'에 해당합니다. 기업의 목표를 모든 부서가 함께 정하는 것, 사무 공간을 편리하게 만드는 것은 '지배 구조'에 해당합니다. 기업에서 봉사 활동을 하는 것은 '사회'에 해당합니다.

3 **보기**의 내용은 기업들이 외부적으로 홍보가 될 만한 봉사나 기부 활동 위주로 하고, ESG 경영을 위한 실질적인 노력을 게을리하는 문제점을 지적하고 있습니다.

오답풀이
① 단순히 봉사 활동 횟수를 늘리는 것은 근본적인 문제 해결에 도움이 안 됩니다.
② 국내 기업들이 ESG 경영을 잘하지 못한다고 비판하고 있습니다.
③ ESG 활동을 자세하게 공개해야 한다고 주장하고 있습니다.
④ 해외 기업을 따라서 해야 한다는 내용은 나와 있지 않습니다.

102~103쪽

1

'기술'도 '기업'도 경제적 이 익 만을 중요시하였던 과거와는 달리, 오늘날에는 다양한 가치를 실천하고 있다.

모두를 위한 적정 기술	새로운 경영 방식 ESG
기술의 혜택을 받지 못했던 저개발국 사람들의 삶의 질을 높이고, 최대한 친환경적으로 그 지역의 자원을 활용하여 문제를 해결하는 적 정 기 술	환경(Environment), 사회(Social), 지배 구조(Governance)를 고려하는 경영 방식을 통해 기업과 환경, 사회 모두에게 긍정적인 영향을 주는 ESG 경영

2 (1) ○

3 (예시답안) 적정 기술과 ESG 경영은 둘 다 친환경을 추구하고, 사회적인 영향력을 중시하며, 지구의 지속 가능한 발전을 중시한다는 점에서 비슷하다. 적정 기술은 그 지역의 자원을 활용하고 환경을 고려한 기술이다. ESG 경영은 기업이 친환경을 실천하고, 선한 영향력을 행사하는 것을 중시한다.

(채점 Tip)
1) 적정 기술의 의미를 정확하게 알고 서술하는 것이 좋습니다.
2) ESG 경영의 세 가지 중요한 조건인 환경, 사회, 지배 구조의 내용을 알고, 그중에서 적정 기술과 공통적인 부분이 무엇인지 찾아낼 수 있어야 합니다.

4 (1) ㄹ (2) ㄱ (3) ㄴ (4) ㄷ

5 (1) 기술 (2) 친환경 (3) 적정 (4) 이바지
'이바지하다'는 '도움이 되게 하다.'라는 의미를 갖고 있는 순우리말입니다. '기여하다', '공헌하다'와 같은 말과 바꾸어 쓸 수 있습니다.

6 (1) 이바지 (2) 친환경적으로

생각글 1 동물 농장

106~107쪽

수퇘지 나폴레옹은 어느 날 동물 농장 안에 특별 위원회를 구성해 모든 결정을 거기서 하겠다고 선언합니다. 동물들은 항의하려고 했지만, 나폴레옹을 에워싼 개들의 위협에 입을 다물고 맙니다. 나폴레옹은 개들과 다른 돼지들에 둘러싸여 호화로운 생활을 하고, 농장 동물들은 춥고 배고픈 나날을 보냅니다. 동물 농장은 앞으로 어떻게 될지 상상해 봅시다.

1 ⑤	2 ③	3 민기	4 ④

1 이 글은 인간 사회의 모습을 동물 세계에 빗대 풍자한 작품입니다. 따라서 동물들이 마치 사람인 것처럼 말하고 행동하며 사회적 관계도 맺습니다.

2 나폴레옹은 강한 권력을 가진 존재로 묘사됩니다. 그는 회의를 폐지하고 특별 위원회를 만든 뒤 자신이 회장을 맡고, 거기서 결정된 사항을 동물들에게 일방적으로 통보하였습니다. 따라서 다른 동물들과 소통하기 위해 노력했다는 것은 알맞지 않습니다.

(오답풀이)
① 나폴레옹은 일요일 아침마다 열리는 회의를 폐지하고 모든 일은 특별 위원회에서 결정하겠다고 하였습니다.
② 나폴레옹은 특별 위원회의 회장을 맡겠다고 선언합니다.
④ 나폴레옹이 집 밖에 나올 때면 개들과 검은 수탉을 데리고 나타났다는 내용이 3문단에 나옵니다.

3 나폴레옹은 권력을 휘두르기를 좋아하고 동물들을 존중하지 않는 독재적인 성격이라는 것을 알 수 있습니다.

4 젊은 수탉은 나폴레옹보다 앞장서서 가다가 나폴레옹이 말을 하려고 하면 얼른 큰 소리를 질러 댔습니다. 이런 행동은 '나팔수'라는 낱말과 어울립니다.

작품읽기

동물 농장
글 조지 오웰
비룡소

책 소개
인간 사회와 정치를 동물들의 세계에 비유한 소설입니다. 동물들은 농장 주인의 억압과 학대를 거부하며 반란을 일으키고, 동물들 중 돼지인 나폴레옹이 새로운 지도자가 됩니다. 하지만 나폴레옹은 권력에 빠져들고 타락하게 됩니다. 자신의 지위와 특권을 확보하기 위해 저지르는 나폴레옹의 무자비한 독재 정치는 농장 동물들의 자유와 평등을 빼앗습니다. 이는 인간 사회의 독재가 국민을 얼마나 힘들게 하는지 보여 줍니다.

독재 정치의 역사

108~109쪽

독재 정치는 왜 생겨날까요? 우리 일상 곳곳에 존재하는 권력은 눈에 보이지는 않지만 막강한 힘이 있습니다. 이러한 힘이 어느 개인이나 집단에 집중되면, 자신과 자신이 속한 집단의 이익을 위해 혼자서 판단하고 결정하는 독재가 생겨납니다. 역사적으로 독재 정치는 계속 있어 왔습니다. 독재 정치를 막기 위해 국민들이 할 수 있는 일을 생각해 보아요.

내용요약 독재

1 ④   **2** ①   **3** 독재   **4** ④

1 막강한 권력이 한곳에 집중되면 독재로 변질될 수 있다는 내용이 2문단에 나와 있습니다.

오답풀이
① 권력은 일상 곳곳에 존재한다는 내용이 1문단에 나옵니다.
② 권력은 눈에 보이지 않지만 많은 사람들이 권력을 가지기를 희망한다고 하였습니다.
③ 고대 역사에서도 여러 제국과 왕국을 통치하는 왕과 황제가 있었습니다.
⑤ 독재 정치는 여러 가지 문제점이 있기 때문에 지금은 대부분의 국가에서 사라졌습니다.

2 독재란 특정 개인이나 집단이 힘과 권력을 쥐고 독단적으로 지배하는 정치 형태를 뜻합니다. 따라서 '권력'이 정답입니다.

3 **보기**의 내용에는 소련의 지도자 스탈린이 국가의 권력을 독점하고 개인의 자유를 말살했다는 예와, 독일의 히틀러가 막강한 권력을 행사하며 유대인을 탄압했다는 예가 나와 있습니다. 이 둘은 독재 정치를 했던 지도자입니다.

4 독재 정치의 문제점은 여러 가지가 있습니다. 독재자는 한번 손에 넣은 권력을 유지하기 위해 수단과 방법을 가리지 않고, 견제 세력이 없어져서 권력이 부패하기 쉽습니다. 또 표현의 자유가 제한될 수 있고, 특정 집단에만 특권을 부여해 국민들의 불만이 생겨날 수 있습니다. 의사 결정에 참여하는 인원이 적어 효율적으로 통치할 수 있다는 내용은 알맞지 않습니다.

110~111쪽

1

| 독재 정치가 나타나는 까닭 | 남을 복종시키거나 지배할 수 있는 힘인 **권력** 이 한곳에 너무 집중되면 독재로 변질된다. |

독재
개인 또는 집단이 모든 권력을 쥐고 독단적으로 지배하는 정치 형태

| 독재 정치의 문제점 | • 권력을 잡은 사람이 부패하면 국민 전체의 이익보다는 개인이나 자신이 속한 집단의 이익을 우선하게 될 가능성이 높다.
• 권력을 유지하기 위해 언론과 매체를 통제하고 검열하여 국민들이 정책이나 정치에 대한 의견을 자유롭게 표현하지 못하게 한다. |

| 독재 정치를 막기 위한 방법 | • 한 사람이 권력을 휘두를 수 없도록 하는 정치 제도 정비가 필요하다.
• 사회적으로는 정치에 대한 국민의 참여와 관심이 중요하다. |

2 (1) ㉠ (2) ㉡
㉠은 권세 있는 대신 집의 강아지가 범 무서운 줄 모른다고 했으니, 주인의 권력만 믿고 잘난 체하는 상황입니다. ㉡은 호랑이 없는 골에서 토끼가 왕 노릇 한다는 속담으로, 권력자가 없으니 보잘것없는 사람이 권력을 휘두르는 상황에 해당합니다.

3 **예시답안** 히틀러나 스탈린이 권력을 함부로 휘두르며 국민들에게 한 행동을 알고 무척 놀랐다. 이런 독재자의 뒤에 숨어 자신들의 이익을 챙기는 나쁜 사람도 많다는 것을 알게 되었다. 과거 우리나라에서도 강력한 정부 통제와 폭력적인 수단을 사용한 독재 정치가 있었다는 것을 사회 시간에 배웠다. 이를 막기 위해서는 국민의 정치에 대한 참여와 관심이 필요하다는 것도 함께 배웠다. 나도 어른이 되면 적극적으로 정치에 참여하고 의견을 표현할 것이다.

채점 Tip
1) 한곳에 권력이 집중되는 것이 독재입니다. 권력과 독재, 독재 정치의 개념을 잘 알고 있어야 합니다.
2) 독재 정치는 여러 가지 문제점을 안고 있기 때문에 이를 막기 위한 방법에 대해서도 함께 설명하는 것이 좋습니다.

4 (1) ㉡ (2) ㉢ (3) ㉣ (4) ㉠

5 (1) 통보 (2) 독단 (3) 막연하다 (4) 부패

6 독재

MBTI는 왜 인기가 많을까?

생각글 1 톰 소여의 MBTI

112~113쪽

소설 「톰 소여의 모험」의 등장인물 톰은 공부는 못하지만 머리 회전이 빠른 말썽꾸러기 소년입니다. 톰은 '귀찮고 짜증 나는 일'인 페인트칠을 재미있는 것처럼 보이게 만들어 친구들을 끌어들입니다. 이러한 사건을 통해 톰의 MBTI 유형을 알아보아요.

1 ⑤   2 ⑤   3 (1)◯ (3)◯   4 지아

1 이 글은 소설 속 주인공 톰이 울타리를 칠하는 사건을 통해 톰의 MBTI 성격 유형을 설명하고 있습니다.

오답풀이

① 톰의 행동이 옳은지, 그른지에 대한 내용은 나와 있지 않습니다.
② 톰의 MBTI 성격 유형에 대해서는 설명하고 있지만, 벤의 성격 유형에 대한 내용은 안 나옵니다.
③ 톰과 벤이 친한 까닭은 알 수 없습니다.
④ MBTI 성격 유형을 활용해 등장인물을 만들어 내는 방법은 나와 있지 않습니다.

2 톰이 번뜩이는 아이디어와 융통성을 발휘한 내용은 친구 벤 앞에서 페인트칠이 재미있는 척하면서, 벤의 호기심을 자극하여 자신의 일을 대신 시킨 것입니다.

3 ESTP인 톰의 성격을 묘사한 부분은 2문단과 마지막 문단에 나옵니다. 톰은 남다른 재치와 기지를 갖고 있으며, 당면한 문제의 핵심을 정확히 파악하고 효과적인 해결책을 도출해 낸다고 설명하였습니다.

4 MBTI 성격 유형 중 ESTP는 당면한 문제의 핵심을 정확히 파악하고 효과적인 해결책을 도출해 낸다고 하였습니다.

오답풀이

민기 → 모든 ESTP 유형의 사람들이 톰과 같이 공부를 못하고 말썽꾸러기라고 할 수 없습니다. 성격 유형은 큰 틀에서 참고할 수 있는 것이지, 모두 똑같은 성격을 가지지 않습니다.
도현 → 톰이 자기가 해야 할 일을 벤이 대신 하게 한 것은 톰의 남다른 재치와 기지의 예로 소개한 것이지, ESTP 유형을 피하라는 것은 아닙니다.

생각글 2 MBTI의 모든 것

114~115쪽

요즘에는 사람을 만날 때 MBTI 유형이 무엇인지 먼저 물어보는 경우가 종종 있습니다. MBTI는 심리학자 카를 융의 이론을 바탕으로 만들어진 성격 유형 검사입니다. 사람들은 왜 MBTI를 흥미로워하는지, 생활 속에서 어떻게 활용하는지 알아봅시다.

내용요약 성격
1 ③, ⑤   2 (1)◯   3 ④

1 이 글은 MBTI 검사가 카를 융의 이론을 바탕으로 시작되었으며, 사람들의 성격을 16가지로 나눈다고 설명합니다. 또한 '외향형(I)'과 '내향형(E)', '감각형(S)'과 '직관형(N)', '사고형(T)'과 '감정형(F)', '판단형(J)'과 '인식형(P)'으로 각각 구분하여 그 차이를 자세히 설명합니다.

오답풀이

① MBTI 검사가 시작된 나라에 대한 정보는 나와 있지 않습니다.
② MBTI 검사가 처음 개발된 때가 언제인지에 대한 정보는 안 나옵니다.
④ MBTI 검사 외에도 다른 성격 유형 검사들이 많이 있지만, 이 글에는 나오지 않은 내용입니다.

2 MBTI 성격 유형 검사는 나른 사람을 이해하는 기준의 하나 정도로 가볍게 받아들이는 것이 좋다고 마지막 문단에서 말하고 있습니다. 따라서 나와 잘 맞는 유형의 사람들과만 가깝게 지내는 것은 바람직하지 않은 행동입니다.

3 **보기**에 나온 인물의 성격은 혼자 보내는 시간을 선호하므로 내향형(I), 현실보다는 영감에 따라 행동하므로 직관형(N), 사람들의 감정을 중시하므로 감정형(F), 미리 계획하는 편이므로 판단형(J)에 해당합니다. 따라서 MBTI 유형은 INFJ입니다.

배경지식

카를 융의 이론을 바탕으로 한 MBTI
카를 융은 인간의 행동이 무질서해 보여도 각자가 인식하고 판단하는 과정에서 특정 경향을 더 선호하기 때문에, 이를 통해 성격의 특성을 알아낼 수 있다고 생각하였습니다. 사람은 '외향형과 내향형', '감각형과 직관형', '사고형과 감정형', '판단형과 인식형'이라는 네 가지 선호 경향을 가지는데, 교육이나 환경의 영향을 받기 이전에 타고난 자신의 성향에 따라 각각 한쪽 성향을 띤다고 보았습니다.

익힘학습 자란다 문해력

116~117쪽

1

MBTI	사람들의 '인식'과 '판단' 방법을 16가지 유형으로 구분하여 나타낸 성격 검사이다.

'외향형(E)'과 '내향형(I)'	활발하면 외향형, 조용하면 내향형이다.
'감각형(S)'과 '직관형(N)'	실제 경험과 현재에 집중하면 감각형, 영감에 의존하고 미래를 중시하면 직관형이다.
'사고형(T)'과 '감정형(F)'	사실에 관심이 많고 논리적 이면 사고형, 관계와 감정을 중시하면 감정형이다.
'판단형(J)'과 '인식형(P)'	계획하고 지키면 판단형, 유연한 편이면 인식형이다.

「톰 소여의 모험」의 톰 소여

ESTP 유형
• 번뜩이는 아이디어와 융통성으로 어려움을 해결해 나간다.
• 남다른 재치와 기지가 넘친다.
• 당면한 문제의 핵심을 정확히 파악하고 효과적인 해결책을 도출해 낸다.
• 감각적 정보를 즉각적으로 습득하여 빠르게 가공하고 처리하는 데에 강하다.

2 (1) ○

3 (예시답안) 친구의 어떤 행동을 보고 "넌 확실히 T야. 넌 완전 F구나."라고 서로 추측해 보는 것도 재미있고, 또 그것이 맞으면 신기하고 흥미롭다. 그리고 처음 만났을 때 가볍게 물어보는 것으로 어색한 분위기를 없애는 데도 도움이 된다. 서로 잘 맞는 유형, 절대 어울릴 수 없는 유형, 각 유형의 특징 등 이야깃거리가 많기 때문에 MBTI가 인기가 많은 것 같다.

(채점 Tip)
1) MBTI는 16가지로 성격 유형을 분류하는 검사이며, 이를 통해 대략적인 성격을 파악할 수 있습니다.
2) MBTI 검사를 무조건 믿을 필요는 없고, 단지 사람을 알 수 있는 하나의 기준 정도로 가볍게 생각하는 것이 좋습니다.
3) 자신이나 주변의 예를 들어 쉽게 설명했는지 체크해 봅니다.

4 (1) 인식 (2) 직관 (3) 기지 (4) 판단
'기지'는 일의 형편에 따라 재치 있게 대응하는 지혜를 뜻합니다. '재치'나 '지혜'와 바꾸어 사용할 수 있습니다.

5 (1) 직관 (2) 기지 (3) 감각 (4) 판단
'감각'은 촉각, 시각처럼 사람의 신체와 관련된 영역에, '판단'은 사람의 두뇌에서 행해지는 생각에 관련된 영역에 사용하는 낱말입니다.

6 관점

생각글 1 너의 운명은

118~119쪽

일제 강점기하의 우리나라는 만주에서 독립 운동을 벌이고 있었습니다. 소년 수길은 나라를 일제로부터 되찾기 위해 아버지의 뒤를 이어 만주로 떠나기로 결심합니다. 엄마는 그런 아들에게 묵묵히 하얀 쌀밥을 차려 줍니다. 수길의 앞에 어떤 운명이 펼쳐질지 따라가 보아요.

1 ④	2 ⑤	3 ②, ④	4 ①

1 이 글은 만주로 떠나기로 결심한 소년이 장터에서 칼갈이 노인과 이야기를 나누고, 다음 날 엄마와 작별을 하는 장면을 담고 있는 소설입니다.

2 안 부잣집 사내와의 대화, 칼갈이 노인과의 대화에서 수길이 나라를 되찾는 데 작은 힘이나마 보태고 싶어 함을 알 수 있습니다.

3 엄마가 하얀 쌀밥을 수북이 담아 준 것은 만주로 떠나는 아들을 위하는 마음이 담긴 것으로 수길이네가 못사는지는 알 수 없습니다. 그리고 어머니의 "못된 놈. 누가 제 아버지 아들 아니랄까 봐."라는 말에서 아버지도 같은 길을 걸었음을 짐작할 수 있습니다.

(오답풀이)
① 칼갈이 노인은 수길에게 힘들면 언제든 돌아오라며 격려해 주었으므로, 만주로 함께 떠나는 것은 아닙니다.
④ 안 부잣집 사내가 수길에게 나라를 되찾을 동지가 필요하다고 말했고, 마지막에 안 부잣집으로 사람들이 모여 만주로 떠날 채비를 하는 모습에서 독립운동을 지원하고 있음을 알 수 있습니다.
⑤ 많은 사람들이 만주로 떠나는 까닭은 나라의 독립을 위해서입니다.

4 만주에 간 수길이 쓴 편지의 내용은 신흥 무관 학교를 나와 장교가 되어 일본군과 봉오동 전투를 치르기 전 각오를 다지고 있습니다. 그리고 어머니에 대한 그리움을 표현하였습니다.

(작품읽기)

너의 운명은
글 한윤섭
푸른숲주니어

책 소개
바느질과 허드렛일로 생계를 꾸리는 엄마와 둘이 사는 수길은 자신에게 미래가 없다는 사실이 두렵고, 삶이 온통 암흑에 뒤덮인 것처럼 보입니다. 거기다 이제 나라까지 일본에 빼앗겼으니 평생 암흑이 자신을 뒤따라 다닐 것만 같습니다. 그런 수길의 앞에 공부할 기회가 생기고, 만주로 떠날 기회가 생깁니다. 더 나은 미래를 위해 수길은 길을 떠납니다.

2 의병 운동

120~121쪽

우리나라는 강대국 간의 세력 다툼에 휘말려 불행히도 일본의 식민지가 되었고, 1910년에 한일 합병 조약이 선포됩니다. 우리나라 백성들은 용기를 갖고 나라를 되찾기 위해 항일 독립운동을 벌였습니다. 이름 없는 의병들이 전국에서 활약을 했고, 사정이 여의치 않자 만주로 건너가 독립군을 양성하여 크고 작은 전투를 벌입니다. 이들의 희생 덕분에 일제로부터 독립할 수 있었습니다.

내용요약 의병, 만주

1 ②　　**2** ③　　**3** 봉오동 전투　　**4** (4) ○

1 이 글은 일제 강점기 때 일제로부터 독립하기 위해 싸운 이름 없는 의병들의 활약에 대해 설명하고 있습니다.

2 의병들의 용기 있는 희생이 있었기에 일제로부터 독립할 수 있다는 내용이 마지막 부분에 나옵니다.

오답풀이

① 의병은 직업 군인이 아닌 백성들 스스로 나서서 나라를 지키겠다고 만든 군대라는 내용이 4문단에 나옵니다.

② 일본은 청일 전쟁, 러일 전쟁에서 승리하며 세력을 키웠다고 2문단에 나옵니다.

④ 나라를 빼앗긴 우리 백성들이 울분을 침을 수 없어서 용기를 갖고 나라를 되찾기 위해 일어섰다는 내용이 3문단에 나옵니다.

⑤ 일제의 토벌 작전으로 국내 활동이 어려워지자 의병들은 만주로 가서 독립운동을 벌였다는 내용이 4문단에 나옵니다.

3 앞에서 본 「너의 운명은」의 주인공 소년 수길은 어린 나이지만 나라를 되찾기 위해 만주로 떠납니다. 수길은 봉오동에서 왜놈들을 기다리고 있다고 했으므로, '봉오동 전투'에 참여할 것임을 알 수 있습니다.

4 봉오동 전투와 청산리 전투에서 우리나라 의병들은 큰 승리를 거두었습니다. 이를 신문 기사의 제목으로 표현한다고 가정하면, '연달아 격파!', '일본이 독립군에게 참패!', '일본군에 맞서 큰 승리!' 등이 알맞습니다.

러일 전쟁은 한일 합병 조약 이전에 일본이 승리한 전투로, 봉오동, 청산리 전투보다 앞서 있었던 사건이고, 우리나라가 참여한 전쟁이 아닙니다.

122~123쪽

1

	의병 운동과 「너의 운명은」
1907년	당시 활약한 의병이 전국적으로 7만 명에 이르렀다.

↓

| 1909년 | 일제가 대대적인 의병 토벌 작전을 펼치자 국내 활동이 어려워진 의병들은 만주에 독 립 운 동 기지를 만든다. |

↓

| 1910년 | 한일 합병 조약으로 우리나라는 일본의 식민지가 되었다. |
| | 「너의 운명은」 열한 살 수길은 독립군이 되기 위해 만주로 떠날 것을 결심하였다. |

↓

| 1920년 | 봉오동 전투와 청산리 전투에서 의 병 들이 크게 활약하여 일본군과의 싸움을 승리로 이끌었다. |
| | 「너의 운명은」 신흥 무관 학교를 나온 스물한 살 수길은 대한 북로 독군부 소속 장교가 되어 봉오동 전투에 참가하였다. |

2 (2)

3 **예시답안** 정말 그 용기가 대단한 것 같다. 일제의 온갖 탄압에도 굴하지 않고 의병들이 끝까지 싸웠기 때문에 결국 우리나라가 독립을 맞이하게 된 것이다. 의병 중에는 나이 어린 소년들도 많던데, 내가 그 시대에 태어났다면 나도 그런 용기를 낼 수 있었을까? 누가 시키지 않아도 스스로 목숨을 걸고 나서서 나라를 되찾기 위해 애쓴 이름 없는 의병들을 진심으로 존경한다.

채점 Tip

1) 의병은 직업 군인이 아닌 이름 없는 백성들이 스스로 나라를 지키기 위해 나선 군대라는 점을 알아 두어야 합니다.

2) 일제 시대 의병의 독립운동에 대해 이해하고 있는지, 그리고 자신의 생각이나 감상을 알맞게 곁들여 썼는지 점검해 보세요.

4 (1) ㉡ (2) ㉣ (3) ㉢ (4) ㉠

5 (1) 활약 (2) 토벌 (3) 자처 (4) 울분

6 양성

'길러서 자라게 함.'이라는 뜻의 '육성'은 '가르쳐서 길러 내는 것.'을 뜻하는 '양성'과 바꾸어 쓸 수 있으며, '교육'과도 비슷한 의미입니다.

생각글 1 무한 리필 식당의 비밀

124~125쪽

우리는 주변에서 원하는 만큼 음식을 먹을 수 있는 무한 리필 식당을 쉽게 찾아볼 수 있습니다. 무한 리필 식당에서 손님이 마음껏 음식을 먹는다면 이런 식당은 모두 망하는 것 아닐까요? 그런데 왜 망하지 않는지 그 까닭을 살펴봅시다.

> **내용요약** 만족감
> **1** ③ **2** ③ **3** (3)○ **4** ④

1 이 글은 무한 리필 식당이 망하지 않는 이유를 설명하고 있습니다. 값비싼 음식만 제공해야 유지가 가능하다는 내용은 나오지 않습니다.

> **오답풀이**
> ① 사람들은 보통 뷔페 같은 무한 리필 식당에 가면서 많이 먹겠다고 다짐한다는 내용이 2문단에 나옵니다.
> ② 무한 리필은 '제한 없이 채워진다'는 뜻으로, 원하는 만큼 음식을 먹을 수 있는 곳이라는 내용이 1문단에 나옵니다.
> ④ 무한 리필 식당에 가서 첫 번째 접시를 먹을 때 만족감이 가장 크다는 내용은 3문단에 나옵니다.
> ⑤ 무한 리필 식당에서 값비싼 한 가지 음식만 계속 먹는 것이 쉽지 않다는 내용이 4문단에 나옵니다.

2 무한 리필 식당이 망하지 않는 까닭은 손님이 여러 가격대의 음식을 자신의 양만큼만 먹기 때문입니다. 식당에 들어갈 때는 값비싼 음식만 먹고, 많이 먹겠다고 다짐하지만, 실천하기가 쉽지 않습니다.

3 ㉠ 앞부분은 '사람들은 각각의 음식값을 따로 냈을 때보다'이며, 뒷부분은 '다시 식당을 찾게 된다.'입니다. 다시 식당을 찾는 까닭은 '무한 리필 식당에서 먹었을 때 훨씬 적은 돈을 냈다고' 생각하기 때문이라고 보는 것이 알맞습니다.

4 **보기**는 아이스크림을 너무 맛있게 먹었는데, 하나 더 먹으려고 하니 더 이상 못 먹겠다는 생각이 들었다는 내용입니다. 그 까닭은 같은 것을 반복해서 소비할수록 만족감이 줄어들어서입니다.

생각글 2 한계 효용 체감의 법칙

126~127쪽

'한계 효용 체감의 법칙'이란 어떤 재화나 서비스를 소비할수록 만족감이 점점 줄어든다는 경제학 법칙입니다. 첫사랑의 애틋함도 한계 효용 체감 법칙으로 설명할 수 있을 정도로 생활 속에서 쉽게 찾아볼 수 있습니다. 내가 경험한 한계 효용 체감의 법칙은 무엇이 있는지 떠올려 보세요.

> **내용요약** 한계 효용
> **1** ⑤ **2** (2)○ **3** (4) **4** (2)○

1 한계 효용 체감의 법칙은 무엇을 소비할수록 만족도가 떨어지는 현상을 뜻합니다. 사랑을 많이 경험할수록 좋은 사람을 만날 확률이 높아진다는 내용은 관계가 없습니다.

> **오답풀이**
> ① 한계 효용 체감의 법칙은 첫사랑에도 적용할 수 있다는 내용이 3문단에 나옵니다.
> ② 4문단에서 게임 중독 같은 현상은 한계 효용 체감의 법칙이 적용되지 않는 예외적인 사례라고 하였습니다.
> ③ 한계 효용 체감의 법칙에 따르면 처음에 소비한 물건에서 얻는 만족감이 가장 크다는 내용이 2문단에 나옵니다.

2 사과를 연속해서 먹을 때, 한계 효용 체감의 법칙에 따르면 뒤로 갈수록 만족감이 줄어들게 됩니다.

3 처음에는 바이킹을 타는 게 무척 재미있었지만, 나중에는 시시해졌다는 내용이 한계 효용 체감의 법칙의 예로 알맞습니다.

4 한계 효용 체감의 법칙은 우리가 무엇이든 적당히 즐기며 현명하게 살아갈 수 있도록 돕는 법칙이라고 하였습니다.

> **배경지식**
> **다이아몬드와 공기의 한계 효용**
> 한계 효용은 재화나 서비스를 하나 더 이용할 때 각자가 느끼는 만족도를 뜻합니다. 다이아몬드는 살아가는 데 반드시 필요한 물질이 아니고, 공기는 반드시 필요합니다. 하지만 공기의 한계 효용은 다이아몬드보다 낮습니다. 다이아몬드는 귀하고 이를 원하는 사람이 많아 하나 더 가질 때 얻는 만족감이 큽니다. 그래서 사람들은 비싼 값을 주고 계속 사고 싶어 합니다. 하지만 공기는 늘 충분하게 공급되기 때문에 공기를 더 갖고 싶어 하는 사람은 없습니다.

자란다▶ 문해력

128~129쪽

1

무한 리필 식당의 비밀	
1	무한 리필 식당은 손님이 원하는 만큼 음식을 계속 제공하는데도 망하지 않는 까닭이 궁금하다.
2	막상 무한 리필 식당에 가면 목표했던 양만큼 많이 먹기 힘들다.
3	음식을 먹으면서 느끼는 **만족감**이 첫 접시 이후부터는 뚝 떨어지기 때문이다.
4	값비싼 음식도 계속 먹으면 만족감이 떨어져, 다양한 가격의 음식을 고루 먹게 된다.
5	손님은 가격 대비 만족감을 느끼기 때문에 또 **무한 리필** 식당을 찾게 된다.

한계 효용 체감의 법칙	
1	아무리 목이 말라도 연거푸 계속 물을 마시면 만족도는 점점 낮아진다.
2	한계 효용 체감의 법칙은 어떤 재화나 서비스를 반복해서 소비할수록 만족감이 줄어드는 현상을 가리킨다.
3	한계 효용 체감의 법칙은 첫사랑의 예처럼 **사랑**의 감정에도 적용할 수 있다.
4	우리가 무엇이든 적당히 즐기며 현명하게 살아갈 수 있도록 돕는, 꼭 필요한 법칙이다.

2 (2) ○

한계 효용 체감의 법칙이 나타나는 이유는 무엇이든 처음 접할 때의 느낌이 가장 강렬하기 때문입니다. 점점 자극에 무뎌져서 만족도가 줄어들게 됩니다.

3 (예시답안) 우리 가족은 뷔페에 종종 가는데, 나는 늘 갈 때마다 열 접시는 먹어야 생각한다. 첫 접시는 내가 좋아하는 초밥으로만 가득 떠 온다. 두 번째 접시도 초밥을 먹는다. 하지만 세 번째 접시부터는 힘들어진다. 이미 맛을 본 음식에 대해서는 기대심이나 만족감이 떨어지는 것을 확연히 느낄 수 있다. 왜 항상 다짐대로 안 되는 것인지 궁금했는데, 우리의 마음에 나타나는 현상을 '한계 효용 체감의 법칙'이라는 용어로 설명할 수 있다니 재미있다.

(채점 Tip)
1) 무한 리필 식당이 망하지 않는 까닭을 같은 음식을 계속 먹을 경우 만족도가 떨어지는 한계 효용 체감의 법칙으로 설명할 수 있음을 압니다.
2) 만약 무한 리필 식당에 가 본 경험이 없다면 방송이나 주변에서 본 것을 바탕으로 써도 좋습니다.

4 (1) ㉡ (2) ㉢ (3) ㉣ (4) ㉠

5 (1) 효용 (2) 재화 (3) 지불 (4) 음미

6 체감

생각주제 **20**
햄릿은 왜 비극의 대명사일까?

생각글
1 **셰익스피어의 햄릿**

130~131쪽

햄릿의 아버지는 자기 동생에게 독으로 살해당했는데, 아버지의 영이 햄릿 앞에 나타나 자신의 복수를 대신해 줄 것을 당부합니다. 숙부는 햄릿의 어머니와 결혼하여 왕의 자리도 차지하였기에, 햄릿은 숙부와 어머니 모두를 원망하고 있습니다. 하지만 그는 선뜻 복수하지 못하고 우유부단한 태도로 망설이기만 합니다.

1 ③	2 ②	3 ㉢	4 영지

1 햄릿의 아버지를 죽인 범인은 바로 햄릿의 숙부였고, 그는 햄릿의 어머니와 결혼해 왕의 자리를 차지합니다.

(오답풀이)
② 햄릿의 숙부 클로디어스는 아버지를 죽인 범인으로, 햄릿에게는 복수의 대상입니다.
④ 햄릿은 아버지의 영을 만나서 들은 이야기로 인해 아버지를 죽인 사람이 숙부라는 사실을 알게 되었습니다.
⑤ 햄릿의 아버지 영은 햄릿에게 어머니에 대한 복수는 하늘에 맡기고 다치게 하지 말라고 하였습니다.

2 햄릿이 복수를 망설인 이유는 마지막 부분에 자세하게 나타나 있습니다. 햄릿은 어머니의 존재가 행동을 억누르고 있다고 했고, 인간을 죽인다는 행동 자체가 무섭게 느껴졌다고 했습니다. 또 오랫동안 우울증을 앓아 의기소침한 상태였고, 호위병에게 둘러싸인 왕을 죽인다는 것이 어려워서이기도 합니다.

3 ㉠, ㉡, ㉣, ㉤은 모두 살해당한 햄릿의 아버지 영이 나타나서 복수해 달라고 한 명령에 해당합니다. ㉢은 햄릿이 행동에 나서지 못하는 상태를 의미합니다.

4 이 글을 영화로 만든다면, 햄릿의 아버지가 독으로 억울하게 살해당하는 회상 장면, 햄릿이 아버지의 영을 만나서 복수해 달라는 말을 듣는 장면, 그리고 햄릿이 복수를 위해 고민하고 갈등하는 장면을 주로 촬영해야 합니다. 유령이 된 아버지와 만난 후 햄릿이 갈등하는 모습을 잘 연기해야 한다는 영지의 말이 알맞습니다.

2 비극적 주인공 햄릿

132~133쪽

셰익스피어의 희곡 작품에는 인간에 대한 흥미와 호기심이 담겨 있어 사람들에게 많은 공감을 받아 왔습니다. 셰익스피어는 외부의 힘보다는 내면적인 성격의 결함으로 인해 비극을 맞이하는 인물을 그려 내는 것으로 유명합니다. 『햄릿』의 주인공 햄릿 역시 아버지를 죽이고 어머니와 결혼한 숙부에게 복수하지 못하고 갈등만 하다가, 주변 인물들을 죽음에 빠뜨리는 비극적인 결과를 낳고 맙니다.

---

1 ② **2** ⑤ **3** (2), (5), (4), (3), (1) **4** (1)○ (3)○

---

1 햄릿은 줏대 없는 재상 폴로니어스를 살해했다는 내용이 4문단에 나와 있습니다. 그리고 폴로니어스 아들 레어티스와의 결투에서 그를 살해하고 자신도 죽음을 맞이합니다.

2 셰익스피어의 4대 비극은 『햄릿』, 『맥베스』, 『오셀로』, 『리어 왕』이라는 내용이 2문단에 나와 있습니다.

3 가장 먼저 발생한 사건은 (2) 햄릿의 아버지가 삼촌에게 죽임을 당한 것입니다. 이 소식을 듣고 (5) 햄릿은 급히 귀국하게 되고, 복수를 꾀하지만 시도하지 못합니다. 이 가운데 (4) 폴로니어스와 오필리어가 죽는 사건이 일어납니다. 새 왕은 (3) 햄릿을 유배 보냈으나, 구사일생으로 고국으로 돌아옵니다. (1) 햄릿은 레어티스와 결투를 벌이고 둘 다 사망하게 됩니다.

4 셰익스피어의 작품에 공감하는 사람들이 많은 이유는 그의 작품에는 인간에 대한 흥미와 호기심이 담겨 있기 때문입니다. 또 '구사일생'은 '아홉 번 죽을 뻔하다 한 번 살아난다'는 뜻으로, 죽을 고비를 여러 차례 넘기고 겨우 살아남을 이르는 말입니다.

오답풀이

(2) 셰익스피어의 비극을 흔히 '성격극'이라고 부르는 이유는, 외부적인 운명의 힘보다는 주인공의 성격적 결함으로 인해 비극을 맞이하기 때문입니다.

(4) 햄릿이 막상 행동에 나서지 못하고 주저한 이유는 자신의 우유부단한 성격 때문입니다.

134~135쪽

1

셰익스피어의 작품 세계		
인간에 대한 흥미와 호기심을 담고 있는 셰익스피어의 작품은 지금도 큰 공감을 준다.	**1**	햄릿의 아버지는 유령이 되어 햄릿 앞에 나타나 자신을 죽인 범인이 숙부임을 알린다.
작품 중에서 가장 사랑을 받는 '셰익스피어의 4대 비극'은 『**햄릿**』, 『맥베스』, 『오셀로』, 『리어 왕』이다.	『햄릿』 **2**	햄릿의 아버지는 햄릿에게 자신을 죽인 사악한 숙부에게 **복수**할 것을 부탁한다.
셰익스피어의 비극에서 주인공은 외부의 힘보다는 내면적인 힘, 즉 운명보다는 성격의 결함 때문에 비극적 결말을 맺는다.	**3**	아버지의 유령이 햄릿의 상상을 쫓아다니지만, 우유부단한 햄릿은 복수를 망설이며 행동으로 옮기지 못한다.

2 (1)○ (5)○

3 **예시답안** 햄릿, 아버지를 죽인 사람이 숙부이고, 어머니와 결혼까지 한 것을 알고 무척 놀랐을 것 같아. 복수를 부탁하는 아버지의 유령이 계속 너의 상상을 쫓아다니는 것도 무척 힘들었겠지. 하지만 무엇보다 우유부단한 성격이 너 자신을 가장 힘들게 한 것이 아닐까? 나라면 아버지의 유령에게 인간으로서 인간을 죽인다는 행동은 올바르지 않으므로 다른 방법을 찾아보겠으니 더 이상 유령의 모습으로 내 앞에 나타나지 말라고 부탁했을 거야.

채점 Tip

1) 햄릿이라는 인물이 갈등 상황에서 어떻게 행동했는지, 왜 그렇게 행동할 수밖에 없었는지 이해하고 있어야 합니다.

2) 내가 만약 햄릿이라면 어떻게 했을지 상상력을 발휘해 보고, 햄릿이 처한 상황에 대해 공감하는 말이나 비판하는 내용을 적어 봅시다.

4 (1) ○ (2) ○ (3) ○ (4) ○

5 (1) 비극 (2) 줏대 (3) 모면 (4) 우유부단

6 결함

'흠'은 '사람의 성격이나 언행에 나타나는 부족한 점.'이라는 뜻이며, '결점'은 '잘못되거나 부족하여 완전하지 못한 점.'이라는 뜻입니다. 이 둘은 '결함'과 바꾸어 쓸 수 있습니다.

달콤한 문해력 초등독해

학년별 시리즈 안내

추천 학년	단계	생각주제 영역
초 1~2학년	1단계	생활, 언어, 사회, 역사, 과학, 예술, 매체
	2단계	
초 3~4학년	3단계 Ⓐ	인문, 사회, 역사, 경제, 과학, 환경, 예술, 미디어
	3단계 Ⓑ	
	4단계 Ⓐ	
	4단계 Ⓑ	
초 5~6학년	5단계 Ⓐ	인문, 사회, 역사, 경제, 과학, 예술, 고전, IT
	5단계 Ⓑ	
	6단계 Ⓐ	
	6단계 Ⓑ